龙卧亭全景

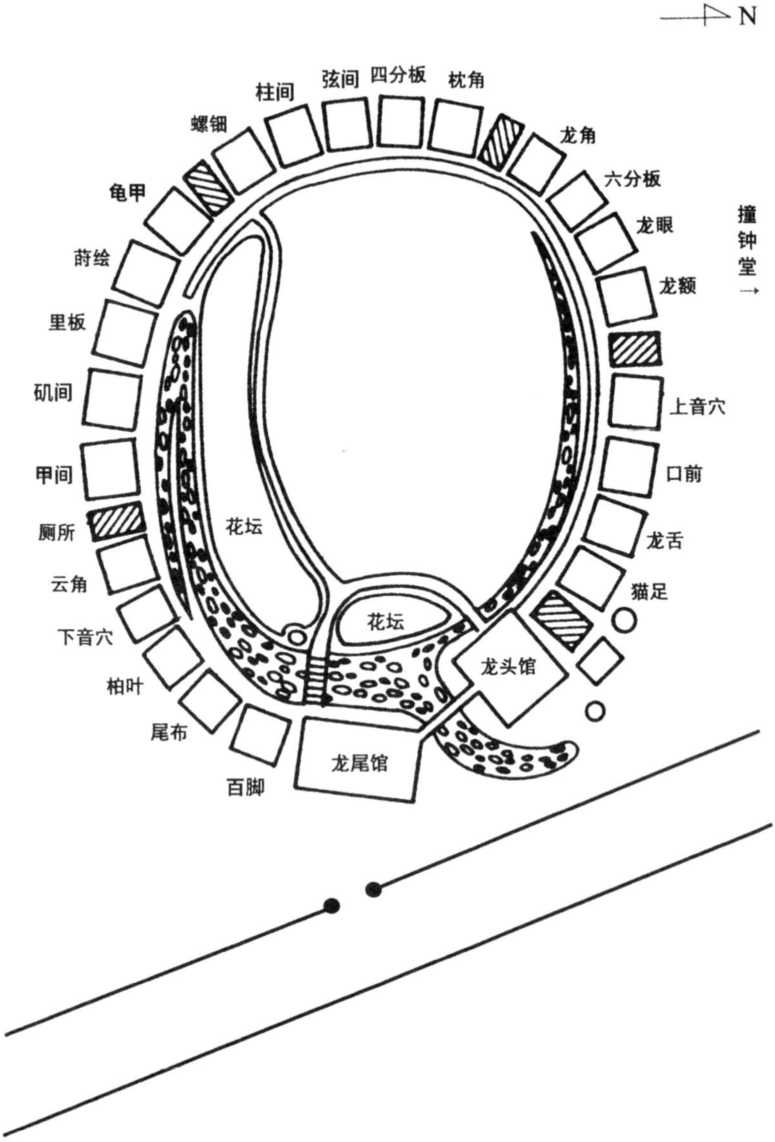

N
弦间
四分板
柱间
枕角
螺钿
龙角
六分板
龟甲
撞钟堂→
龙眼
莳绘
龙额
里板
上音穴
矶间
口前
甲间
龙舌
厕所
花坛
云角
猫足
花坛
下音穴
龙头馆
柏叶
尾布
龙尾馆
百脚

岛田庄司作品

龙卧亭事件

龙卧亭事件·上

贝繁村谜团

〔日〕岛田庄司 著
SUOJI SHIMADA
徐奕 译

人民文学出版社
PEOPLE'S LITERATURE PUBLISHING HOUSE

著作权合同登记号　图字 01-2023-4316

RYUUGATEIJIKEN JYOU
ⓒ Souji Shimada，1999
All rights reserved.
Original Japanese edition published by Kobunsha Co., Ltd.
Publishing rights for Simplified Chinese character arranged with Kobunsha Co., Ltd.
through KODANSHA LTD., Tokyo and KODANSHA BEIJING CULTURE CO., LTD.
Beijing, China.

图书在版编目(CIP)数据

龙卧亭事件.贝繁村谜团/(日)岛田庄司著；徐
奕译.—北京：人民文学出版社，2024
（岛田庄司作品）
ISBN 978-7-02-018506-1

Ⅰ.①龙…　Ⅱ.①岛…②徐…　Ⅲ.①长篇小说-日本-现代　Ⅳ.①I313.45

中国国家版本馆CIP数据核字(2024)第027725号

| 责任编辑 | 胡司棋　张玉贞 |
| 封面设计 | 钱　珺 |

出版发行	人民文学出版社
社　　址	北京市朝内大街166号
邮政编码	100705

| 印　　刷 | 山东新华印务有限公司 |
| 经　　销 | 全国新华书店等 |

字　　数	242千字
开　　本	850毫米×1168毫米　1/32
印　　张	13.125
版　　次	2024年4月北京第1版
印　　次	2024年4月第1次印刷

| 书　　号 | 978-7-02-018506-1 |
| 定　　价 | 75.00元 |

如有印装质量问题，请与本社图书销售中心调换。电话：010-65233595

目录

第一章　　1
第二章　　87
第三章　　182
第四章　　258
第五章　　314

第一章

1

一年多以前,御手洗洁将我丢在横滨马车道一幢老旧的公寓之后便不知去向。他有时会寄信来,发信地点要么是北欧某城要么是莫斯科,对我而言都像来自另一个世界。信的内容不外乎找我寄钱;或要我把房间书架上第二排最右边的书,从第几页到第几页复印后速寄至指定地址,等等。偶尔兴起他便命我别给某人打电话,或赶紧写信联系某人,信的开头如下之类。仿佛我是他在日本的忠实仆人,而世界各地似乎都有像我这样可供驱使的人。想当初我们共同生活时就收到过许多世界各地的来信。当时我很纳闷,真有跟我一样懦弱的人,随时都在苦等着他吗?

直到最近我才意识到,御手洗再不会回来了。他要重新开始浪迹天涯,我甚至怀疑这才是他在横滨与我结交的目的。想想来去如风的御手洗,竟在日本这个岛国上生活了十来年,这本身就是奇迹。他早就在计划重返世界舞台,开启新时代了。

而我依旧死水一潭。东京那边倒也有几个朋友,只是都已成家并生儿育女，一到休息日人人献身家庭，都不再约我。最近一段时间，我也跟所有人一样开始接触了一个女友，可御手洗又从地球的某个角落来信，不许我给女友打电话。

为此我只能在夜间零零碎碎地写点东西，第二天上午十点就起床，洗衣、打扫、步行到位于伊势佐木町的百货店买廉价午饭兼散步，完事后再一路电梯下到地下商场食品部，为自己物色一些可以当作晚饭的熟食。做完这一切，我便抱着纸袋独自上街闲逛，有时坐在公园长椅上久久地眺望大海，有时则盯着喷泉发呆。听说最近市面上有不少此类生活的漫画，说实话的确与我没有区别。

每当此时我就会想，跟活跃在世界舞台上的御手洗，以及一位叫松崎怜央奈的朋友比起来，我们真是天差地别呀。一想到我将波澜不惊地度过余生，五十岁、六十岁直至死亡，有时竟会为自己的无能而感伤。我不像他俩懂英文，所以永远走不出这个岛国。虽然在横滨生活，常有老外来搭讪，哪怕他们的问话都很简单，我也会像突然被定身了似的僵在原地，冷汗直冒，一个单词也蹦不出来。

我感觉自己有先天外语障碍，专司外语职能的脑回路出了毛病。有一次一个外国女人竟把我当成了哑巴，拿手语跟我比画了半天，可我连解释自己"不是哑巴"的英语都不会说，只好一言不发地傻站着。御手洗曾提醒过我，而我也感觉的确是在与他一起生活后，自己才越发没用的——自信心荡然无存，依附心越来越重。总想着反正什么都干不好，就别再添乱了。虽然我之前也挺窝囊，但总好过现在。跟优秀的人相处久了，自卑就越发强烈起来。

我记得那是在发生地铁毒气案的平成七年，眼看着我就要成为一个废人，就在我那上述自闭老妇般的生活中，突然闯进了一位年轻的女访客。

她叫二宫佳世，年方二十。起初她并没告知年纪，引起了我的好奇。她面带稚气，可一思考问题就显得很忧郁，甚至说话也有点老气横秋。不过她仍不失为一个可爱的姑娘。自打御手洗出国后，读者们似乎也都得到了消息，来马车道公寓拜访的客人越来越少，我也很久没像那天那样开心了。

这位姑娘虽已得知御手洗不在日本，却误以为我跟他关系密切。事实全然不是她想的那样，一般都是御手洗来联系我，而我根本找不到他。他从不会老老实实待在一个地方，因此有时他会一连两天来电话，有时三四个月也没有音讯。

总之怪事就是这么发生的。读者们往下读就会知道，毫不夸张地说，这就是一个令人毛骨悚然又叫人费解的奇案。当初我老感觉这起案件动机不清、脉络不明，而如今一想到其中的细节，便恶心得无法形容，其中也包含了始终弄不清到底谁才是凶手的诡异。我只能当它是一个没有人性的魔鬼干的勾当，一桩残忍、悲惨而又吊诡的连环杀人案。一时很难相信这是人所制造的案件。然而，抛开案件本身，我仍不免怀念。我曾十分享受这一趟的旅程以及在陌生乡间盘桓的日子。

只是我还必须重复一遍，这起案件对一个像我这样典型的日本人来说，简直不堪忍受。我至今不敢相信它曾活生生地上演过，一切都太过疯狂，无疑位列我所写过的疯狂案件之首。身处其中时，我总感觉这次自己必不能把它写出来。每想到这里就忍不住叹息。如今之所以执笔完全是出于自觉应该将其出版，告之世人，至于当时的经历我绝不愿再度体验。

2

二宫佳世走进我独居的公寓时，好奇地打量了一下四周。她说："御手洗先生真不住在这儿了啊。"我点点头，她瞥了我一眼，问："你不孤单吗？"听我说不会，她说："又逞能。"

对此我早已习以为常，每当有年轻女士来访，第一次见面都是这样。虽是初次见面，她们却像老相识似的。事实上她们都很清楚我的底细，见面前就掌握了许多信息。为此我很困惑，然而也正因为如此，我不用多费口舌去引导她们，这点我很满意。

"你有什么事吗？"我问。佳世没说话，点了点头，又吸了一下手指，仿佛指头上受了伤。她那样子太幼稚了，让我误以为面前站着的是个智障，隐隐有些不安。

"御手洗先生不在，找我也行？"我说。

"嗯嗯，石冈老师也可以的。"她的回答叫我略感欣慰。

"万一实在搞不定，你会帮我联络御手洗先生的，对吗？"

"啊……"我说，"倒也不是办不到，只是有些难度。我目前只有他在奥斯陆的住址，可我不敢保证他一定还在。"

"发生什么事了吗？"

"你相信灵力感应吗？"

"灵力感应？不，我没见过，也没经历过。"

"我也没碰到过这么厉害的……"佳世沉默了片刻，似乎在思考该如何解释。她低头沉思着，短短的刘海垂在额前，挺好看的。

"我家，还有我自己，最近总遇到倒霉事儿。"

"你是说倒霉事儿？"

"我爸去世了。"

"哦，这是……不过，因为什么呢？"

"老死的，他已经六十四岁了。"

"六十四岁还不能叫老死吧？"

"是吗？"她似乎觉得一个人只要超过六十岁，就是随时可能死去的老人了。照这么看，我也命不久矣。

"过年的时候，他就嚷嚷着背疼，叫我给他揉，又要我踩到他背上。我跟弟弟帮他揉了一夜,结果天亮就叫了救护车,到医院时人已经断气了。医生说没心跳了。"

"哦,那死因呢?"

"心脏病。而且我爸死前我妈也动了手术。"

"什么手术?"

"卵巢切除。我这方面也不太好,开过刀的。"

"哦,这样啊。"

"还有,我弟上个月出了车祸,撞了人。"

"天哪。对方没事吧?"

"倒不严重,就是断了几根骨头,住院了,大概可以通过保险理赔吧。另外我家房子也有些麻烦,得搬出去……"

"啊。"

"所以我们要搬回乡下老家去,那里还有幢小房子。可我去看了,根本没法住,又小又旧,脏兮兮的,连个院子也没有。倘若真搬回乡下,我妈就得辞职,那我们就没法生活了。"

"把房子卖了呢?"

"哪里卖得掉,真能卖就好了。"

"哦。"

"倒霉的事接二连三,所以我就想找人驱驱邪。朋友给我介绍了一位有灵力的大师,我去见了。他就住在四谷。"

"嗯嗯。"佳世说的话渐渐引起了我的兴趣。

"大师说我上辈子就鬼魂缠身。说我上辈子是一个没能嫁给心上人的女人，后来发疯死了。所以祸都是我惹出来的。"

"他这么说的？"

"是啊。"

"哦，那你信了？"

"说起来，我倒经常看到些怪事。"

"怪事？"

"嗯，有年夏天傍晚时分，我看到一头身躯庞大的动物漂在学校的游泳池里。"

"动物？"

"嗯，是马，还是别的什么？我还在树顶上看到过很多人脸，身体有时还会突然僵住，感觉有人往我脸上吹气。"

"吹气？周围没人？"

"嗯。"

"看清楚脸了吗？"

"我怕得要命，不敢睁眼。忍了一会儿，就没感觉了。另外大师还问我最近有没有感觉胃胀，哪怕吃得很卫生。不过，我有时还真的胃胀。"

"不是因为吃坏了肚子？"

"不是啊。就是晚上有时会觉得胃胀胀的，有点想吐，很难受。"

"哦，那后来呢？"

"大师说这就说明是有恶鬼缠上了。"

"恶鬼啊……他说过怎么解决吗？"

"他叫我去大树那儿，挖出埋在树下的手腕，供奉起来。"

"什么？"我没听明白，"他说要挖什么？"

"手腕。人的手腕。"

"手腕？哪里有手腕？"

"他说就在大树下。说它迷路了，是我上辈子造的孽。"

我还是没听懂，便不再追问，只觉得她脑筋不太正常。她说话时还在吸手指头。

"那手腕？是人的吗？"

"大师说他用神感应到我的手腕在哪里了。"

"你的手腕？"我不禁朝二宫佳世的手看去，她的手腕好好地在手上呢。

"嗯，他说是我的手腕。"

"可你的手腕不就长在你手上吗？"

"是啊。可他说那就是我的。而且前几天他还跟我说，是埋在高尾山一座名字中带'仙'字的寺庙里，庙里有棵大树，好像在樟树底下。所以我上个周日就穿了牛仔裤和旧衣服去了一次。一个人，带着把小铲子。"

"你去高尾山的寺庙了？"

"嗯。"

"那找到了？有吗？"

"没有。我没找到带'仙'字的寺庙。不过看到有个庙里种着大樟树，我就走了进去。我在树下挖了一会儿，只挖出一个小小的铁桶，没看到有什么手腕。"

"是吗？"我随口答道，越发觉得眼前这个女子不对劲，精神有问题。

"后来我去四谷向大师汇报了高尾山上的事，大师也很纳闷。今天他又打电话来，叫我去冈山县看看。"

"冈山县？"

"对，他叫我去冈山，坐伯备线到一个叫新见的地方，然后再换乘姬新线，找一个自己能感知到灵力的车站下车。"

"啊？感知到灵力的车站？"

"是的。大师说我也能感应灵力，去到冈山县的大山里就一定能感应到。"

"之后呢？"

"他叫我下车以后就往有水的地方走。说在水边会有一个村庄，手腕就埋在村里水边一棵最大的树下。"

我渐渐害怕起来，为什么偏偏在我一个人的时候，碰上这样恐怖的事情？

"他说水边一定会有一座带'仙'字的寺庙。"

"那个，"我说，"你的意思我大概明白了，不过这跟我有什么关系？"

她一怔，好一会儿没有说话。

"你想让我做些什么呢?"

"你的工作不就是帮人解决难题吗?"

"哦,那是御手洗君的差事,我可没那个本事。"

"啊,这样啊。"

"是的。"我很肯定地回答。

"可……"

"不好意思,我帮不了你。听了你的故事,我也很害怕。爱莫能助。"我实话实说,这总比打肿脸充胖子最后又丢了脸要好。她不吭声,我起身要去给她泡茶,可她恼了,我赶紧又坐下来。

"怎么了?"听到我问,她差点哭出来。

"怎……怎么了?"

"那我该怎么办啊?"

"什么怎么办?"

"我要不要去挖手腕?"

我应声思考了片刻:"说实话,我也不知道。想去就去吧,要是你不想就……"

"我想去啊。"

"那就去嘛。"

"可我一个人……"

"叫上你弟弟啊。"

"我弟现在可没工夫,况且他还得工作。"

"那你妈妈呢?"

"她得上医院,而且也要工作。"

"没有朋友吗?"

"没有。我没上过几年学,只读了初中,没什么朋友。就算有,这种事也不好跟人家开口。"

"那你……"

"石冈老师,你能不能陪我走一趟?我没其他人好找了。"

"我吗?"尽管我猜到她会这么讲,可亲耳听到还是吃惊不小。找不了朋友,难道就可以找我这个陌生人了?

"求你了。"

"可这事,我真……"我之所以犹豫,除去害怕,还更担心会出洋相。我一无所长,活动能力差且不善推理。没错,我之前是出过一些奇案的现场,不是我谦虚,我还真没找出过真相。尽管和她同去冈山对我还挺有诱惑力的,可我定会让她失望。还是直接拒绝比较妥当。

"求你了。我真没别人可托了。"

"那为什么会是我?还有其他合适的人选吧。"

"没有了。我很笨的啊。"

"我真不行。这种事找我不合适。"我一再推辞,可她也很固执。争执到最后,我只能长叹一声:"那我就只跟在你身边,行吗?"

"嗯,好。那就算你答应了啊。"

我没马上点头,纠结了半天才同意。

从此，我不知道后悔了多少次。当初真不应该答应的，那样我就不会经历那些恐怖事件了。

3

然而，和二宫佳世同行的旅程却相当愉快。受震惊历史的阪神大地震影响，新干线部分停运，我们便于三月三十日在羽田机场集合，一路飞到冈山机场，之后再乘出租车前往冈山站。由于还没吃午饭，就买了便当带上伯备线前往新见车站。我们面对面坐在车里吃便当，可这趟车特别晃，我们好不容易才吃完。

我原没打算要长途旅行，就只带了一套换洗衣服、内衣、毛衣、笔记本和一本小说，行李并不多。二宫佳世的旅行包也不大。

去往新见的一路上，二宫佳世都很兴奋。她一会儿问我窗外站名上的汉字怎么读，一会儿又想了解柴油机车。从常人的角度看，她确实文化水平有限。她说是因为小时候生病，没怎么上学。她还打听了不少御手洗的情况，不过，无需我作答，她所掌握的也已跟我不相上下。她说我的所有作品她都反复读过，做梦也没想到能跟我一起旅行。还说初次见面时，觉得我长相凶，搞得她很紧张。

她这话真叫我大跌眼镜。第一，我丝毫没看出她紧张，从头至尾她的口气都像是认识了十来年的老朋友一样随便，有时甚至还有点看不起我。她说她从小就只跟女生玩儿，几乎没跟男生打过交道。不用说跟男性一起旅行也是生平头一回。她说上中学时老受人欺负。若她一向如此行事，这点倒也不难想象。

她说她成绩很差，只是从小就对鬼魂敏感，经常会看到母亲的脸变成了狐狸。她说得很轻松，我却是硬着头皮听的，真心不善于聊这类话题。

"我妈在厨房做饭，因为学习的事，突然跟我发起火来。我就不敢吭声了，过了一会儿我偷眼一看，发现我妈的嘴这样尖了出来，变成了一只狐狸。"我强忍着没出声，但确实害怕，她说得我浑身汗毛都竖起来了。

"这种事经常发生。我的身体还会僵住。夜里还看到过颜色。"

"颜色？"

"嗯，橘红色。"

"橘红色啊。"这倒不可怕。

新见站到了。冈山到新见站段所用的列车跟东京到久里浜的一样，是柴油机车。可一小时后换乘姬新线前往津山时，车型就变了。当然还不至于换作蒸汽机车，但车厢很有些年头，内墙是焦糖色木制结构，充满了年代感。至于座位嘛，像是藏青色的平绒面料座席，只是颜色已褪尽。墙上居然还点着一排排昏黄的灯泡，跟博物馆里的展品似的，仿佛马上就会有戴丝绒帽子、留小胡子的绅士走上车来。事实上乘客们多是一些剃着板寸头的中学生。当黄昏初上我们在新见站，登上这列可怜的古董级火车时，我下意识地觉得二宫佳世此行的目的地已经快到了。只是我们还不知道它在哪里。

或许是心理作用，这趟车一路都很颠簸。车子快报废了。我小时候约莫也坐过这种旧车，但我记不得了。我生在农村，老家就在邻县——山口县，是个临海的小镇子，如今已发展成一座城市。我平时回乡也少有机会进山，便不曾乘过车。列车在大城市，尤其是沿海地区越来越先进，旧车型淘汰下来便都转给偏僻的农村，让它们继续发挥余热。这趟车就属于这种临近退役的老兵。

没到新见站时，我们还遇见不少学生，换乘姬新线后，乘客急剧减少。车一离开新见，才走了一两站学生们就都下车了，最后我们这节车厢就只剩了我们两个。大概此后沿途就不再有学校。窗外夕阳西下，车内灯光昏黄，四周空荡荡的，宛如一座废墟。

我们所在的这节车厢，虽然旧，却与众不同。车厢后方，连接处前面，有一间装着方向盘的小屋。方向盘差不多有一抱粗，比汽车的大很多。盘面与地板平行，中间一根铁棒笔直地固定在地上。也许过去挂车厢时需要转动它，现在也可能在使用。有趣的是，从车头看过来，方向盘的后方居然有个可容下两个人的座位。坐下后方向盘就相当一个小圆桌，挺有意思的，我们就选了这里。座位右边通过道，前面有玻璃挡板，将其他乘客隔开。站在车内可发现这间小屋比车厢要高出二三十厘米。

我和二宫并排坐在这间特殊的小屋里,把旅行包放到行李架上,闷声不响地听着铁轨不断摩擦的声音。伏身在生锈的方向盘上,就能强烈地感到金属车轮与铁轨的撞击。

姬新线用的是单线铁轨,遇有其他车经过就得停车等候。停车地点要么在站外,要么远离站台。太阳已完全下山,窗外一片漆黑。昏黄光影下的空旷车厢,却仿佛要帮助我们忘却的黑暗,统统反映在了身边的窗玻璃上。然而只要把脸凑近玻璃,影子就会在玻璃上留出一块黑洞,叫我们看见窗外全是黑魆魆的树林隐没在浓浓的夜色之中。

我又担心起来,天生胆小的我怎么也鼓不起勇气,说走就走的旅行让我患得患失。坐伯备线的时候还不觉得,特别是在新见车站附近,我还很天真地认为那里还算个城镇,也有旅馆。而现在,别说旅馆了,周围连一间民房都没有。我们不但人地生疏,还没有订旅店。谁叫我们不知道该到哪里下车呢?可这真无所谓吗?等到深夜,我们大概就只能到终点站的长椅上过夜了。是呀,这种旅行确实不适合单身女孩,可男的也未必就不出问题。

佳世明显沉默了,她把额头贴靠在窗玻璃上,凝视着窗外的黑暗。她相信一定会有信号传给她,她在等。我原本想问问她接下来怎么办,可一见到她严肃的表情，立刻就打消了这个念头。此刻就算问，她也不会回答。

我们就这么不声不响地过了好久，窗外偶尔闪过一两家灯火，看样子夜已经深了。我抬腕看了看表，才晚上七点。由于乘客都已下车，车上没有人说话，也没有列车员来回走动。我甚至怀疑司机也不在车上。我们俩听着单调的铁轨声，一动不动地坐着。

突然，列车开始减速，不知道是要到站了，还是给过路的车让路。随着前方模糊的白色灯光星星点点地亮起，车速越来越慢，那些灯光像是房屋里的，又像是路灯。列车驶进一个村落。我感觉车头处有人拉了刹车，空荡荡的车厢就因为惯性往前冲了一冲。

我看了看停车的位置，果然四处无人，像是处无人站。但过道对面的右侧车窗上，映着灯泡昏黄的亮光，让我看见了站台上破旧的铁柱。而佳世用前额抵着的左侧窗外则依旧漆黑一片。

就在这时，我发现身边的她有些异样，很显然是收到了某种信号。我之前并没有注意，这会儿她开始发抖了。她猛地转了身。那表情……我被她脸上的表情吓了一跳，全身汗毛都竖了起来。她的脸整个变了，就像被深海的水压击中了似的，奇怪地扭曲着，双眉紧锁，眼睛睁得老大老大，眼里含着泪水。她紧张得像受到了某种感情刺激，我几乎认不出她了，只感觉身边坐的是一个陌生人而非二宫。

她的脸和肩膀瑟瑟发抖,像是受了寒,我被她的样子吓坏了。而她似乎过度恐惧,无声地哭了起来。

"窗子上有一个穿白衬衫的男人背影……"她用极低的声音跟我说,"石冈老师,快,把行李拿下来。"

我赶紧起身,从行李架上抱下两个行李。等我抓起自己和她的两件行李后再一看,佳世已经离开了座位,她远远地蹲在走廊前面的过道上。我走近时,听见她蹲在地上小声说:"我要下车,快帮帮我。"

走下站台,我才发现这趟车一共只有两节车厢。经过刚才那节车厢旁,我再次确定乘客果真只有我们两个。佳世走路的姿势明显不正常,跟跟跄跄的。

车站相当破旧,连个小卖部都没有。一排裸露的灯泡挂在生锈的铁皮屋檐下,连日光灯也没有。我往前走了几步,才看见头顶上方挂着站牌,上面写着两个奇妙的汉字"贝繁"。

"贝繁站?没听说过。"我不禁自语道。

小站上没有跨线天桥,我们走到一个类似道口的地方,穿过铁轨,向同样无人的候车室走去。走了一会儿,佳世渐渐平静下来,步子比刚才稳健多了。刚下车那会儿我真为她捏一把汗,担心她会走不动。

下车的只有我们俩,却不见有人上车,列车还停在原地。无人的列车被周围昏黄的灯光包裹着,一动也不动。过路的车一直没出现,早知如此刚才也用不着急着下车了。改札口也没有其他人,我们出了空荡荡的车站，来到站前的马路上，依旧不见有人。在这陌生的街道上空，挂着半轮月亮。月光清冷地照着站前的小广场，沿着环形交叉道依次排开的小店后面，阴森森的都是树。它们静静地看着我们，像是替谁迎接我们似的。

　　月亮已经升起来了，在车厢里时我没看到。尽管站前小广场上没有人，出租车停靠点、食堂、小旅馆却一个也不少。对一个久居城市的人来说，这时间夜生活刚开始，而此地人家都像要来台风了一样，拉上了钢窗，看不到一点灯火。没有游客他们也只能这么做，却让我大失所望。不过有一辆老式公交车还灯火通明地停在路边。说是灯火通明，其实措辞还太夸张。因为那车灯也跟之前的黄灯泡一样，光线幽暗。但在沉沉睡去的村里，却有如夜总会的霓虹般耀眼。有公交车就说明路上还有一个人。

　　没等我询问下一步行动，二宫佳世已径直朝公交车走了过去。这很让我意外。我本打算去前面旅馆敲开钢窗，借宿一晚，其余的等明天再说。这样最为稳妥。事实上我早就在想象热腾腾的澡盆，以及人家现成饭菜里还剩下哪些可以吃了。可佳世如此坚决，完全不跟我商量，一脚就踏上公交车，走进无人的车厢，在正中央的座位上坐了下来。无奈，我只好提着两个旅行包，郁闷地到她边上坐下。车子很快发动了，恐怕我们一时半会儿是见不到热澡盆和白床单了。

　　"你知道这车去……"我刚开口，就意识到这问题提得太蠢了,转而发了个小牢骚,"你肯定也不知道它去哪儿,何必现在就上车呢?"

"大师叫我下了电车就去搭巴士,这样就会找到水,也就是河。"

"可也不必这么急啊。天这么晚,先找个旅馆住下,明天再搭巴士也可以嘛。"

"太阳一出来我就感应不到了。"二宫佳世冒出这么一句,她已不再发抖,表情也恢复了平静,"倒也不是一点都没有,只不过太阳下山后,感应力比较强。"

"哦,这样啊。"她既这么讲我便不好再说什么,我只是单纯的陪同。

"发车了。"司机慢悠悠地说,带着点口音。

"哦,好。"我下意识地答了一句。他松开手刹,换了车挡,发动机轰轰地响了几声,车就颤巍巍地开了出去。这车无疑也是老古董,一换挡就发出刺耳的噪声,叫我每次都怀疑它可能马上就会报废。

然而我也知道事情已经无法挽回。车子开了。虽然不知道它的目的地,对我来说是一场灾难,却也只能听任命运的安排。就像自己正在去往极乐净土一样。上车前我瞥了一眼车牌,只是心里急着追佳世,加上司机头上那一行写着目的地的字上亮着红灯,模模糊糊的,没有看清。但我肯定这是今天的末班车[①]了。

---

① 日本末班巴士会开红色的车顶灯。

第一章

"你刚才是不是感应到了什么?"我忍受着颠簸,有点不快地问身边的佳世。空荡荡的车内只有暗淡的灯光,显得很不真实,给人半梦半醒的感觉。虽然我很清楚自己正身在摇晃的车内,却又恍惚是在一个努力回忆的梦中。我太累了。

二宫佳世又颤了一下:"太可怕了。我后背直发凉,都快哭了,可怎么也喊不出声。"

"是看见什么了? 感应到的?"

"看到了很多,也感应到了。石冈老师,你没看到? 在我这边窗上。"

"没有。你到底看见什么了?"我随口一问,并不想知道答案。

"窗上……算了,太可怕了。"佳世难过地说,双手捂着脸,"我浑身发冷。刚才窗户上映着一个穿白衬衫的男人,你没看到?"

听她这么说,我从行李架上取行李时,似乎也瞥到过一眼。

"穿白衬衫的男人背对着我们,拼命地上下活动双手,好像在行李架上使劲搬东西,然后放到座位上。等我仔细看时,却没发现行李,他就做了个动作而已。"

太吓人了,我手上的汗毛都竖了起来。我很不舒服,不想再听了。

"我这边窗上映着他这么做的影子,可……"佳世换了个口气,"石冈老师你也看到了吧? 车厢里就只有我们两个。"听她这么说我又是一惊,浑身汗毛都竖了起来。她说得一点没错。

这时,司机突然按了一下喇叭,我立刻从座位上跳了起来。

"你们要去哪儿啊?"司机看了看头顶,朝我们悠悠地问了一句。他头顶上有一面镜子,可以照见我们。

我瞅了佳世一眼,一切都得听她的。可她低着头根本没打算回答,我便不得不想法应付一下,可我根本不知道我们的目的地,只好站起来,硬着头皮朝司机走去。

"那个,往前走是不是有一条河?"我冒出一句。

"河?"司机有点惊讶,他有这个反应很正常,"你说的河,叫什么河?"

"这我也不清楚,反正就是有条河,或者池塘什么的。"

"说起河嘛,是有一条苇川,只是很远,下车后还得再翻一座山。"

"翻一座山!"我惊叫起来。

"嗯,也不算什么大山,就一道山岭吧。"司机有点过意不去,又像很意外。

"除此之外,还有别的河吗?"

"没了。你们到底想去哪儿?"

"嗯,这……"我回答不上来。我没法向一个外人解释我们这次旅行的目的以及我个人尴尬的立场。

"那你说的那条河，边上有没有旅馆？"

"旅馆啊，没有。以前有过，不过现在就只剩下车站前面的贝繁旅馆了。"

"啊……"就知道会这样。我彻底没辙了。到底还是陷入了最惨的境地，我们得在寒夜里露宿野外了。出站时我就发现，这里的夜晚比东京、横滨冷多了，不知道是不是因为海拔高，搞不好我们真会冻死。

"以前，西贝繁村有一家叫龙卧亭的旅馆。现在歇业了。老掌柜前年过世了。游客不来，弹古琴的也少了。"

"古琴？"

"对，之前的老板听说喜欢古琴。"

"是吗？"我不太明白他说的话，大概意思是之前有过一家旅馆吧。我们只要到那里去问一下，兴许能借宿。还算有点渺茫的希望。

"那也行。不好意思，就送我们去那儿吧。"我脱口而出，这下换成司机不知如何应对了。

"送你们去？这是公交车，不是出租，没法送到门口的。"

"哦，对，不好意思，不好意思。"我红着脸赶紧道歉。我太紧张了，竟忘了这事。都怪司机太爱聊天，叫我误以为坐的是出租。

"公交车得按规定路线开。"

"是，是，不好意思。那离龙卧亭最近的是哪一站?"

"哦,就叫贝原岭。"

"贝原岭。好的,就去那儿。"

"就到贝原岭,没事吗?"司机抱歉地说,"那你们就在贝原岭下,翻过一座山就是东贝繁村,你们穿过整座村子就到了西贝繁村,苇川就在那里。你们过河后,有一条路通到山上,不到一公里吧,上去就是龙卧亭了。那里现在歇业了,不过应该会让你们借宿的。"

"好,我们试试。去问问。那从公交站过去大概多远?"

"到龙卧亭吗?两里吧。"司机说。他说两里我没概念,可能是八公里吧。

"挺远的吧?"

"反正我是不会去,大晚上的。"司机实话实说。通常人们都会这么想,要是我也愿意早点钻进被窝睡觉,谁会喜欢大半夜赶路呢?司机说到贝原岭还有一段路,等快到了就通知我们,于是我回到佳世身边,把行李放在膝盖上等着。

"下车时,我看见站台周围的树林里有好多人脸。"佳世又开始说了,我不想再听。

"所以我觉得这里一定就是大师说的地方。"

"是吗?总之我们先去司机说的龙卧亭旅馆吧?要翻山呢,你行吗?"

"应该没事。"

公交车一下子过了好几站，都没停。司机知道我们要去哪儿，且站上也没有人，公交车就成了我们的专车，只在出火车站时停过一次，此后一路飞驰，也没有其他乘客上车。

"贝原岭到了。"司机转过大半张脸对我们说，语速还是当地人的那种慢。我赶紧拎起两个包站起来，摇摇晃晃地向前面的下车门走去。车停了，无人售票，我们问了价付了车钱，小心翼翼地走下去。天黑得都看不清脚下的路了。

"小心脚下。"司机依旧慢悠悠地说，他伸着脖子见我们安全地下了车，才指了指黑乎乎的前方，"到那个拐角左拐，笔直走就是东贝繁村了，路就这么一条，准保不会迷路。路上当心啊。"说完他按了按钮，关上车门。车开走了，留下一股尾气，我又是一惊，呆呆地站在原地没动。等亮灯的公交车缓缓开走，四周就渐渐陷入了黑暗。那辆满是灯泡的老式公交车在前方的黑暗中，因为路面不平而一路颠簸，最后终于看不见了。

对城市人来说，这乌漆麻黑的夜色足以吓破胆子了。公交车驶过的道路还算平整，却没见有路灯。电线杆很多，灯却一盏也不亮。附近似乎都是农田或水田，看不到一户人家。公交车的车灯消失后，我连身边二宫佳世的脸也看不清了。我再次陷入困境，不知这种地方竟也跟横滨同属一国。司机要我们去前面的拐弯处左拐，可天这么黑，能找到路吗？

我还为三月夜晚的寒意犯愁。不过，要翻山的话就会出汗吧，所以无需太在意。暗夜中唯一能安慰我们的就是潮湿空气中隐隐蕴含的植物芬芳了，也许是某种花香吧。当晚风吹散了公交车尾气的臭味，我们就置身在了这种香气中。

幸好天空中还有月亮，虽然不如满月皎洁，但眼睛适应了以后，就足以看清周围的一切。到了农村我才发现原来月光如此重要。

贝原岭公交车站建在低于公路的水田边一块突起的位置，站上有个小庙似的候车室，里边有条长椅。因为没有灯，得仔细看才看得清内部的情形。小候车室也很旧，贴着地面的板壁都破得卷了边，有些地方还有窟窿。而板壁外墙上全是泥，即使在月光下也十分清晰。

现在要能有个睡袋，我真打算就在这里将就一夜了。往后麻烦事还多着呢，就算顺利地找到了龙卧亭，它不也已经歇业了吗？况且还是这么一个夜深人静的时刻。到底怎么才能把主人叫起来，告诉他我们明知旅馆已经歇业，还仍想借宿呢？莫非在玄关就得给人家跪下？我叹了口气。

如果这么做就能借宿那也再好不过，可万一不行呢？还是得露宿野外。末班车已经开走，想返回贝繁车站也不可能了。与其跑到埋手腕的那个什么河边大树下冻一晚，还真不如就在这个候车室里将就一下更现实。

我正准备提议，二宫已在前边等着我了。她直直地站在月光下，像一个被定在路边的鬼魂在召唤我，叫我浑身又是一凉。

"石冈老师，快点啊。"她说，我看不清她的脸。若要单独跟她过夜，就算不易，也还是找个有人烟的地方好，我改了主意，跌跌撞撞地朝前走去。

通往贝繁村去的拐角很好找。因为它左边就有一条稍宽点的路，虽然比刚才路上要窄一些。我们当即决定走这条路，其实也不知道是否正确。路上没有标识，也搞不清还有没有其他路。没有路灯，我们就只能看见几米之内的地方。

这条路宽度始终没变，可走着走着就成了土路，到处坑坑洼洼的。我能感到地上有车辙，应该走过汽车，我好多年都没见过这种土路了。

我们俩都不说话，我禁止她开口了。万一又讲些在姬新线上看到穿白衬衫的鬼魂，或者站前树林里有无数惨白人脸之类的，可真要我命了。我说过很多次，我很胆小。虽然女人总以为男人一定比她们要勇敢，可要我说，其实并无多大区别，只是男人爱在女人面前逞强而已。尤其是我，若要我在横滨夜晚的坡道上或苏格兰古怪城堡坦然进出，也只限于有御手洗同行时才行。

所以我最不适合做这趟旅行的保镖。有时我一个人住在横滨马车道的公寓中也会害怕。我没告诉过佳世，我的身体也常常会僵住。如果我早点跟她坦白，兴许她就不会叫我陪她走这一趟了。

我边想边默默地赶着路。手里拎着两个人的行李，东西不重，却还是把手拎麻了。我把它们背到背上，换一个姿势，心里还惦记着穿白衬衫的人。佳世的话使我想起确实瞥见过这么一个人。就在左侧窗玻璃上，曾出现过一个穿白衬衫的男人背影，他一会儿弯腰一会儿站起来。当时我还留意了一下车厢，的确没有其他乘客。

我不由得后背一紧，也许这儿真是一个诡异之所。我感觉脚有点发沉，以为有恶鬼缠上来了，其实不是，我们在上坡。身边净是茂密的树影向空中伸展着，不知不觉间我们已经走进密林里了。黑暗中我看见树下有一些白色的野花。若是白天，该多治愈啊。

"好漂亮。"佳世叫起来。我借着月光见她站在马路中间，仰头望着天空。月光透过树木的缝隙在她的肩膀和背上洒下斑驳的影子。我也学着她望向天空，紧跟着也叫了起来。天上繁星闪烁，我刚才都没注意，自下车后就没闲心好好看看天空。

繁星满天，可见空气有多清新。话说星空如坠，群星璀璨，眼前俨然就是这番景象，再没有其他词可以形容了。星星密密麻麻的，眯起眼睛再看，它们就连成了一片白雾。整片夜空满满当当地挤着大大小小的星星。

站在马路中央仰望繁星时，我闻到了阵阵植物和花的香气。恐怖的夜晚、美丽的繁星以及花草的芬芳，它们混淆了我的感知。继续往前走，山路越来越陡，我们逐渐放慢了脚步。我当然不敢奢望这时能打到出租车了，若村子里有车经过就好了，那我一定央求司机捎我们一段。可路上依旧静得怕人，仿佛时光倒流回了江户时代，别说行人了，就连车也没一辆。

"啊!"佳世突然大叫起来，吓得我差点心脏停跳，随即站定不动，眼前刮起了一阵黑旋风，一只黄鼠狼窜了过去。佳世的叫声惊扰了树林，各种来路不明的声响此起彼伏，我的脖子因为害怕本能地往回缩了缩，仿佛树林里有妖怪在嘲笑我。响声持续了好久。

我们赶紧往前走，很快四周就恢复了平静。其实那都是些鸟儿在叫，倒不是它们现在停止了鸣叫，而是都被我们甩在了身后。我们上了一道山梁，我想看表，可光线太暗，看不清。不过，这一路大概走了四十分钟，且都是上坡。我跟佳世都很疲倦，但想到一会儿下坡路能好走些，便略感欣慰地蹲下，稍作休息。等我们慢慢站起身下了坡，就看到在树木之间出现了一些住家，它们像一把荧光粉一样撒在各处。总算到东贝繁村了。

下坡路果然好走，我们几步就走到了村边的平路上。住家分散在农田与水田之间，迎面刮来了一阵风。农民平时要早起，这时大部分人家都已熄了灯。

我们下到平地后，马路还继续穿村而过。路边渐渐有了一座座房屋，马路是修整过的，大概这就是村里的主干道吧。光是走我们很难分辨东西南北。不过天色虽晚，路上还隐隐听见有人说话和鸡叫。一进村，风就停了，大概是被房屋挡住了吧。

沿着主干道往前走，就可以看见食堂、玩具店、卖零食的小商铺，有点麻雀虽小五脏俱全的味道，俨然是一副自给自足的山间小城模样。不过这个时候店铺都已打烊，没有一家亮着灯。纵横于水田之间的田埂都以主干道为起点，延伸至四面八方，在大路相交处建有小土地庙或者稻荷神社，完全不理会是否占据了村镇的中心地段。

尽管城里人一看到主干道没灯、街上没人，便觉得有鬼城之嫌，可只要偏离主路就能发现一些闲散的房屋。主路地势较高，水田很低，分布其间的人家都建在石墙上。有人正在石墙根儿搬木炭生火，也许是在做晚上的下酒菜吧，黑暗里有几个穿睡衣的小孩在追逐打闹。我一闻到饭菜的香味就感觉肚子好饿。

风停后，天也没那么冷了。尽管如此，毕竟还没到夏天，而这里已有人搬了桌椅到院子里下棋。棋盘上方悬着光秃秃的灯泡。

由于之前一路上都没遇到行人，我几乎怀疑自己是否到了一个无人的魔界，这会儿看到人，一颗心总算放了下来。这种情形在大城市已十分罕见。大家发现我俩后，便停下手里的活儿，一个劲儿地打量我们。我的眼神正好遇上了其中的一位，便赶忙上前询问："请问，这儿有没有一家叫龙卧亭的？"不料他们都不作答，只紧紧地盯着我，又看了看二宫，再又转头看向我。他们就这样面无表情地来回打量，甚至收回了刚才跟朋友说话时的笑容，光是一味冷冷地注视着我们的一举一动。

我们在村里又走了好久。天气虽冷，倒也出了一身汗。我的两条腿都走僵了，时不时就想找个地方歇歇。二宫也差不多，她的倦容已很明显，但凡看到能歇脚的石头，我们就赶紧并排坐下。只是我们都不说话。人一旦累到极致就容易泄气。倘若前面尚有一家运营中的旅馆等着，倒是可以得救，可它已经歇业了啊。一想到吃尽苦头，到最后还会被拒之门外，就更叫人沮丧。

然而我们仿佛到了一处桃花源。尽管还不熟悉当地的人情，夜晚也看不到什么风景，可不时地有花香传来，在当今社会里也可算难得的清净之地。我抬头看了看天，繁星与半个月亮尚在，只是稍有变化。我原以为走到开阔的地方，就会看到更多星星，其实不然。不知什么缘故，星星比之前少了一半。我仔细一看才发觉都被乌云遮住了，乌云在缓缓移动。就在我望向它的几分钟里，它的边缘已触到了月亮，月亮一点一点地被吞没了。周遭随即陷入黑暗。等乌云飘过，月亮再次出现，远处水田就泛起了粼粼波光。

我们起身继续向前，很快就到了河边。在野外待久了，我的嗅觉越来越灵敏，没等靠近就闻到了河水的气味。这是条小河，河面窄窄的，河里有一些大石块，无需渡桥，踩着石块就能跳过去。水流很平缓，只在石块周围泛着些小浪花，将倒映在水里的月亮分割成细碎的斑点，熠熠闪光。

河边长着一些高高低低的树,有棵老一点的像是樱花,细看枝条上已缀满了小小的花苞,都还没开。天太黑,我看不真切,不过河水应该很清。因为大樱花树下堆着几块石阶,直通到水边的岩石上,岩石附近又正好有一块别人忘了的肥皂,估计村民平时都在这儿洗衣服。河水不干净的话就不会有人来洗衣服了。

我们从河上的旧桥过了河,继续往前走。桥是水泥的,借着月光,我看见河的上、下游都有桥。月光下河面蓝盈盈地铺展开,周遭飘散着水气与花草的香味。耳畔流水潺潺,人迹罕至,我们像是走进了一座天然的大公园。

"应该就是那儿。"一路沉默的二宫突然开口道,"大师说的地方。好强的灵力啊。"

听到这话我不禁朝四下看了看,倒是有些不同寻常。也许只有城里人才会有这种感觉吧,这里宛若梦境,一切都太井然有序了。我看见夜雾正慢慢升起,是到了山脚下吗?

"糟了,我的脚有些不听使唤。"佳世说。

"休息一会儿吧。"我说。可她一个劲儿摇头:"没事,不能停,很多双眼睛正盯着我呢。"说着她继续往前走。她跟没事人似的,倒叫我吓了一跳,不由得放慢脚步。与此同时我发现她的侧脸又成了另外一副面孔,跟她的声音严重不符。她又成了另一个人,像是被鬼附身了一样。大概她也有所察觉,立刻加快了脚步,想把恶鬼抛在身后，抑或要带我去什么地方。

我不敢跟得太紧，小心地走在后边。不一会儿，她的脚步就慢了下来，大概危险已经过去了吧。她的侧脸又恢复了平静，表情也柔和了。

"石冈老师，你刚才没感应到？周围有好多张脸呢。"

我又紧张起来，背后阵阵发凉，胃也缩了起来。我受不了了，好后悔最近所做的一切。且不说周围的事物，最主要的是身边的二宫佳世更叫人害怕。她在月色中嘟嘟囔囔，完全不像当初到马车道公寓见我时那么充满活力。我觉得她是故意阴阳怪气地说话，想吓唬我或以此为乐，这叫我对她越发讨厌。

附近又没有人家了，我们已经离开了小河，走进了大山。路是上坡路，月亮躲进了云层，四周黑漆漆的。我不禁怀疑前面佳世的后背就是恶鬼的背影，只等月亮隐没时露出本性，给我一记突然袭击。一想到跟这么个同伴，在这种情形下去寻找龙卧亭，还可能会被拒绝，就更倍感恐惧。我越来越后悔，自己真不该来这一趟。

上坡的山路眼见着陡峭起来，我的呼吸越来越急促，痛苦让我暂时忘了恐惧。我集中精力往上爬，前面还是上坡。这上坡路不会永远没个头吧？新的烦恼又冒了出来。我的两条腿已经成了木头，平路早就走完了，接下来都是土路，现在我脚下就是砂石，难走又坑洼，稍不小心就会摔倒。我的脚踝、膝盖和脚底都很痛。虽说行李不重，可两个包拿了这么久，手臂早已没了知觉。

就在这时，眼前突然出现了一扇大门，因为丝毫没有心理准备，我竟忘了高兴，就这么傻傻地站住了。

今天当我再次回想起来时，那门就像是通往另一世界的入口。我的眼睛已经适应了黑夜，眼前金光闪闪的房屋便有如地府的阎罗殿，叫我猛地清醒过来。屋宇恢宏的气势使得我不禁注视了它好久。

这幢建筑远远超出了我的想象。门两边立着巨大的柱子，均由粗壮的古树干打磨而成，上上下下满是疙瘩。右边的柱子在光滑白净的树皮上，刻了"龙卧亭"三个龙飞凤舞的大字，暗夜中散发出有如盘龙之地的神秘气息。穷乡僻壤竟还有这么一处所在，我不由得心生感慨。

4

门柱中间是一扇大门，所幸门还开着。门柱左右各有一条长长的板壁，涂着黑漆，看上去就像通向黑暗深处。

"龙卧亭"大大超出了我的想象。它是一座坐落在山中腹地的现代建筑。我本以为它会和普通旅馆一样，是传统的日式旅馆，在玄关处装点着石灯笼和踏脚石。可它恰恰相反，不但没有这些景致，反而风格更西式，又略带一种独特的日本风情，瞬间唤醒了我的审美情趣，尽管我已经疲惫到了极点。

震撼我的还不止龙卧亭的建筑风格，由于它侧对我们，进了玄关，我就直接往里走。没想到右手边突然出现了一块类似屏风的东西，吓了我一跳。那是一堵高耸的石墙，天长日久，上面爬满了黑色的苔藓，与黑夜融为一体，立在那里仿佛就只是为了吓唬我。我从没想到身边会有这么个玩意儿，到跟前时差点叫出了声。石墙非常高，高不见顶，我怀疑它是否直通夜空。

我在石墙前站了一会儿，试图搞清楚它的全貌和顶端，然而疲惫与黑暗让这一切都成了徒劳。我只看见一个奇怪的玩意儿笔直地架向高高的云际。是桥吗？还是天上落下了什么？

我太累了，头有点晕。我到底在哪儿？在陌生的乡间走了那么久，如今所在何处？莫非我在做梦？还是到了世界尽头？头晕和疲劳让我想马上蹲下身。

我镇定了一下，重新看向旅馆。石墙和顶端已令我惊愕，龙卧亭自身也不同凡响，洋溢着远离尘世的情趣。如果要我简要来描述一下，就得说它是一种由古朴的原木跟透明玻璃以及无数裸露灯泡所制造出来的美。不知道读者是否真能从我的文字中感受到那种氛围，而我却为建造者的完美体现所深深吸引。我这双习惯了黑暗的眼睛刚才之所以又看见黄金般地炫目，都归功于那无数灯泡在夜色中发出的黄晕，充满了怀旧的魅力。

事实上这颜色让我立即想到了过往。我不由得联想起孩童时见过的城中夜店，还有强忍着睡意行走在旅途中所遇见的陌生店铺。那些沉睡在我心灵深处的儿时记忆，不容分说地涌上心头，叫我意乱神迷，怀念又胆怯间夹着一丝羞涩，我定定地站着无法动弹。

我在东京没有见过如此有特色的房屋，东京的漂亮建筑大多是纯西式的，而眼前这个才有地方特色。

房屋虽为木造，却有三层。往上看，三楼那一排几乎全是玻璃，窗户非常大。整面墙大小的窗户上钉着纵横交叉的木头横档，其间镶嵌着一块块正方形的玻璃。无论横档还是墙壁，都是原木，屋里没有挂窗帘。

高处的大玻璃房子也悬挂着无数灯泡，将透明世界照得流光溢彩，强烈地刺激着我的感官。尽管灯火辉煌，屋里却空无一物，透明的玻璃房里空空荡荡的。

就在这时，出现了一个人影，是一个穿着金色和服、梳着黑色长发的矮个子女人。她侧着脸站在玻璃房中，一动不动，十分引人注目，就像一个偶人似的，完全纹丝不动。她白色的脸颊边晃动着微弱的黄光，原来她身边生着壁炉。这幢原木建造的房子，从外观上看既不属于日式也不是纯西式，但就三楼来讲，它安装了西式壁炉。

我再次停下不动，呆了一样远远望着那个女子。她的风姿又为这所房子脱俗的美增色不少。在这黑夜的高楼上,她就像一个在追光灯下演着优雅独人剧的木偶一样。我当时并没看出她是一个真人。

突然,她转向我,我的心猛地一跳,只见她朝面前的玻璃靠过去,却不像是走过去的,仿佛脚下有一辆车或者什么其他器械,让她滑了过去。她举起双手,按住玻璃,一直保持着这个姿势,仿佛兴起时在往楼下张望。而我正好就站在下面,与她的视线碰个正着。我发现她怔了一下,仿佛没想到这时会撞见有人一样。之后她继续盯着楼下,再也没变过姿势。

我感觉她就是一个由机器控制的偶人。虽然距离很远,可我依然清楚地看到了她的美貌。我就像在德国慕尼黑市政厅仰望那个会跳舞的小人时钟,还有在东京有乐町"Marion"剧场前仰视那个会报时的敲鼓小人一样激动起来。

就在这时传来一个孩子清脆的叫声,我听不清她说了些什么,只有一声"妈妈"。

房子一楼外墙上装饰着一长排类似街灯的玻璃盒子,盒子上照例夹着几根原色的木条,其中镶嵌着一块块正方形的玻璃,每个盒中都有一盏灯泡,发出昏黄的灯光。

灯光下,一个小女孩从右侧跑来,约莫四五岁。我有点纳闷,这孩子怎么这么晚了还不睡觉?空中升起蒙蒙的夜雾,空气阴冷潮湿。小女孩下面穿着紧身的七分裤,上身一件绒布的睡衣罩衫,为防止着凉,肚子上还裹了一条白色的毛线肚兜。

　　说实话,看见孩子跑来时,我吓得差点跳了起来。下意识地后退了几步,随时准备离开。这种时候本不该有孩子在院子里乱跑的,我意识到又要发生怪事了。所幸,孩子又清脆地叫了一声"妈妈,这里有人",打消了我的顾虑。其实我们也是无处可去,才到这里来的。而孩子大概也没想到大晚上的会突然在门柱旁看到两个筋疲力尽的人。

　　听见孩子叫,一位女人从黑暗中急急地走了过来,像是她的妈妈。女人穿着长及脚踝的裙子,身上披着一件深色毛衣,肤色黝黑,眼睛很大,双颊瘦削。看第一眼我还以为她是印度人。加上她的长裙在腋下有一个悬垂的设计,看上去也有点像印度服装。

　　暗夜里,女人在昏黄的灯光映照下,急匆匆地朝我们走来,身上散发着异域的风情,叫人十分惊艳。她长得一点都不像日本人,与当地的风土也大相径庭,我甚至怀疑自己是不是因为疲劳而产生了幻觉。

　　我赶紧向她行了个礼,尽量表现得和蔼可亲。天晚了,我不想惊扰到她,便跟个推销员似的,努力让自己看上去和善一些,同时,我依旧记挂着楼上的黑发女子,眼睛上下来回巡视。三楼玻璃房子里的姑娘却始终双手贴着玻璃,一动也不动。

　　"不好意思,我们是从贝繁车站走过来的。"我努力开口解释,心里暗暗祈祷她别扭头就跑,拒绝我们。

"旅馆已经歇业了吗？"我狡猾地明知故问。

"嗯，歇业了。"她说，语调明快，大大出乎我的意料。我原以为她这种相貌的人，可能日语不太流利，加之我们深夜来访，她就算会讲日语，也不会多说什么吧。然而，她不但口齿伶俐，而且还像女学生那样快人快语。这当然很叫我高兴，提着的心一下子放了下来，大大松了一口气。

"那么附近还有其他旅馆吗？"我试探地问。

"没有了啊。"她追过去一把抓住孩子的手，直截了当地说。

"啊。今天雪子采了这么大一个，奶奶叫我插在这里。"孩子挥舞着双手说。

"什么？"我问。

"她是说今天采花的事。"妈妈解释说。

"哦，是嘛。附近还有没有旅馆啊？"我问孩子。这完全是出于一种便宜的考虑，我顾不得许多了。

"旅馆？"小姑娘重复了一遍，好像听不懂似的，久久没有回答。

"你们要住宿吧？我去给你们问一下。"女人说着牵起孩子的手就往左边走去了。我们跟在她身后一个劲地行礼。

房子的玄关处被一把大锁牢牢锁着，门上的毛玻璃也不见有灯光。听女人的口气，旅馆一定另有主人。

"请走这边。"女人把我们让到屋后。

"这边。"孩子也说。

绕过房子,我对三楼的女人越发好奇,眼睛始终盯着楼上。随着我们的移动,楼上女人的视线也发生了变化,只是她的两手始终贴着玻璃,站在那里一步也没有动,仅把脸朝着我们,缓缓移动了一下视线。

三楼的女人跟楼下牵孩子的女人完全是两种类型。因为她没开口,又被灯光照着,所以看上去皮肤特别白,加上头发又黑又直,还穿着和服,整个人就像日本偶人一样文静。而楼下的这位,肤色偏黑,烫着小卷发,怎么看都像是东南亚或者印度人。她更活泼些,声音也响亮。

就在这时,三楼的女子动了一下,动作幅度很大,像是受刺激了,我一惊,几乎站定下来。看她刚才楚楚动人,万万没想到行动竟如此敏捷。我很想驻足再观察一会儿,又怕掉队,便跟着走到了房屋的背阴处,再看不见她了。

而前面牵孩子的女人,也叫我暗自讶异。她外表成熟,说话却带点娃娃腔:"啊,小心,脚下,那边。"嗓门很高,听着有些粗俗。跟她的外表,以及母亲的身份并不相称。

女人来到房后,拉开一扇滑动的木门。"有人在家吗?"她又像孩子一样高声叫道。

"喂,喂。"她的嗓门好大,"有人在家吗?门口有人碰到了麻烦,说是刚刚到。"

"走过来的。"孩子在一旁帮腔。我站在她们身后，心里十分过意不去，天这么晚，该早点让孩子去睡了。从门内泄出一丝光线，照在她的笑脸上，背后则夜色如墨。

这栋屋子内部也很不寻常，长长的，像是一长排平房，又像一道长长的城墙，从后门一直延伸到另一头。更奇怪的是，它还斜着往上走。也就是说这座长条形的建筑是一直顺着斜坡，贴着地面的走势往上建的。它的另一头隐在黑暗中，看不清楚，样子很像万里长城。

而墙上的一排窗户里，却只有很少的几盏灯亮着。由于龙卧亭外的那一圈板壁是沿斜坡建造的，站在楼上窗边就一定能越过板壁看到我们刚才路过的那条有樱花的小河，以及远方的水田和分布在水田之间贝繁村农舍的灯光。若太阳出来，就能看得更远了。

二宫佳世一句话也不说，她又有些不对劲了。我见她紧紧地咬着嘴唇，身子在不住发抖。

"感应到什么了？"我小声问。她没有讲话，只是点了点头，大概太紧张或者哪里不舒服，她的样子跟眼前欢快的母女形成了鲜明的对比。

女人挡在门中央，门内射出的光线落满她全身，可不一会儿她的笑容就消失了，她往边上挪了挪。这动作又叫我担心出事，下意识地打起了精神。背着光，一个头发稀疏的小个子男人慢吞吞地来到门边。我忙迎上去鞠了一躬。

"是你们找过来的？"他的口气十分冷淡，说的方言我一时没听懂，没能立刻作答。

"你们在附近有熟人？"他背对着光，我看不清他的表情，却听懂了他的言外之意。总之就是觉得没有熟人的话，我们不可能大晚上的跑到这穷乡僻壤来。那既然有熟人，就直接上熟人家去吧。

我没法解释，他的想法确实有道理。可我们根本不是普通的游客，在当地也没有熟人。完全是二宫佳世的感应把我们千里迢迢地召唤到这儿来的。可这话谁信呢？我一时语塞，半天不知道该如何解释。

就在这时，我意外地听见了一个从天而降的声音，是古琴声。我不由得朝天空望去，却没找到琴声的源头，只看见一大片的乌云遮住了星星。我收回视线，静静地听了一会儿，除此之外我也实在无事可做。我猜一定是刚才那个穿和服的女子在弹琴。

哎呀，我有些诧异。这首曲子怎么这么耳熟？我只听过一首古琴曲，即宫城道雄的《春之海》，纵使它那么有名，我依然不记得旋律。而现在的这首，我竟觉得似曾相识。到底叫什么呢？我努力地回想。

这是一首很优美的曲子，像古典音乐。原来日本古琴也能演奏西洋音乐。我在陌生他乡远离人群之境，被优美的琴声带入了幻想。其中房屋特有的气氛也起了推波助澜的作用。虽然难以言表，但我能感觉到那是一种奇妙而甜美的醉意。只是甜美中深藏着的忧患，姑且称之为甜蜜的忧患吧。或许是太累了，阵阵睡意向我袭来，放大了我的担忧。之后又转为恐惧，我的后背感到刺骨的凉意，心中便涌起不祥的预感。我越来越肯定眼前甜美的醉意就是恐惧到来的前奏。

不是我故作谦虚，我的确不曾有过灵力感应。迟钝如我，居然也从琴声中听到了一种令人战栗的隐忧。夸张点说，我感觉那优美的旋律就像潜伏在地下的恶魔。在黑暗中不断输送信号给我，告诉我有事情将要发生，而且马上就会发生。

"我们谁也不认识，"身边二宫佳世的回答把我从醉意中惊醒，"所以拜托你让我们住一晚吧，就一个晚上，否则我们只得再走回贝繁车站了。"听到这话，我立刻想起了刚才的跋涉，心中一惊。

"可我们已经歇业了，房间里乱七八糟的，连一床像样的被子也没有。"

"拜托了，只一个晚上就好。"我不能再沉默，在一旁恳切地鞠了一躬。

"他们也是走投无路了啊。"刚才的女人也来帮我们。就在这时，耳边的琴声突然停了，我们也随之住了口，好一会儿没有出声。

"您不让他们住下，他们可就难办了。"女人拉着孩子的手说。

"你赶紧带孩子睡觉去吧。孩子都冷得发抖了，要感冒的。"店主模样的男人不耐烦地说。

"啊，是，雪子，你刚才不是说要小便吗？"

我由衷地感谢孩子的尿意，要不是她们母女，我们就得跟店主直接交涉。那基本上不用商量，就会被一口回绝的。

"嗯，书倒下来了。"雪子说。

"书？哪里的？"主人问。

"刚才厕所架子上堆的杂志差点就全倒下了，还好就差一点。"妈妈说。她还没有离开，大概不放心吧，又待了一会儿。我能感到她的诚意。她很关心事情的结果，想弄清楚到底店主会否让我们留宿还是打发我们走。

我不太喜欢店主的精明。这对母女妨碍到了他，为了早点打发走她们，他把孩子牵了出来。母女俩一走，他就可以毫无顾忌地拒绝我们了。而妈妈仍留着没走，应该也是想到了这一层。不过她也尽力了。

"不好意思，孩子要着凉了……"她说着朝我们鞠了一躬。我准备好露宿野外了。看主人一脸坚决，定是没有商量的余地。

母女两个人从正对着我们的过道那儿笔直走了进去，妈妈的手里牵着那个叫雪子的小孩。她们在木踏板前面脱了木屐，弯腰提起，放进了边上的鞋箱里，然后进了长条形的房子。就在快离开我们的视线时，雪子转身对我们挥了挥手，我们也默默地向她挥手道了别。

我其实还挺希望母女俩留下的，失去了两位强大后

43　第一章

援，又想到她们马上就能钻进舒适的被窝，立刻觉得无比羡慕。

我是在母女俩走到那堵墙似的房子跟造型独特的西式建筑之间的过道后，再没见到她们的。那里没有供外人进出的大门，而是跟很多学校一样，在铺设木踏板的过道处，留出一个四面透风的空间。人们可以通过木踏板从长屋走到三层楼的旅馆里，但要穿鞋去后院，便又得绕过木踏板，横穿出去才能到达走廊的另一头。

我很好奇母女俩的身份，她们是馆主的亲属吗？如若不是，她们不也在借宿吗？既然如此，为什么就不能留我们住一夜呢？房间肯定有，况且我们本就没打算要什么服务，等到早上我们付完钱致过谢，就会离开的。

我很想跟馆主打听一下那对母女的情况，如果可能的话再拉拉家常套套近乎，让他知道我们不是坏人，最后答应我们暂住一个晚上。相比到河边树下去熬到天亮，这长屋的走廊也算得上天堂了。

只是馆主好像丝毫不给我这种机会，他对我们完全没兴趣。母女俩一走，他就立刻缩回半个身子，冲着我说："你们的确可怜，可我也没有人手啊。"

我更加不高兴了，这时候还说什么可怜不可怜，我们又不是乞丐，只不过想借宿一晚而已，而且都说了会酬谢的，又没说不付钱。

琴声早已散去，雅致的气氛也不见了，我们被硬生生地丢进了无生趣的现实中。

"不用被子，我们什么都不要。您现在赶我们走，我们也没有地方去。只能睡在野地里了。"二宫佳世拼命地恳求道。主人脸上露出一丝苦笑，还带着些嘲弄的意味。

"我又不知道你们俩的关系。你说的那些，跟我无关。我们又不认识。"老于世故的主人将他不想留宿的原因转嫁到我跟二宫不道德的关系上。而我当时已无暇顾及他的恶劣态度。我的耳畔老有一种奇怪的声音，轰轰作响，低低的，持续了很久，十分古怪，间或还夹杂着金属碰撞的声响。到底是什么声音呢？

"我都已经睡了。乡下人得早起啊。要留你们，就得有人搬被子呀。"

"我们自己来。"佳世说。

"那就要从我的被窝上跨过去了。而且明天的早饭也……"

"不用不用。"

"你们快走吧。我要睡了。"

"你叫我们走，可我们是从东京来的呀。"

"那就赶紧回东京去吧。"说完主人就退回了门内。就在这时，突然传来一声巨响，咚的一下，把黑夜都震醒了。我立刻感到脚下在微微震动。刚退回去的主人又探出胖胖的身子，他脸色大变。

"什么声音？"我叫道。主人没有回答，不停地四下张望。轰轰声越来越响，中间还夹着噼噼啪啪的声音。我发现四周异常明亮。刚才我们还看不见长屋的另一头，现在竟连远处的树林都看得一清二楚。这与我们的眼睛适应了黑暗无关，而是光线中带着昏黄的颜色，就像天要亮了似的。我不由得看了一下表，果然时间还早。

"啊。"主人叫了起来，我闻声望去，他正仰着头一个劲地朝天上看，不一会儿就迅速地向右边跑去，方向就是那个四面通风的过道，刚才的母女俩就是从那儿走进去的。他虽没让我们帮忙，我们也不知道他为什么跑，只是出于条件反射，我马上追了出去，佳世也跟过来了。

他用了最快的速度跑到过道的木踏板那儿，猫起身子就朝踏板上跳。我学着他的样子，也跳了过去。他熟悉情况，我照着他做准没错。穿过过道，眼前就出现了一座高高的楼梯。楼梯也是石头的，造型很别致。走近后我发现每一级石阶都雕刻着图案。

楼梯的样子有点像蛇或者龙，一直向高处延伸，更神奇的是，它们居然还闪烁着橘黄色的光芒。我跑着跑着脑子又有些发蒙。我究竟千里迢迢从东京来到一个什么所在了呢？做梦似的，一切都那么不真实。难道是我太困、太累的缘故吗？昨晚我没怎么睡，今天又坐了好几个小时电车，人都快累瘫了，又在几近不毛之地的野外走了那么久。我精神恍惚地跟在主人身后，什么也没多想就上了石阶。两个旅行包把我的手都压垮了，我把它们全放在了石阶上。等上了楼梯我才发现上头有个很奇怪的东西正在朝我们靠近。我吓坏了，越往上跑它就离我们越近。

原来是一条四足站立的龙。那是一个金属雕刻的龙柱，有一抱那么粗，就立在石阶的顶端。龙头上长着角，嘴左右各有几根胡须，背脊呈暗黑色，腹部和下颚都有橘黄色的灯光照着，金光灿灿的。

我气喘吁吁地跑到龙柱前站定，一转头就看见了表情严肃的旅馆主人，他站在最高的那级台阶上，一个右转，正面朝向我们。只见他的脸色已经缓和了下来，橘黄色的灯光照在他的圆脸上，十分虚幻。我累得直喘气，甚至怀疑自己已经睡着了，眼前的一切都是我做的梦。

我不明白旅馆主人为什么不再紧张了，总之先站在他下方的两级台阶处，学着他向右一转。二宫佳世也追了上来，照样站在我下方的两级台阶处，她也转向了右边。

"啊。"我叫了起来。刚才那个和服女人所在的玻璃房现在就在我面前。虽然还有距离，却似乎触手可及。玻璃房的左边出现了一团火，原来刚才我觉得这边亮，是因为有火光。着火了。玻璃房着火了。

我最担心的当然还是那个女人。可刚才双手按着玻璃，看着楼下的女人，居然不见了。就这么一会儿工夫，屋里的火势更大了，已经烧到了房子的右边。太危险了，女人莫不是摔在地板上了吧？照这样下去火就要烧到她了，她会被烧死的。

旅馆主人从我边上窜了出去，脱兔般窜下石阶。他的木屐在石头上敲出响亮的声音。我和佳世也跟了过去。主人一声不吭，但我们都知道他是去救火的。或许他很不愿意我们在后边跟着，可我已经顾不上这些了。事情太紧急，我们得去搭把手。如今他什么也没说，估计跟我们想法一致。

下楼后他又朝过道跑去。我两级两级台阶地向下跳，拾起刚才放下的两个旅行包，一直跟在他后边。佳世也一样。不出我所料，他果然从后门回了家。他急急忙忙脱了鞋摆好，一步跳上玄关的台阶。我也跟了过去。玄关里面是一间木板房，大概是厨房。屋里只有一盏灯泡亮着，昏暗的光线下我瞥见一个玻璃碗橱，里面堆满了碗盘，应该是之前办旅馆时留下的。

主人光着脚在擦得溜光的走廊上跑着，我也无所顾忌地跟着他，现在哪有时间打招呼，请求他允许啊。只是我穿着袜子，脚底直打滑，跑不快。"着火啦，着火啦，大家快起来。快起来呀。"他边跑边喊，用力拉开了面前的几扇木门。我看见屋里都铺着被子，大概是旅馆的厨师、服务员在睡觉吧。

不知道是不是我太紧张了，总感觉这旅馆里的长廊就像迷宫一样复杂，好不容易才找到楼梯。这次的楼梯就是普通的木楼梯，却特别陡。倘若下楼时不小心定会

龙卧亭事件：贝繁村谜团　　48

从上面跌下来的。我边爬边想。大约是脚下打滑,加上太过疲劳,这些念头就不自觉地冒了出来。

"着火啦,着火啦,快起来,去叫消防队。"主人边跑边喊,可我一个人都没见到。大家都睡着了吗?这么看来,刚才那母女俩来叫门时,还真亏得他没睡呢。或者正好就他醒着,还在厨房里干活?

我们上到二楼,二楼空荡荡的,木门全都开着,里面堆着一些坐垫,房间全是日式结构,一个人也没有。

我跑着跑着就觉得这楼里的木门可真多。表面上这座旅馆俨然是西式的风格,没想到房间却全是日式的。不过三楼应该是西式的吧。这房子真是一座东西交融的建筑。我想到了三楼的房间,透过窗玻璃我可以看见里面的大火。我之所以那么担心刚才的少女,就是因为我已经看到了大半个房间的缘故。虽然我看到了房间里的绝大部分,却没有看到站着的少女,我想她一定是摔倒在某处死角了。那里的窗户特别大,所以大半个房间都能看见,还有就是屋里没有挂窗帘。这种设计还真奇怪。那么大面积的玻璃房,居然一扇窗帘都没挂,这算什么奇思妙想?

我们一到三楼,就感觉进了夏天,空气热烘烘的。我听见附近有轰轰的响声。木头爆裂的噼啪声,呼呼的风声都在我们附近。

主人开了灯,屋里亮了起来,就在我们上来的地方刚好有个水池,地板上倒扣着一个水桶。

"快接水。"我说。

"不，拿灭火器。"主人向我身后指了指。他手指的柱子上装着一个红色的灭火器。我跑过去，用力把它从柱子上取下来。

那个着火的房间门上镶着毛玻璃，毛玻璃被橘红色的光照着，而门跟柱子之间的缝隙里一个劲地往外冒白烟。主人转了几下门把手，又用脚去踹，看来房门上锁了。他每踹一下，门上的玻璃就跟着一震，发出哐当哐当的响声。主人见门踹不开，就拿拳头砸，每砸一下，玻璃也会哐当作响。怕玻璃碎掉，他不敢用身体去撞。

"幸子，幸子，你没事吧？"主人叫着，原来那女人名叫幸子。

没人回答。主人再次用脚踹门。就在这时，我手里的灭火器被人抢走了。

"劳驾。"有人在我身边说，不知何时我身边站了一位瘦小的中年男子。大概火焰燃烧的声音遮住了其他声响，他也刚上楼来吧，身上还穿着睡衣呢。

只见他果断地举起灭火器的底部，朝着门上的玻璃就砸。照理说玻璃碎时会发出很大的响声，我却没听到。因为就在那一刻，我听到了一声很恐怖的轰隆声，刹那间白烟和热气全都喷了出来。

"幸子，幸子。"主人边擦汗边冲着碎了的窗户里喊。

"多谢。"中年男子把灭火器还给我。我刚接手，他就猛地向门上撞去，撞了两下便招呼主人和我过去。我赶忙放下灭火器，瞅准时机三个人一同向门撞去，反复撞了好几次。

可能撞了十次吧，我的肩膀疼得要命，头也被热气烘得难受。这时我们听到一声轻轻的开裂声，门上的铰链竖着裂了一道缝。白烟从里面冒了出来。

"快开了，就快开了。"小个男子给我们鼓劲。我们又用身体撞了三四次，我的肩膀越来越疼。只听砰的一声，门向内倒了下去。房里冒出一股滚烫的热气和浓烟，还有东西烧焦的臭味。

我们停止了撞门，各自拿脚去踹。只要门倒得再大一点，就算浓烟滚滚也能看到屋内的情形。我们左前方有一个暖炉，正冒着熊熊大火。显然火就是从那儿烧起来的。火苗从暖炉窜出烧掉了大部分地板、墙壁，再往上看，天花板有一部分也烧着了。火焰就像橘红色的黏胶一样紧贴着房内的各个平面，左右摇摆。

小个子男人纵身扑到门上，于是门整个倒向了屋内。

"拿灭火器来。"他喊道。我赶忙把灭火器递过去。他倒过灭火器砸向房门，白色的泡沫顿时喷了出来。他拿起皮管将灭火剂朝火焰燃烧的方向喷去。

"灭火器就这一个？"他叫着。

"就这一个。"主人大声回答。可火焰的轰鸣声太响了，他的声音听上去很轻。好热啊。才探进半个身体，前额就感觉要烧起来了。

"拿水桶接水吧。"按照男人的吩咐，我急忙跑回楼梯，从地上拿起水桶，放到水龙头下面。身边的佳世拧开了龙头。所幸水流很猛，很快就接了满满一桶。我把接满水的水桶提起来，佳世关上龙头，主人立刻接过去提到屋内，哗啦一下泼了出去。

我总觉得这一泼将火浇灭了不少，其实不然，是之前的灭火剂减弱了火势。灭火器威力很大。这时我才看见那个倒在地上的和服女人，她被火焰和浓烟遮住了。

主人把水桶塞给我，示意我再提一桶，之后就自己跑进屋里。他绕开矮桌，来到女人跟前，跪在地上把她抱了起来，嘴里不停地喊。我也把提水的事交给了佳世，跟着跑过去。屋子里真的没什么东西，只一张稍大一点的矮桌和几个套着白布罩的坐垫。

那个叫幸子的和服女人被主人抱在怀里。她的脸上化着妆，白色的双颊在火光的映照下显出一种橘红色。双眼紧闭，凑近看也像是一个偶人。所以主人才会大声叫她吧。她被主人抱在手里，前额上的刘海都倒向了脑后，只有一绺还留在脑门中间。她的脑门中间在流血，血粘住了这绺头发。

我看见她脑门的当中有一个硬币大的窟窿，黏稠的血液从里面流出来，一直流到了太阳穴。血都凝固了。她一定是受到了致命的重创，而我之所以还敢盯着，就是因为她的脸上没其他伤，还像是偶人一样。我并不认为她死了，倒像是个坏了的偶人。屋里太热，我们都出了汗，而她在屋里这么久却一点汗也没有，这叫她看起来更像是个偶人。

我以为自己盯着她看了很久，其实不过一秒。加之屋里酷热难耐，满是呛人的浓烟，我们在一个死人旁边待不了太久。主人的额上也渗出了豆大的汗珠，有一些已经流了下来。

"快把她抬出去。"主人说，"抬这里。"

"水来了。"佳世说。

"拿到这里来。"小个子男人平静地说，提起水就朝墙壁浇了过去，一股呛人的浓烟又冒了出来，径直冲入我的喉咙。我抬着少女穿着白袜子的脚，主人抱着她的头，飞快地向有楼梯的那间屋子跑去。周围热得像蒸笼，只有少女穿着白袜子的脚冷得像冰块。死后的时间还不长，她的身子还没完全僵硬。

我大汗淋漓地抬着女人，眼睛一直注意着起火的屋子，没想到那么大的火居然也快灭了。只用了一个灭火器和两桶水，现在就只剩下正对着我们的暖炉中的古琴残片，以及一小面墙壁还在烧。当然暖炉里也还有火，可能柴还没烧完。我又仔细地确认了一下房间里的门窗，看到它们都是关着的。

屋里浓烟滚滚，呛得我不停地流眼泪，视线一片模糊，这时我发现我们对面的暖炉边有个奇怪的东西。是一幅两三平方大小的油画，画着一个立姿男人，阴气十足。男人一身黑衣，只头上绑着一条渗血的头巾，左右各插着一支蜡烛。胸前挂着个亮闪闪的玩意儿，右手拿一把猎枪，左手挎一柄军刀。整张脸黑乎乎暗沉沉的，奇丑无比。他歪着嘴，眼睛里露着凶光。

这是什么鬼画？为什么要把这么丑的男人画得这么大？我心里嘀咕，转身站到了前头，倒退着朝楼梯旁的小屋走去。

屋里传出乒乒乓乓的响声，像是有人。原来有两个男人，正摸黑在一扇扇地开屋里的玻璃窗，之后他们又去了起火的房间，想必也要开窗散散屋里的浓烟。

我见水池旁的佳世正准备跟过来，便叫道："别看。"我不想敏感的她看到这种惨状，还好，她把头转了过去。

我想赶紧把女尸的脚放到地上，可抱着头的主人说不行，扬起下巴示意我再往里走一走，我只好又后退了几步。不一会儿，我的腰就撞到了门上。

"喂，藤原，快去开门。"主人叫着。站在屋角的一个男孩赶忙跑去，把我身后的门打开了。原来里面还有一间黑咕隆咚的房间。我倒退着往里进，叫藤原的男孩迅速跑去，打开了屋里的日光灯。

这是一个六帖的榻榻米房间，地上铺着被子，顶头的墙壁上靠着一个套白布罩的大家伙，看样子是古琴。

"快把她放到被子上来。"主人说着，又急急忙忙地赶在我前头去用脚踢开被子。我这才把尸体慢慢地放在了白色的被单上。我刚放好，主人就拿被子轻轻地将她盖上了。

"藤原，去找块白布来。"他说。藤原立刻跑下楼去，我从没听见他说过一句话。

我也跟着主人进到了楼梯旁的小屋里，只要稍微在干净的房里待一会儿，就能知道那间着火的屋里到底有多臭。可当我站在着火的房门口，透过撞坏的门往里看时，刚才一屋子的大火，如今也只剩下暖炉里的那点火苗了。我看见暖炉里有一些烧红的木炭，原来都是铁制的。

大火才烧到地板跟一块天花板，就被扑灭了。危害并不大，却还是造成了一名女性死亡。

"开开窗吧。"有人在屋里说，"屋里全是烟，这可不行。"是穿睡衣的大个子中年男人。

"那就开开吧。"主人答道。

"别碰，等一下。"又有人说，是刚才的小个子中年男人。

"有谁碰过吗？"他问。

"什么？"

"谁碰过这窗框和窗锁了？"

"没，没碰过。"

"那就保持原样吧，等警察看过以后再说。窗门都别打开。"听中年男子这么说，我才意识到这是一间密室。

"对，保持原样，大家尽量哪里都别碰。"我不禁叫起来。在场的人都转向我，之后就再不说话了。大概他们想先弄清我是什么来头，再决定怎么对付我。这种事御手洗一定不会在意，可我被大家看得如芒在背、手足无措。

刚才的尸体看着像是被枪击中了前额，一枪击中头部毙命的。这么说应该是枪杀，被枪打死的。可……

我半个身子又探进了案发现场。这屋里的窗子，其实就是镶嵌在墙上的无数块方玻璃。它们都关着，而并非才关上的。我搬运尸体的时候亲眼确认过。虽不能肯定都上了锁，但至少我们进来时，窗户都关得严严实实的。

屋里很热，我却突觉后背一凉。这不就是密室杀人吗？难不成……

"你动过窗锁了？"我禁不住向刚才那个要开窗的大个子问道。

"没，没有。"他回答。于是我憋住一口气，走进满是烟雾和热气的房里，四下查看了一下窗户的上锁情况。整墙的玻璃里有一部分是可以开关的玻璃拉窗，它们都被旋钮从底部牢牢锁紧了，只露出把手在外面。左右都一样。

我返回楼梯间，深深吸了一口气，问了佳世同样的问题："刚才有人到屋里去给窗户上锁了吗？"

"没有啊。大家都进去看了看，泼完水，就出来了。"

她没有说谎。屋里现在还浓烟滚滚，人在里面根本待不了十秒。之前就更不用说了。上旋钮很费劲，谁会有那么多时间？即使真有人去上锁，也一定会有人看到的。

"喂，谁去报下警吧。"主人说。

"我已经叫过了。"藤原答道。

"那大家就下楼去，等警察来了再说。"主人说，大家默默地点了点头。

5

一楼客厅的灯开了，我在盖着白布的待客椅上坐了下来，各人都拿出手帕擦汗，之后就等派出所的警官前来问询了。我见墙上的挂钟正指着深夜一点，心想怎么才一点，我还以为天都快亮了。

二宫佳世在我身边坐着，旅馆主人坐在一张单人椅上。救火时反应特别灵敏的矮个子男人坐在沙发上，这时大家才有空做自我介绍。另外几个男人则被主人叫去厨房沏茶。大个子的年长些，叫藤原的年纪轻，个子也小，两个人是搭档。听主人的口气，他俩像是寄宿在旅馆里的厨师。

"没想到，事情弄成了这样。"主人刚坐下就挠着腮帮子说，他走到拉门前，很费劲地打开了那里的一个煤油取暖器。橘红色的火光从满是烟灰的小窗口里泄了出来，空气中一股煤油味儿。刚出了汗，大家这会儿都觉得有些冷。

"那我就先来自我介绍一下吧。"主人很不情愿地开口道,"既然面对面坐在一起,我也不好不介绍,是不是?我叫犬坊一男,原先是这家旅馆的老板。"说着他略微躬了躬身,似乎很难堪。

不知是因为家里出了大事,还是天花板上日光灯的缘故,他看起来面无血色。犬坊头发稀疏,双颊和下巴都松松垮垮的,有些浮肿。不过仔细看,他长得并不丑。

"我是从东京来的小说家,名叫石冈。"听我这么说,犬坊一男立刻接口道:"哦,小说家啊。"便不再有下文了。这叫我有些失落,到底也有点资历了,竟没有人听说过我。相反地,御手洗的名字倒家喻户晓。这一点我经常无法理解。

我要是刚才自称御手洗,说不定犬坊还能知道些什么。不过没人出声,我也不便开口,同样,犬坊也没再问我写过些什么小说之类的问题。

"我叫二宫佳世,也是从东京来的。"佳世在一旁说。

"你是出版社的?"犬坊轻声问了一句,他依旧惦记着我们俩的关系。先前他不想让我们借宿,却格外关心我们的关系。现在有了机会,他怎么可能不赶紧问个明白呢?

"啊,不是的。"

"那是小说家的太太?"

"不是。"

犬坊对此颇有兴趣,想继续追问,但出于礼貌还是打住了。毕竟家里出了人命,他也不好太八卦。

"我姓坂出,在冈山开了一家杂货铺,这次把生意托付给儿子儿媳,才过来放松放松的。"精悍的小个子男人道。

"可旅馆不是已经歇业了吗?"我半带挖苦地问犬坊。刚才我们俩走投无路,深夜来访想借宿一晚,还被无情地拒绝了呢。犬坊面露难色,不悦地说:"是歇业了。只是我家去年过世的老掌柜,生前还有一些旧交,我们只接待他们。"语气明显在狡辩。"而且,你们来得太晚了,否则我们还能准备一下。"

"这里的温泉能治腰痛和脏腑毛病。我最近一直腰疼,所以才来的。"坂出说。

"他以前是著名的海军战斗机飞行员。很有名的。"犬坊不无讥讽地说,意思是坂出远比你一个小说家名气大多了。

听他这么说,我倒有了点印象,面前这个人我好像在照片上见过。他的身高约莫只有一米六五。如今头发全白了,还有些秃顶,戴着一副老花镜,双颊凹陷,鼻梁挺拔,身子虽瘦腰板却很直,动作也相当敏捷。加上没什么架子,给我的印象很不错。我很少遇见他这类人,大多数的人都像犬坊那样。

"虽然还让熟人来住宿，却也没什么服务可提供了。被子也不够，大冷的天，房门还都是用夏天的苇席做的篱笆。至于饭食嘛，我们这里厨师少，做不出什么东西。另外我们还得种地，照顾不了你们。即使让你们住下来，以后你们也少不得怪罪我们。"犬坊唠唠叨叨地说了一堆，可我觉得这些理由都不足以让他无情地将我们拒之门外，我想不通。其实他只要给我们一个垫子让我们住一晚，其他什么都不做，我们也不会抱怨的。我们不用他提供饭菜，说得难听点，没有被子也不要紧，总好过睡在荒郊野外吧。我总感觉他一定另有隐情。只是现在不该再抱怨了，毕竟人家家里死了人。

"死了的那位是……"我急忙打听。

"她叫菱川幸子，一位古琴演奏家，也是老掌柜生前的一个熟人。

"老掌柜名叫犬坊秀市，是这儿远近闻名的古琴研究家。"坂出跟我解释说。

"所以我们家里有很多珍贵的古琴，从普通的到各种雕花的珍品。旅馆起名'龙卧亭'也跟琴有关。不知道你有没有听说过这种说法，古琴就像是一条龙，各部位都有称谓。菱川小姐是我们这著名的琴师小野寺先生的弟子，十分擅长抚琴。"坂出说。

"老掌柜过去常在家里举办演奏会，邀请过大阪、九州的许多古琴演奏家。菱川小姐就是那时候跟老掌柜认识的，她很喜欢我们这儿，经常来住宿。这次也是来疗养的。"犬坊的眼里闪起了泪花，看到他这样，我觉得他并不坏。

"疗养？她哪儿不舒服吗？"我问。

"也不是，艺术家不总这样吗？神经衰弱，医生叫她多疗养一下。老掌柜对她很照顾，可能是老掌柜的魂把她叫来的吧。"犬坊竟说得如此轻描淡写，"也可能不是老掌柜……"

"不是老掌柜，那是谁？"一直没开口的佳世这时憋不住了，在一旁插嘴道。犬坊并没理她。

"那她怎么就死了呢？"佳世急了。是啊，我也正想问。

"她平时是不是身体不太好？有心脏病什么的？"佳世这话有点怪，哦，她没见过尸体。

"这我倒没听说。看她平时挺健康的，刚才还活奔乱跳的呢。跟我女儿说了会儿话，偶尔还很大声地开玩笑。"犬坊说。

"石冈老师，那她是怎么死的？"佳世转来问我，我把自己见到的情况说了一遍。不过，密室里出这种事真有点蹊跷。

"我没有看错，她的前额有这么大一个窟窿，十日元硬币大小。"

"别说了，这种事不要乱说。"犬坊很不客气地打断了我，口气叫我扫兴。就算他是主人，也没权利命令我。况且这可是杀人案，我没有瞎说。查明真相死者才能安息啊。一会儿警察来了照样得详细告知的,我们又不是在玩破案游戏。于是我不加理会,继续往下说:"我没看错。她是被打死的,就在这儿。"就在这时,突然传来一声尖叫,倒吓了我一跳,以为出了什么事。没想到声音是犬坊发出的,因为尖得像个女人,我一时竟没听出是他。

"怎……怎么了?"我感觉自己又做噩梦了,问犬坊。他像孩子似的双手捂着脸。就这样,慢慢地溜下椅子,一屁股坐到了高级的地毯上。他不停地拿头去撞面前的桌子,厚实的肩膀抖动着,哭得像个姑娘,把我的胆都吓破了。

这时拉门开了,刚才一起救火的大个子厨师,双手捧着装有茶盏的托盘,走了进来,后面是藤原。藤原托盘里装着茶点。这么一细看,藤原长得倒很秀气,像个歌舞伎的演员。

"打扰了。"两位说完看了主人一眼。

"怎么了?"守屋叫道,他赶紧将装着茶盏的托盘放在桌上,跑到主人身边蹲下,一个劲地抚摸主人的后背,"您哪里疼吗?要不要叫医生?"

"不,不,没关系。"犬坊叫着,放下双手,毫无血色的脸上满是泪水。

"守屋,刚才菱川死的那间屋子,门窗都关着吗?"犬坊抬起泪湿的脸,朝名叫守屋的大个子问道。

"都关着。"大个子很肯定地说,还重重地点了点头。接着又说:"菱川小姐说她睡前还要弹会儿琴,我在那之前还专门到三楼的房间去检查过。当时只有一扇窗开着,是我亲手把它关上、锁住的。所以窗子不但全都关着,还都上了锁。"

"可怕,太可怕了。"犬坊也顾不上眼前还站着用人,再次发出凄惨的哭声,双手捂住脸大哭起来。

"怎么回事?"不知为何,这次是我向叫守屋的大个子问了相同的问题。而他也很困惑,看了看我,下意识地又看了看天,摇了摇头。

"到底发生什么了?"他又转过来问我们。

"那个菱川,"坂出说,"她被人用猎枪打死了,正中脑门。"听到这话,守屋也是一惊,原本就很大的眼睛瞪得更大了,他的脸也渐渐没了血色,下唇耷拉下来,露出了舌尖和有些发黄的门牙,难道他也要哭吗?

就这样,他许久没说话,在座的人都沉默了。

我也没有说话,现在还找不出理由开口。我想了很多。我亲眼看见三楼的房间着火,也看到火被扑灭后,房间烧焦的样子。那屋里的窗户特别大,全是玻璃的,关键是它可以与外界相通。剩下的就只有通往楼梯和带水池房里的那扇门。

刚才用人说,出事前他看到所有的玻璃窗都是锁着的。而我总觉得那是出事以后才被锁上的。否则这事说不过去。只是那些锁都是旋钮,要锁上它们得花不少时间。另外从楼梯上来的那扇门也是屋子里唯一的一扇门，它也是锁着的。那究竟是谁，用什么方法把屋里的菱川一枪打死的呢？我重新又回想了一下事情的经过。

难道是菱川自己把锁打开的？这事还是无法解释。如果她真是这么被人打死的，那又是谁事后去锁的门窗呢？

再有就是这几个人为什么都跟女人似的那么胆小呢？难道他们都疯了？

"这是真的吗？"守屋的问话打断了我的思考。

"真的。我也看到了。你要不信，就到三楼去看一下，看看被子里的菱川小姐的脸就知道了。"坂出说。于是守屋浑身颤抖地说："怎么会这样？遭报应了啊。不可能的，这种事。"

"她这个地方有个窟窿，子弹还在里面呢。"听到坂出这么说，我微微一怔，他居然查看得这么仔细。这人究竟是什么来头？

我又瞧了瞧龙卧亭的主人，我现在可以肯定之前他的傲慢都是虚张声势，说到底他就是个胆小鬼。

"你说遭报应是什么意思？"二宫佳世轻声问道，但是没有人回答。再笨的人都能看出这里面一定藏着什么玄机。见大家都不说话，我又提了另外一个问题："三楼那间屋子里的所有窗户都上了锁，对吧？而且窗锁都是旋钮，门也是锁着的。"依然没有人说话。犬坊这时慢慢抬起屁股，挪回自己的座位。守屋和藤原这才将茶盏端到了各人面前。

"请喝茶。"藤原说，还递给我一个装着羊羹的碟子。我看二宫面前放着的是豆沙馅饼。

"我不爱吃羊羹。"二宫说。

"哦，是吗？"我说。那二人转身准备出去了，虽然有些冒昧，我还是把他们留了下来："请留步。我还有一个问题想请教一下。这么说刚才三楼的房间就是个密室喽？这点没错吧？"

"嗯，是的。"守屋站着答道。

"是密室，对吧？没错？"我又问了一遍，守屋和藤原都默默地点了点头。

"就像您看见的那样，其他的我们也不知道。"

"那菱川小姐是从哪里被击中的呢？"

"别，别，这种事情你可不能说。"犬坊用手背擦干了眼泪，命令道，"这种事情不是我们普通人可以随便议论的。"

"那怎么办？警察马上就要来了，全都交给警察去办吗？"我问。

"是的。"犬坊重重地点了点头。

"可我们不把事情搞清了，怎么去跟警察解释呢？"我说。犬坊举起双手拼命地摆了摆："不行，这种事情你不能说。有所为有所不为。像我们这种普通人还是少议论。"我弄不懂他这话什么意思。他分明不想管闲事。可这里出了人命啊。想不想管，都没那么简单了。我不服气，正想再争辩几句，守屋他们进来的那扇拉门又开了，一个在白色睡衣上披着粉色开衫的姑娘探头进来。她冲我们一笑，露出雪白的牙齿。她的皮肤有点黑，五官轮廓却很立体，漂亮得有点出乎我的意料。没想到在这乡间，竟会看见她这样略带异域风情的脸。

"出什么事了吗？"她的嗓门有些尖。我这才发现她虽长相成熟，其实年纪并不大。

"没事，没事。你不要起来。小孩子好好睡觉吧。"犬坊大声训斥着，看样子她是犬坊的女儿。尽管有些不厚道，但当我知道犬坊的女儿这么漂亮，不禁有点难以接受。

小姑娘并没有走，她好奇地环视了一下屋里的每个人，而我的眼睛从头至尾都没有离开过她。我想搞清楚为什么她看上去那么成熟。后来我总算明白了。因为她的目光特别深邃。小姑娘很兴奋，眼里充满笑意，眼眸却十分深邃，所以整张脸看上去非常成熟。恐怕也正是因为这深邃的眼眸才让她的目光闪烁出钻石一般明亮夺目的光芒。

她笑意盈盈的目光落到了我的脸上，那一瞬我们四目相对，我的心剧烈地跳动着。她那么瘦，大概还只是个高中生吧，脸却成熟得像个大人。在她深邃的眼眸周围，眼眶就跟画了眼影似的颜色深深的。她生来就是这样一副面孔吗？我觉得有些不可思议。她嫣然一笑，又孩子气地跟我打了个招呼。我被她这不太协调的举动感染了，连忙也打了个招呼。于是她缩了回去，慢慢地拉上了门。

"喂，里美。"犬坊喊了一声。

"干吗?"小姑娘又把头探了进来。

"我有点冷。有没有什么开衫之类……算了，我自己去吧。"说着犬坊站了起来，叫里美的姑娘退了出去，她胖胖的父亲也走了。拉门又合上了。这时，守屋跟藤原向我们轻轻点了点头，也跟出去了。客厅里只剩下了我、佳世和坂出三个人。

说实话，我很震惊，闹不明白这里究竟是个什么地方。之前在三楼被害的那个和服女人也很漂亮，皮肤特别白，像个日本偶人。而从黑暗中跑出来的那个带孩子的妈妈，长得也很不错，不像是日本人。现在，就连刚才进来的那个姑娘也长着一副外国面孔。这里怎么会有这么多美女呢?

"刚才那位是个高中生吧?"我问。

"是的，高中生。"坂出答道。我因为一连见了好几个美女，脑子里乱哄哄的，连思维都停止了。我甚至忘了自己在想些什么。

"石冈老师。"

"啊?哦。"听到有人叫我，我才回过神来。

"刚才那个死在三楼的人，是在密室里被枪杀的，对吧?"二宫佳世紧紧地盯着我。

"应该是的。没错。坂出先生，是这么回事，没错吧?"

"我想是的。"

"真讨厌。"佳世说,我看着她,这会儿才注意到她也受了刺激,身体正一阵阵发抖呢。

"好烦啊,石冈老师。这究竟怎么回事?密室杀人案吗?"

"嗯,好像是的。"

"你搞清楚了?这到底怎么回事?"

"这……"我想了想。

"你不是推理专家吗?你一定知道许多密室杀人的案件吧?"佳世很严肃地问我。

"不,我可不是什么悬疑专家,不过是个写书的罢了,对杀人案没什么研究。我也不太清楚。而且很多事我都记不清了。"

"你别这么说,现在这屋里就你最了解密室杀人了。"

"嗯。可这到底算不算真的密室杀人呢?"

"所以嘛。"佳世几乎要哭了。"就是害怕我才问的。你快点帮我解开谜团吧。"佳世抓疼了我的手,怒气冲冲地说。我的压力很大,只好绞尽脑汁地去想。为什么我们刚到就碰上这么大麻烦,而且还在我们身心俱疲的时候,说什么也得让我们先睡一觉吧。

"发生在密室里的枪杀案……这个……对了,锁孔。通过锁孔可以做到。"我不禁叫了起来,自以为这个主意不错。

"锁孔吗?"佳世问。

"你是说锁孔?"坂出也凑近了问。

"是的。就是把子弹插进上了锁的锁孔里。如果是九毫米二二口径的话,就可以用弹壳底部固定住。然后再找一些东西去引起室内的人注意,比方信封或者照片,从门缝里塞进去。准备就绪后凶手就去楼梯间等着。屋里那位叫幸子,是吧?等她发现了门底下压着东西,走到大门边时,她就会弯下腰去拿。这时候凶手就死盯着信封,一旦发现信封动了,他就用锤子猛敲子弹屁股,也就是弹壳底部,这样子弹就能发射出去,击中幸子的头部。"

"原来如此。"坂出说。紧紧盯着我的二宫佳世也放松了下来。

"还可以这么处理啊。"坂出说,我略微感到了一丝自豪。可坂出接下去又说:"可这也不行啊。"

"不行?"我问。

"嗯,不行。门上没有锁孔。"

"啊?没有吗?"

"嗯,那扇门的锁是从里面拧上的,没有锁孔。"

"啊?真的吗?"我大失所望,可他说得也没错。除了外边玄关的大门以外,其他门上都没有锁孔。

"而且呢,现在市面上基本看不见单纯用小洞来连接内外的锁了。非常少见。没人卖的。因为我们杂货铺就有各种锁卖。"坂出这么说我就明白了。这种手法确实水平低了些，也太老套了。

"对啊，坂出先生家是做杂货铺的啊。"

"是的。"

佳世听见我们的话，放松下来的脸上又布满了愁云。

"如果真像你说的那样，那幸子就会是这儿，头顶中弹。"

"对呀，击中的确实不是她的头顶，她是脑门正中间被击中了。"这是我亲眼所见。

"对。就是脑门这儿。实际上我刚才都看到了，全部过程。"

"全部过程？！"我一怔，究竟怎么回事？是说见到了杀人的全过程吗？那刚才怎么不早说？这下糟了。

"全部过程？你的意思是她被杀的全过程吗？"

"是的。"

"真的？"我吓了一跳。据我所知，无论哪种密室杀人案，这都不可能。前所未闻。

"嗯，偶然看到的。刚才不是有琴声嘛，我就随意走出了房间，站在走廊上，望了一眼三楼的屋子。你也知道，那屋子全是玻璃，就跟温室似的。加上开着灯，屋里的情况一目了然。只有离地板一米左右的地方，就是窗户下面那一点点看不到。但是后边的都能看见，就像看一场古琴演奏的舞台似的。"

我下意识地凑了过去，生怕漏掉他说的任何一个细节:"你是说你一直在屋外的走廊看着?"

"是的。"

"距离大概多远呢?"

"嗯,三十米左右吧。"

"三十米啊,那你一定看不见菱川的脸吧。"

"看不见。"

"换句话说,那就也有可能是别人。"

坂出笑了起来:"是有这个可能。可这有什么意义呢?看身材我就能肯定是菱川小姐。"

"不好意思,坂出先生您的视力没有问题吧?"

"我的视力一向很好,从年轻时,看远处就很清楚。现在老花了,所以看近的比较吃力,远处的话根本没问题。"

"哦,对,你以前是开战斗机的。"

"呵呵,是的。想要在飞机上大量地歼灭敌人,视力比驾驶技术更为重要。因为我们很少空中作战。"

"那我唐突了。"

"她大概只弹了五分钟吧,然后砰地倒在了地上,我还挺纳闷,就又看了一会儿,没见她起来,接着窗户底下就蹿出了火苗。我一见起火就赶紧跑了上去。"

"这么说,菱川小姐是在弹琴时被枪杀的?"我不禁叫出声来。这么看来,根本没机会耍手段,连自杀也不可能了。我真没想到会是这样。

"是的。"坂出一脸诧异地说,好像他根本不知道我为什么这么吃惊,仿佛一切都很自然。也许在坂出看来事情就这么简单,但对一个侦探小说家来说可就不一样了。子弹到底是从哪里飞过来的呢?没有枪的话也就不存在凶手了啊。

"菱川小姐就从没站起来过吗?"

"你这话的意思是……"

"就是说她要去弹琴,在古琴前坐下以后,一直到被击中倒地,这一段时间当中,她都没有站起来?"

"没有。顺便说一句,刚才你不是讲到隔壁有楼梯跟水池的那个屋子嘛,那边上的屋子也有一扇小窗,就是我们撞坏的那扇门,门上有玻璃,菱川小姐房间的灯光通过这上面的玻璃可以照到楼梯间里去。所以我也能看见那间屋里到底有没有人。除非他一直躲在屋里没有站起来过,从头到尾都是趴着完成犯罪的。"

"那隔壁屋里到底有没有人呢?"

"没有啊。完全没人进去过。"

"废话……菱川小姐又不是被击中了后脑勺。对了,她当时是什么姿势,冲着什么方向弹琴的?"

"她背对着我。但也不是整个背都对着我,稍微有点偏左吧,我能看见她左边的半个后脑勺,就像这样。从我的角度看过去,她面朝着左边,后脑勺对着我,应该是整个人对着左前方。"

"那她是脑门中弹,按她那个姿势,她的前方有什么?她面前的。"

"那就是暖炉了啊。"

"暖炉，再有就是窗户。可窗子上了锁，玻璃也是完整的，没有子弹穿过的痕迹。玻璃的另一侧，也就是和坂出先生看着她时相反的那一侧，那边的窗户外面有什么？"问完这句话。我才发现这问题提得有点傻，那一边不就是刚才我们走过来的方向吗？我们就是从那一侧的坡道爬上来的。而菱川小姐就是把双手按在这扇窗子上俯视着我们的。而我们身后就只有贝繁村和那条河了。

"窗外是天啊。"坂出也很干脆地说。

"那暖炉里烧的是什么？"

"什么也没烧，那是用煤气的。"

"煤气？"

"对，以前烧过柴火，可是太危险了，就换成了煤气。"

"是吗？"

"是的。所以如果想烧些什么的话也还是可以的，只不过那里面不是有一个柴火形状的铁块和点火器嘛。"

"是吗？那间屋子是木板的吧。"

"木板的。以前有好多学古琴的弟子都坐在那里练琴，所以里面空空的，没有家具。连幸子小姐也是坐在垫子上弹琴的。"

"那为什么不挂窗帘呢？"

"哦，为了方便客人从龙胎馆的走廊看大家练习吧。"

"那我们再来说说暖炉吧。为什么会起火呢？如果只是用煤气打火的话，不可能会着火的啊。"

"我觉得大概是幸子小姐被击中后，倒地时踢翻了琴。所以琴角撞到了煤气点火器上，琴烧着了才引起火灾的。"

"哦，原来如此。"

"我刚才仔细看了，琴烧毁得最严重，琴的一头都掉在暖炉里了。"

"原来是这样啊，那你说得一定没错。不过……"

我再次语塞。"她的面前只有煤气暖炉、天空，此外就没别的了。那菱川小姐到底是被谁、怎么枪杀的呢？"我双手抱在胸前，叹了口气。

"不，还有一样东西。"坂出说。

"什么东西？"

"就是那幅画。"坂出笑着说。

6

当天晚上，村派出所一个名叫森安太郎的中年警察，在恰到好处的时候来到了旅馆，可他的调查也没有取得多大进展。我本以为他会把我们每个人都单独叫去问话，没想到他只是把醒着的人统统集中到客厅里，闲聊似的坐在一起谈了谈。看上去他并不想亲自来解决这件事。

不过调查时里美和之前那对母女都没来，就只有我们几个救火的。但还有一个在睡衣外面披了件白色长袍的女人到场了，像是一男的太太。这女人没有化妆，只涂了一层面霜，不过他们夫妻好像很慌张，一男并没有向我做介绍。

"这么说死者叫菱川幸子。她是哪里人？"警察停下做记录的笔，推了推眼镜，挨个把我们看了一遍。

"京都人，是生田流派一个弹筝曲的。"馆主犬坊哑着嗓子说。

"筝曲，筝曲是个什么东西？"

"筝曲就是古琴曲。具体的我也不太清楚，反正研究古琴的老师都不把古琴曲写作琴曲，而是用'筝'这个字。写着这个字的曲子就叫筝曲。"

"哦，古筝的筝曲啊。那她在这里住了几天？"

"嗯，有一个月了吧，前后。"主人看向守屋，守屋也点了点头。

"她好像是二月二十六日来的，那就是一个月零四天了。"

"二月二十六日啊。"中年警察边说边揉了揉疲倦的眼睛，一支笔不停地在本子上记着，"嗯，这之前好像问过。她来这里干什么？你们跟她很熟吗？"

"老掌柜以前很照顾她，她来过很多次了。"

"几岁了？多大？"

"几岁了呢？二十五六吧。"

我没想到死者居然有二十五六,看上去倒还很年轻啊。

"她一直是一个人吗?"

"是,她每次都是一个人住。"

"免费的吗?还是要付钱呢?"警察问了个跟案件无关的问题。

"老掌柜是说不收她房钱的,但她父亲给了我们钱。"这话是犬坊的太太说的,她看上去比她老公更紧张。

"哦,那她是来疗养的?"

"对,她本人是这么说的。"犬坊一男回答。

"身体哪儿有毛病呢?"警察说着又抬起了头。

"没,看不出哪儿有毛病。跟我女儿说话也很正常。"丈夫说。

"那她干吗疗养?"

"不知道,大概身心疲惫吧,类似这种的。"一男看了他太太一眼,女人也点了点头。

"那她没说有人要杀她,或者有人在追她吗?"

"从没听说过。"妻子说。

"有没有在怕些什么?"

"没有。她一直挺开心的。"丈夫说,妻子也点头附和。

"会不会有什么仇人呢?"

主人抱着双手想了想:"看着不像啊。"

"她在村子里有熟人吗？"

"没有吧。她只认识我们。"

"那她就这么，连个熟人也没有，就死了？被杀了？"警察问，大家都很紧张，默默地点了点头。

"这是怎么回事？"警察停下笔，又挨个问我们。他眨巴着眼睛，困得要命。

"现在你们谁有枪？这家里的。"

"别开玩笑。没人有。"主人说。

"村子里谁会有吗？"警察问。

"没有吧。"主人答道。大家都沉默了。

"不会真是邪祟吧？"守屋小声说。

"别胡说。"主人大声喝道。

"什么邪祟？"警察问，不过没有人回话。

"你最好去问后边法仙寺的足立师傅，或者释内教的二子山师傅。"好一会儿守屋才说。

"哦，法仙寺的啊，他们怎么说？"

"他们说大概是睦雄的邪祟作怪。"守屋说。

"别说傻话。"主人话音刚落，警察就哼了一声。

"总之，明天县里警局会派刑警来的，今天晚上大家就先去睡吧，明天哪儿也别去啊。"警察说着合上了笔记本，由他主持的这次气氛融洽的问话就这么结束了。他连我们的名字都没问。大概是太困了，想早点回去睡觉。

我本以为这会是我了解龙卧亭所有旅客、馆主家人跟所有用人名字的绝好机会，早就打开笔记本等着呢，结果完全没这么一回事，看来详细资料都得等明天以后了吧。因为我觉得为了配合县里警局的调查，"大家谁都别出去"这句话里的"大家"也包括我们，我跟二宫佳世也就不得不住在这家旅馆了。我正想得出神，馆主犬坊似乎也意识到了，他招手叫来了守屋，指着我跟二宫说："'里板'那间跟'莳绘'那间都还空着吧？那两间好像还有被子，让他们住进去吧。"他是迫不得已才这么说的，这一点我们很清楚。多亏了这场大火和菱川幸子的遇害，今晚总算能盖着被子睡觉了。

我们俩跟着守屋，拎着两个旅行包，又走到盖着竹顶棚的过道来了，这时正好警察森安也慢慢地跨上停在角落里的一辆黑色旧自行车，回去睡觉了。我听到哪里有鸭子在叫。

要进入都是客房的那栋楼就必须在过道登上三级石阶，我抬头看见那里有一块旧匾，上面"龙胎馆"三个字被灯光照着。匾额前结着一张薄薄的蛛网。等我回过头，才发现刚才那栋房子的出口挂着一块小门牌，竖着写着"龙尾馆"。也就是说有玻璃房的三层木造楼是"龙尾"，而我们要去的长屋则是"龙身"。

我们照守屋的指点换上了放在鞋箱里的拖鞋，走廊里非常冷，不穿拖鞋的话，脚底会很凉。

一进走廊我就瞪大了眼睛。这里的走廊跟墙壁也全是老式的木结构，抬头可见阴森森的屋顶纵横交错着又粗又黑的木梁，以及大大小小的木条，天花板就铺在这些木架子上，下面悬挂着一排排的灯泡，发出昏黄的光映照着这一切。然而，许是夜深了的缘故，成排的灯泡中只有三分之一亮着，也就是两个灯泡后亮一盏，每两盏亮着的灯泡后又有一盏不亮。走在这样的光线之下，我不断闻到旧木头上灰尘的味道，以及潮湿的霉味。

守屋在前面带路，他要帮我们拿行李，可旅馆既已歇业，再让他拿，好像有些说不过去，我便没同意。其实，我很想叫他帮我拿。昨晚没睡好，今天又坐了一天车，还走了那么多路，脚都累坏了，如今又因为杀人案和火灾而精神亢奋，它们所产生的反作用叫我有些虚脱，同时还得忍受深更半夜的强烈睡意，这桩桩件件加起来搞得我神志模糊。提着旅行包的两只手都快要脱臼了，腿硬得像木棍，而且我困得就要倒在走廊里了。

然而一切都在我看到"龙胎馆"的独特建筑造型时，化为了乌有。紧张、疲劳以及强烈的睡意早让我忘了自己还没吃饭，眼前这幢房子又让我把疲惫和困倦也统统忘了。

首先是这条奇特的走廊吸引了我的注意力。正如我前面所描述的，这条走廊由板壁围着，又窄又长，虽然旅馆已歇业，可这里依旧打扫得一尘不染，地板光可鉴人。或许之前旅馆一直有人打扫，现在只要稍微擦拭一两次就可以恢复光泽。地板滑溜溜的。

另外还有一个原因，也让我觉得地板直打滑。因为不光地板干净，而且一路都在朝上走。也就是说这条走廊其实是道斜坡，这点很特别。当然我之前也注意到这条走廊是个缓坡，只不过我以为坡很短。所以我想当然地认为，很快就会走到平地上，下意识地觉得只要稍微忍耐一下就没事了。然而，一直都在上坡。走廊是建在一个较缓的斜坡上的，怎么都爬不完。我还是第一次在一座由人建造的房子里，而且还是在一个日式建筑里经历这样的事。实在太不可思议了。

而且这条朝上去的走廊，一直在向右盘旋，所以我们不但在往上走还一个劲地向右旋转。向上的斜坡是固定的，转弯的角度却不同。所有的客房都设置在走廊的左侧，右侧没有房间，右半边都可以通到室外，非常有趣。右侧既没有墙，也没有门，就几根柱子撑着，是个开放空间。夏天的话，这种简洁的建筑一定很凉快。冬天就太冷了。事实上，今晚正是三月的深夜，我们走在这条走廊里，气温低得就跟在户外一样。而夏天也不见得舒适。因为这房子单独建在山林里，与外界相通的走廊里挂满了灯泡。灯亮起来不知道会招来多少虫子呢。我们行走其间，感觉不像游廊反倒更接近一条狭长的廊檐，而且还容易打雨。我一边想一边朝右边看，只见地上有长长的凹槽，天花板上也有，这么说来这里之前是装着拉门的。

如果没有门，冬天还真够呛呢，夏天飞蛾也不少。原来以前这里有很多门啊。大概只白天才会全部打开吧。而现在用人少了，或者门都坏了，这才把右侧的门全拆掉了。看这是道斜坡，恐怕门也关不严实。龙卧亭之所以关张，估计是因为平时太难以管理了吧。

我之前之所以没看出它是一条廊檐，总以为是一条走廊，就是因为右侧的开放空间里立着石墙，遮住了视野，仿佛一道黑色屏障。我便以为右边也都有墙，其实不然，它们不过就是些石墙，也因为如此，走廊里总是湿乎乎的。

我们越往前走，不，是越往上走，石墙就越低。向右便可以看见一个从上面铺下来的花坛，花坛对面是一个略有坡度的大草坪。也就是说我们登上走廊，也就到了院子的上方。

院子是居中的，虽在夜晚，仍可以看见花坛里开着一些花。季节尚早花并不太多，空气中却不再只有石块的湿气，而是充满了花草的香味。与此同时，我们的视野也更开阔了。我看见几盏亮着的灯泡正在广袤的夜空中，盘旋着向右上方不断攀升而去。中庭的那一头就可以找到我们的栖身之地了。

夜雾越来越浓，黄色灯泡将夜雾也染上了黄色的光晕。院中的花坛里也点着同样的黄灯。

空气中有一股老木材发出的古旧气味，加上混合了植物气味的潮湿夜雾，以及远处树林的味道，这些夜晚特有的气味配合着昏黄的庭院灯火，更加重了我的疲惫，让我误以为走进了天地尽头的一片陌生秘境。困倦和不知名的诱惑叫我差点就晕了过去。只是长年生活留下的习性，使我还能勉强走下去。

　　这一点估计身边的二宫也是一样。她好像又被周遭的境况困住了，始终没有开口。

　　左侧的这排客房也很奇特。每个房间的房门不知为什么竟然都是凉爽的竹片做的篱笆。这些长长的竹片排成一排，令深山里的三月夜晚更增添了一份凉意。当然屋内并非如此，只有开在走廊上的是篱笆门，里面则都是普通的日式拉门。这些门之前也许每逢夏冬就得更换，现在歇业了，便没有换掉。

　　不过，走廊上装了门就会暖和吗？不，事实上，就算篱笆都换成木门，屋里也暖和不了多少。因为每间屋子的上部，跟天花板连接的地方都设计成了格子窗，每间房子在这里都安了雕着龙纹的木板，一字排开。木板的上下方都留出一丝缝隙，没法盖住。因为木板的棱线都是弯的，保留了木头本身的纹路，所以缝隙处肯定会有风。

　　也许我说雕花还不够严谨，我不懂木工的行话。格子窗是由在木板上钻洞做出龙纹的，也就是龙身各部分都是一个一个的窟窿，所以龙胎馆各屋都很通风。由于每个房间都有格子窗，靠近走廊左侧的天花板就成了一连串的雕花。房间成楼梯状排列，格子窗也就排成了阶梯状。这么一来就无需再考虑房子的通风问题了，从另一个角度说这种设计也很别具一格。

每间客房的篱笆边上都挂着门牌,分别写着"尾布""柏叶""云角"等字样。为何要取如此深奥的屋名,令我这个才疏学浅的人实在费解。疲惫也不允许我打听个中缘由,领路的守屋只默默地往前走,并无意向我们解释。

有了这些篱笆,走廊左侧的客房便流露出异国的情调。透过篱笆,我看到有些房里还点着方形的纸灯,让我想起幼时菊花偶人展上的昏暗光线,又仿佛游乐园里根据四谷怪谈、番町皿屋敷建造的鬼屋,既可怕又刺激。而且每隔四五个房间就有一个厕所。

又走了一会儿,就来到一间名为"里板"的屋子,佳世被安排在这儿,我的手终于可以从旅行包上解放出来了。佳世接过包,恳求地看了我几秒,又很快打消念头朝我点了点头,拉开篱笆走了进去。屋里还没有开灯。

我担心她独自进去黑洞洞的屋里,可也别无他法。

"被子在壁橱里。每隔几个房间就有厕所。"守屋冲屋里喊了一声。佳世有气无力地答了一句:"好。""您好好休息。"守屋说。

下面轮到我了。隔壁房间挂着"莳绘"的名牌,守屋冷冷地说就是这儿了,我便也只好一个人进去。因为走廊整个是道斜坡,房间左侧入口的地势就稍微高一些,跟上了一级小台阶似的,我进了一个很小的房间。这里的门也是篱笆。跟其他客房一样,门上有格子窗,上面横铺着一块在龙身上钻了洞的木板。正如我前面描述的，它与隔壁一个四帖的房间相通，进门处放着一个方形纸灯，这屋里也没开灯。

我本以为篱笆没法保证住客的隐私，不过也就是刚进门的两帖半小屋装着篱笆门，后面的房间全是普通的日式拉门。里屋有四帖大小，从两帖半的小屋进去后，靠走廊的这一侧全是墙壁，所以只要拉上小屋间的拉门，走廊上的人是看不到屋内的。剩下的就只是供空气随意进出的格子窗了。

守屋没有进屋，他一只脚跨在两帖半的小屋里，指了指里面的壁橱，告诉我坐垫在里面。里间还有个六帖大的壁橱，睡觉用的被子都在那里面。他简单地交代了两句就退了出去。

篱笆看着不保险，其实是有门栓的，一根黑色的木棍就放在门边上。当然这玩意儿一脚就能被踹开，但总算能把门关上了。另外，两帖半的小屋和四帖的里屋之间还有一扇拉门，这里也有门栓。虽然我很怀疑这些纸门木门的防范效果，但房间跟走廊之间毕竟隔了两道门。

四帖的房间往里还有个带窗户的房间，六帖大小，正如守屋所说这屋里有个很大的壁橱，拉开橱门就可以看见里面堆着被褥。只是在它跟四帖的屋子之间就没有门栓了，当然需要的话，可以从边上那屋里拿过来用。

尽管我们在倾斜的走廊里走了好久，所幸屋里是平地。套房里只有矮桌、烟灰缸、方形纸灯和放在壁橱里面的座垫，电视、电话、录音机则都没有配备。屋里空荡荡的，这倒无所谓，只是屋里连取暖器也没有，实在出乎我的意料。这儿可是远离村镇的深山啊。走廊又是开放式的，门口也只有篱笆，所以我想象中每个房间一定都备有取暖器或者小炕桌。难道大家冬天都不怕冷？还是唯独我这间屋里没有？

屋里有股久没人住时才有的霉味。这倒也不算一无是处，至少它让我开始感伤自己已经离开了横滨，又走了一条长路。多亏了它的提醒。

六帖的房间跟我之前描述的一样，窗户上装有毛玻璃，别有一番古旧之感。窗子中间生锈的旋钮旋得很紧，因为锁太旧我用尽了全力才把它拧开。之后，我又勉强地推开了不太灵活的窗子，外面没有纱窗，只有一个半节竹子做的导管，里面淌着清水，是个导水管。

凭窗而望，远处就是贝繁村辽阔的乡间。雾气与夜色模糊了它的全貌，我只能越过前面一片黑魆魆的树林，隐约看见小河、水田和田间的农舍。等明天太阳出来，定能好好欣赏了吧。

我关上窗，再按原样上了锁，打开壁橱，把冰凉平整的被褥拉了出来。被褥也发着霉味儿，不过上面都有叠好的干净被单。我铺好被褥打开旅行包，将运动服拿出来套上，旅行时我习惯这样。我走出房间准备去一趟厕所。外面好冷，我顺着走廊的斜坡往上走了几步，就在隔壁写着"龟甲"的房间那头找到了厕所。

厕所不算旧，也还干净，就是有点臭。刚才那对母女跑去外面找厕所，大概就是受不了这股气味。这些念头都只一闪而过，我已经困得上下眼皮直打架了。才见过女尸，居然还这么困，真是不正常，不过至少说明我对刑事案件经验足够丰富了。

我急忙跑回屋，连门栓都没上，一头钻进被窝，之后就失去了记忆。

第二章

1

一声洪亮的钟声将我从梦中惊醒,不知发生了什么事。钟声离我很近,我老觉得自己还睡在马车道的公寓里,听到钟声再次响起,便以为出了大事,下意识地翻身起床。我睡眼惺忪地呆坐了一会儿,才想起自己身在何处,昨晚睡在何方。

蓦地,脑海中浮现出幸子脑门中弹的样子。没一点征兆,就这样突然地冒了出来,仿佛锁着不幸回忆的箱子被打开了一样。我又一次感受到强烈的恐惧和恶心,顿时睡意全消。不过我仍为人类大脑所具有的奇妙防御机制心悦诚服。倘若这感觉出现在昨晚,那我兴许真就两夜不睡觉,把身子也弄垮了。大脑麻痹了我的恐惧神经,叫我先好好地睡上了一觉。

所以我早上感觉精神多了。只是坐起来时掀了被子,这会儿身子冻得够呛。我环顾了一下四周,只见满屋子灰白色的光线,天已经亮了。我拿出放在枕边的手表,原来已经六点多了。钟声一声接着一声,中间夹杂着潺潺的流水,像是窗外导水管发出的。

又是一声钟响，直奔我的五脏而来，太难受了。虽没什么大不了，我却没法继续入睡，钟声近得就像在我枕边。虽已恢复，毕竟昨晚睡得太晚。我没看表，不记得确切的时刻，但确实没睡多久，顶多三个小时。我想拉上被子再躺会儿，尿却涨起来了，只得先去厕所解决完再回来睡。我起身披上衣服，拉开房门，经过四帖的小屋，走到两帖的外屋，从那儿打开篱笆门，下到地势较低的走廊上，穿上脱在外边的拖鞋。

走廊比屋里更冷更潮湿，眼前的中庭在晨曦中显出迷蒙的景象，叫我心生爱意，便径直去走廊尽头静静地欣赏了一番。

凉意沁人，随着睡意的远去，我在走廊上驻足良久，原来刚才那些流水声并非来自导水管，而是下雨了。龙卧亭是单独建造在深山幽谷里的，静谧的细雨使满山的绿树蒙上了白色的水雾。整个中庭都笼罩在雨雾里，氤氲一片。朝远处看雾气更重，那些高高的树木被白雾掩去了身影。雾霭飘飘渺渺，屋宇宛在云海之中，而雨就穿过云雾静静地落在中庭里。

白茫茫的天地间，风格奇特的龙胎馆仿佛海螺花纹般盘旋着向右攀升。虽在雾中，但透过晨光，我还是看得见它们。云雾遮住了远处的房屋，不过顶头还有一幢华丽的建筑，因建在石墙之上，雨雾中仍清晰可见。

不用说，这里的风景真不错。在这湿漉漉的清晨，细雨薄雾把石头的气味和花草的芬芳都糅合在了一起。

而我脚下这幢木造楼房也散发着淡淡的原木香气。

我凭着早晨清醒的头脑，对龙卧亭的全部构造有了直观的认识。它是一个建筑群，所有房屋依山体的坡度而建。半山腰恰有一处桌面似的平台，整座建筑便围绕着这个中庭修建形成，尤其是龙胎馆。它的走廊全都朝右盘旋延伸至山腹，而处于下方的走廊右边则只能看见石墙。因为中庭建于石墙之上，龙胎馆下半部分的走廊正好低于中庭。但若顺着走廊一直往上走，就能到达我现在的位置，这里与中庭平行。再往上，走廊的位置就会高过中庭。龙胎馆的这一部分高度主要是沾了支撑中庭的石墙的光。等上到走廊的最高处，就又与另外一幢建筑相连了。那幢房子也十分森严肃穆，形似庙里的舍利堂。

这座横向绵延的奇特建筑群，在迷蒙的细雨中，真像一条横卧的巨龙盘山逶迤。莫非"龙卧亭"就是以此命名的？难怪下边的房子取名"龙尾馆"，我所站的这座长屋则叫"龙胎馆"，其实它就相当于龙身啊。这么说来，顶头那幢高高的舍利堂一定就叫"龙头馆"了。

洪亮的钟声又响了，我赶紧去寻找它的源头。循声望去，龙头馆的上方，好像有座庙。是一座寺庙。天晴的话应该能看清楚，今天下雨，所以我还不能完全肯定。不过我隐隐约约看见舍利堂的上方有个撞钟楼，一个壮汉正拿着撞木朝大钟撞去。距离虽远，但空气湿润，钟声听上去格外清晰，仿佛就在耳畔。

我正准备转向右边去上厕所,抬眼看见了昨晚起火的龙尾馆三楼。龙尾馆一共三层,从我现在的位置只能看到它的顶楼,它的上部就像是搭建在中庭的草坪上一样,近在咫尺。估计坂出就是在这里看到三楼起火的。在没有雾,又点着灯的情况下,玻璃窗里面的情形确实能看得一清二楚。加上坂出说他的视力极好。

就在这时,我发现三楼的玻璃房上架着个怪东西,黑黑长长的,从龙尾馆的顶上一直伸到龙头馆脚下。难道是一座桥?

天太冷了,我赶紧转身向厕所走去。由于迷恋细雨的中庭,我在走廊里站了好久,这会儿已经冻得全身发抖。雨天的清晨可真冷啊。

我快步走着,脑子里突然想到了坂出。听说他在"二战"中开过零式战机。不是我吹牛,小时候我对战斗机也颇有研究。那时我们的少年杂志上常常有"二战"中的战斗机和军舰的特别介绍。我把它们收集起来,没日没夜地阅读,记下细节后再讲给伙伴们听。

照我那时对战斗机的熟悉程度,倘若有人下令,我几乎立刻就能驾机起飞。不管是发动引擎还是驾驶飞行,就连二十毫米、七点七毫米的机枪发射我都烂熟于心。用现在的话说,我早就是战斗机阿宅了。

不过现在仔细想想,还真有些不解——为什么昭和三十四年、三十五年的少年杂志会记载那么多的军事知识呢?难道不会犯思想性的错误吗?兴许是编辑们大都成长于战争年代，对那类事物有着特殊的偏好。每当编辑会上缺少更好的企划案，就有人拿出脑子里储备的此类知识做专辑，只不过有时内容实在太详实，让孩子都觉得不可思议。

出了厕所，我看见边上的"龟甲"的门前走廊上放着一双拖鞋。再往前看，佳世住的"里板"门前也有，是她脱了放在那儿的。其他房前就没有了。昨晚我太困了，根本没注意这些。这些拖鞋应该就代表着屋里有人吧。

我一进屋又马上钻进了被窝，只是头脑中又想到菱川幸子的离奇死亡，便怎么也睡不着。不觉间我又开始思考这桩案子。昨晚实在太累，根本没能认真考虑她的事。

幸子很明显是被枪杀的，脑门上那么大一个窟窿，我看得非常清楚。所以这点一定没错。而且坂出说他都看见子弹屁股了，确是枪杀无疑了。

"是啊。"我不禁喃喃低语道。昨晚我在龙尾馆后门跟犬坊商量借宿时，确实听见一声枪响。我到现在都还记得，肯定是枪声。幸子就是那时被人打死的。

只是子弹的发射点在哪里？龙尾馆的三楼整个就是一间密室，名副其实的一间密室。不像我现在住的房间，大门是篱笆做的，不管用，那间屋子的门是坚固的厚木板门，窗户上也全部嵌着玻璃，而且都用旋钮锁着。幸子就是单独在这样一间屋里弹琴的。也就是说她身处的是一间玻璃密室。

此外，坂出还目击了她被害的情景，绝不是粗粗瞥了一眼，他看了好一会儿，直到她遇害。在这种情况下，凶手究竟是怎么做到的？会是谁？从哪里开的枪？完全是在变魔术吗？

照常理推断，作案动机也不明确。幸子又没借高利贷，也不是什么手段高明的商人，况且她还很年轻，只是个年轻的古琴演奏家而已。谁会跟她有这么大仇？杀人可不是小事，这开不得玩笑。除非有很深的动机。

另外普通人家会有枪支吗？犬坊不是说他连见都没见过吗？

我突然想到了一件事，那里是有一杆枪的。我并没有特意去想，灵光乍现而已。那屋里确实有一杆枪，我见过，我想起来了。可它并非一杆真枪，而是挂在正面暖炉边墙上的那幅油画，画里站着一个阴森森的奇怪男子，右手拿着一杆猎枪。

我不禁冷笑了一声。那又怎么样？油画里有枪能干什么？太傻了吧。

总之这种案子只适合交给御手洗。他现在大概在奥斯陆，告诉他的话，他可能会有兴趣。倘若警察查不出什么来，我就该给他写封信了。若不是什么离奇的案件，他绝不会有兴致的。

可为什么偏偏让我遇上这种怪事呢？虽然我并非二宫佳世，也得想办法找人来驱驱邪了。不对，她应该比我更想这么做。从昨晚起她就吓得够呛。她害怕的还不止一件死了人的大案。她真正担心的是，发生这种怪事会不会跟她的孽障有关。她怀疑是她把灾祸带到这里来的。她的恐惧跟我还不太一样。

过了一会儿，钟声停了。总算安静了，心里想着，睡意再次爬了上来，我又沉沉地睡着了。

突然听见有人在叫我的名字。旁边那间四帖的房门开着，佳世跪坐在那儿一声声地叫着石冈先生。

"啊，什么事？"我坐起身子。

"早上好。那个，警察局的刑警来了，说要找我们取证，就在昨晚那间客厅里。"

"哦，这事啊。"我说着从被子里起来，盘腿坐好。佳世已经换好了衣服，她穿了条牛仔裤，套着件毛衣。一定都是我之前提的那个包里装的，想到这我往右手上使了点儿劲，不知是不是心理作用，总觉得有些痛。

等我完全清醒过来，脑子里首先想到的又是菱川幸子死时的那张脸。在她漂亮的日本面孔上，脑门被打开了一个孔，里面黑洞洞的，惨不忍睹。她的尸体现在怎么样了？是不是被警察搬到冈山某所大学的法医学教室去了？

枪杀，我觉得是枪杀。可我到现在也想不明白，在那样一间玻璃密室里，枪击是如何发生的？

"现在几点？"我问。

"十点半。"佳世看了一下手表,告诉我。

"好。那我收拾一下就过去。你跟我一起去吗?"

"嗯,那我在隔壁等你。对了,他们说可以在窗边洗漱,壁橱里有小杯子。"

"哦,是吗?"

要在平时,今天就是旅途中一个叫人开心的早晨,可毕竟昨晚死了人,我也提不起精神,加上身体还很疲劳。

佳世走后,我打开壁橱。她说得没错,壁橱一角果然有一个搪瓷杯。我拿起杯子,旋开旋钮开了窗,外面还在下雨,远处的田野都笼罩在一片白茫茫的烟雨中。不过,就跟我昨晚想的一样,景色很美。我好似站在云端俯瞰天下,只见烟雨中的树木后有条小河,岸上种着一排樱花,稍远处就是水田,明晃晃的,应该都蓄满了水。只不过还没到插秧的季节,田里空空的。

除此之外还有一些旱田,附近大多有房舍,都是些有茅草屋顶,乌黑的旧木造房子。更远处,还有些带石墙的农舍。再远就看不清了,细雨蒙蒙遮住了视线,使我无法看见村子尽头,到处都白茫茫的。村子处在一个盆地,昨晚我们是翻过山才到的,所以远处应该有许多山,只是现在有雨雾挡着看不见,光是一片白茫茫的天地。

这里的风景丝毫不输中庭,叫人百看不厌。我们这一侧的房间窗外都很美,龙胎馆进门的那几个房间,不知道看不看得到这样的景色。

清水在由剖开的竹子制作的导水管里流淌,整个导水管架在圆木搭建的支架上。竹子很新,看来有人在定期更换。我用搪瓷杯舀了一杯导水管里的清水,拿起来晃了晃,又用手指把杯子内外都洗了洗。我把水含在嘴里,凉凉的,沁得我牙疼。等我漱完口,吐出水去,窗下的竹叶就发出了沙沙的响声。我取出牙刷,挤上牙膏,再放进嘴里刷牙,细雨轻轻地打着我的手背。好舒服的一个上午啊,尽管这么想有些对不起死者。渐渐感觉到了饿,昨天中午之后我就再没吃过东西。

2

我叫上隔壁的二宫佳世,两个人一起顺过斜坡一样的长廊向龙尾馆走去,走廊干干净净的。小雨还没有停,不过雾霭已经散了,中庭以及远处的钟楼,青山绿树全都显露出来,看上去既光洁又明亮。庭院花坛里星星点点地开着一些小花。

我们顺着走廊往下走,看见石阶旁有一条铜制的龙,淋在雨中,背上还沾着水滴。再远一点就是菱川幸子遇害的那间玻璃房子,只是外表上已经看不出失火的痕迹,仅玻璃上留了几处黑色的焦痕,以及灭火器残留的白点,玻璃都完好无损。站在微凉的雨中,感觉昨晚楼梯间里的热气变得那么不真实。

我们来到走廊尽头,正要去踩过道的木踏板,恰巧遇到了昨晚从龙尾馆出来的母女俩。

"啊。"妈妈先开了口。家里死了人,她的唇边却挂着笑意,叫我略感迷惑。我赶紧向她们鞠躬致谢:"昨晚多亏了您帮忙,我们总算在这里借宿了一晚。"

"睡得好吗?"她说,肤色较黑的脸上几乎没有化妆,只在上眼皮涂了点眼影。她的气质很难形容,美中带点霸气。我不知道为什么她会给人这种印象,也许只是年纪的缘故吧。她已算不上年轻,我猜不出她今年多大。当然读者们都知道,我天生不善猜测女性的年纪,她可能有四十了吧。可她的身材一点儿也不像中年妇女,她很苗条,腰身和手臂上都没有赘肉,笑起来嘴巴相当漂亮。我从没见过四十岁女人有她这样的,光是这一点她也很不寻常。

"嗯,太累了,我们一下就睡着了。"我答道。佳世也在一旁点了点头,向她行了个礼。

"是嘛。那太好了。"她还是一副明快的语调,女学生似的,不符合她沉静的外表,这一点也有些不可思议。换个角度看,她似乎对昨晚发生在龙尾馆里的悲剧有点幸灾乐祸。我很好奇她的身份。

"那个,起了好大的火啊。"孩子在她身边说,双手还画了一个大圆,表达得十分形象。

"是吗?"我说。

"嗯,火烧得好大好大,来了好多警察。"

"来了好多警察吗?"我问她妈妈。

"是啊。现在只剩下三个了。"这回妈妈略显忧伤。

"幸子小姐呢?"

"今天早上被搬走了。"

"幸子姐姐去了很远很远的地方。"

"很远的地方?"

"嗯,很远。"孩子眼睛睁得大大地跟我说。

"幸子姐姐常跟你玩吗?"

"没,不跟我玩。"

"啊,不跟你玩啊?"

"雪子都是跟里美姐姐一起玩的。"她妈妈说。

"哦,里美是谁?"我明知故问。

"就是这家的女儿。"妈妈解释道。

"是个高中生?"

"对。你见过她?"

"嗯,昨晚见了一面。她上高三了吧?"

"应该是吧。她说明年要去广岛读短期大学呢。"

"这样啊。小家伙,你叫什么?"我问。不是我谦虚,我真不知道怎么跟孩子打交道,不过眼前这孩子似乎挺好相处。

"我叫雪子。"孩子用清脆的嗓音回答我。

"几岁了?"只见小女孩慢慢地把大拇指扳下去,向我摊开巴掌,她的手好小。

"四……四岁?"我问。

"这孩子从不说自己的年纪,都是拿手指比划。"她妈妈说。

"石冈先生。"龙尾馆里有人在叫我。只见矮矮胖胖的犬坊一男正站在龙尾馆的走廊里向我招手。大概是警察们要找我们吧。我答应了一声,便朝他走去。那位妈妈冲我行了个礼,牵起孩子进了龙胎馆。我们也跟她们道了别,雪子回过头来对我们挥手说了再见。我也冲她挥了挥手。

"那个女的是谁?"等我走到犬坊面前,就向他打听那位妈妈。可他并没有理会,露出一副茫然的表情。

"她叫什么?"

"阿通。"他匆匆答道。"警察局的人在昨晚那间客厅等着呢。"说完,他快步进了厨房,忽然又像想起了什么似的站住了,转身对我说:"你们谈完了说一声,饭菜已经准备好了。"

"啊,是吗?太过意不去了。"我说。

我走到走廊上,打开了拉门,看到有三个男子正坐在沙发上抽烟。"打扰了。"我打了个招呼,跟佳世一起走了进去。

"啊,你好。"一个警察随口说了一句,指了指面前的两张椅子。

"您是石冈和己先生吗?"不等我坐下,面前一个五十多岁的男人就开口问我。这三个警察中有两个约莫五十岁,一个年轻点,大概二十来岁。

"对,是我。"我答道。不知怎的旁边另一个五十来岁的人突然哈哈大笑起来,他笑了一会儿,吐出一口烟,之后又笑了起来。我实在有些糊涂。连我面前的男人也像被同事感染了一样轻声笑了起来,他一边把手里的香烟按进烟灰缸,一边对我说:"哎呀,没想到会在这种地方见到您。我读过您的作品,写得真不错……"说到一半,他又露出带着烟渍的牙齿笑了起来,像是一时找不到合适的词语似的。

"那个故事嘛,"旁边的男人把话接了过去,"不好意思,我姓福井,这位是铃木,那边的年轻人叫田中。今天御手洗先生没来吗?"我总算搞清楚了。原来他们笑的是我和我的小说,他们并不认可我的作品。由于我和御手洗每次见到现役警官都会发生类似状况,我已经见怪不怪了。可这次的案件我之前从未接触过,很叫人为难。

"御手洗现在在国外。"我说。

"国外?哪里啊?"警察还是不怀好意地笑着说。

"北欧。"

"北欧,哦,北欧。"叫福井的又笑了起来,今天的问询看来一时很难开展了。

"真有御手洗这个人吗?"叫铃木的问。我被他们搞得莫名其妙。

"嗯,有。"我说。

"那您现在怎么就一个人?"他说。

"所以说他……"我把北欧两个字又咽了回去。他们想问的并不是这件事，他们的意思是即使世界上真有一个名叫御手洗的人，也一定不会有我书里所写的那些本领。

"这次的案件也很蹊跷。"福井说。

"御手洗可得早点露面啊，如果真有这个人的话。"说完他们又笑了起来。这回我明白了。他们一定觉得这世上根本没有御手洗这个人，都是我虚构的。而且他们自认为自己的眼光绝不会出错。

"这次又是什么事啊？要作家先生专门跑一趟我们山里。"铃木没好气地问，我又接不下去了。这时一旁的佳世代我做了回答："是我叫他来的。"

"你叫他来的？"

"是。"

"叫这位先生？"

"对。"佳世开始跟他们解释。听着听着，他们脸上又露出了讪笑。佳世隐瞒了大树底下埋着手腕的那件事，使她的解释听上去很不连贯。

"这么说，你在做寻灵之旅咯？"等佳世解释完，铃木便说，"这位作家先生跟着来采风。"说完，几位警察又彼此交换了一下眼神，呵呵地笑了起来。

"所以你们是碰巧撞上案发的？"铃木说，"还是说你之前就预感到会有案子发生？"

佳世没有答话，这种问题没法回答。我感觉只要眼前这些人还在嘲笑我们，那我们暂且还是安全的。以他们的逻辑方式，一旦被盯上了可就惨了，谁知道他们会编派个什么故事给你。

尽管他们的嘴边还挂着一丝冷笑，我却渐渐觉察出气氛有些不对劲。若是御手洗在，他准要说："其实他们糊里糊涂的，什么都不知道。只是装着冷笑来虚张声势，看看哪个人会上当。总之言多必失。"

"三楼的玻璃窗都是关着的吗？"我赶紧去给佳世打圆场，只是这个问题对他们而言幼稚了些。只见刚才还嬉皮笑脸的警察们一下子严肃起来，很有些为难的样子。似乎觉得这么专业的机密怎么可以随便跟一个外人透露呢？他们都不说话了，只有铃木没忍住，又说："嗯，窗户都锁着。"

"旋钮锁的，对吗？"我强调了一句。

"所有的窗户都上着旋钮，而且玻璃都是完整的。"自问自答补充说完闭上了嘴，扫视了他们一眼，他们一个个都没表示赞同，也没来修正我。我便又继续说："听说门是从里面锁住的，那屋里有没有排气扇或者通气用的小孔？"

"没有这些。"福井慢条斯理地说，"只有个给暖炉通风用的吧，中间弯弯曲曲的那个。这些是写推理小说的人喜欢的场景吧，叫什么来着？密室？是这么叫的。"显然福井知道什么是"密室"，可既然身为警察，就不能幼稚地一口气把它们全说出来，所以才装腔作势了一番。

"菱川小姐是在密室里被人用枪击中了脑门而死的。"我说。铃木目光犀利地看向了我。

"你怎么知道死者叫菱川?"这种时候警察确实敏感。

"哦,昨晚这家的主人犬坊先生说的。"我说。

"哦。"铃木哼了一声,福井倒没有。我注意到铃木一旦不笑,就立刻变得凶狠起来。

"你们都认为人是在密室中被害的吧?可你们也没有证据。"

"啊,你的意思是……难道这不是密室杀人?"

"不,不,你别老这么急着下结论,我们可没这么说。兴许是先杀人然后再制造成密室的。"

"怎么制造?"

"这我们一时也没法回答,而且你们应该更清楚吧。大约那个受害者……"铃木说着,陷入沉思。我没想到警察还会用受害者这类老旧的称呼。

"现在还没有证据证明这位菱川小姐躲在屋里,锁上门后还有过活动。"铃木的话有点怪。

"可大家都听到了琴声。"铃木说着又冷笑起来,"也有可能是别人弹的。"

有道理。原来他们这些警察是这么考虑问题的,我才意识到。

"别人是指凶手?"

"这我不知道。我只说我知道的事。"

"可坂出先生说他看到了啊,他从龙胎馆的走廊里看到了玻璃屋里发生的一切。他说他看见菱川小姐坐着弹琴,然后就仰面倒下了。"

"这不就是坂出的一面之词吗?"福井说,从他直呼其名的语气上,我觉察出他对坂出的态度。

"他净说些难为人的话,所以现在到警局去了。"铃木的话惹火了我。难道说的话对他们不利,就要斥责人家,硬说人家撒谎吗?警察就这么办案的?

"得详细询问一下,他本人也有可能弄错。"

"不能在这里问吗?"我脱口而出。铃木又瞪了我一眼:"人都有好奇心,希望把事情想得很神秘、总觉得是年轻女孩在密室被杀,她锁着门一直在里面弹琴然后被枪杀,这种情节比较有趣。你们有这种想法可以理解,可现实中没那么多有趣的事。从道理上讲不过去。肯定是他弄错了。不可能是一个活人在密室中被开枪打死的,这一点坂出也很清楚。"

也许其他警察会同意他的做法,可我总觉得不大合理。

"可我也听到枪声了啊。砰的一声。"我说,"这位二宫小姐也听到了,还有犬坊。"

"什么时候?"

"我没看表,不过就在起火前没几分钟。"

"那也不能说明就是这一枪。"

"可是符合坂出先生的证词啊。"

"没人知道当时三楼是不是真是间密室。"

"我们救火的时候窗子都上着旋钮呢，而且守屋跟藤原说他们都没动过窗子。"

这时一直没开口的田中突然插嘴，他打开笔记本，看着我们说："谁也不知道他们有没有说实话。"

"不会的，我当时也在救火，屋里的火势特别大，尤其是烟，温度非常高，在那种情况下没人能去窗户上做小动作。"我说。

"嗯，大家都愿意这么说，可这毕竟不是小说，一定有什么地方搞错了。是吧？总之看见菱川小姐死前在屋里活动的，不就只有坂出一个人吗？像那对母女、馆主，其他人谁都没看到她死前还在屋里活动。"

"不对，我见过的。"我小心地说，"我看见她一直站在窗前，用左手按在玻璃上，一动不动地看着楼下。我跟她还对视过，肯定不会错。二宫小姐也看到的。"我瞥见身边的佳世瞪着大眼睛，拼命地点头。于是铃木和福井二位的脸色便越来越难看了。

"你，如果连你也这么说，事情就难办了。"铃木低沉着嗓音说，"你确定没看错？"

"没有。她就在那上面嘛。"

"可那是夜里啊。"

"三楼点着灯。"佳世也说。

"她本人？"

"是的。"佳世说。

"真的？你确定？你跟她不是昨天才第一次见吗？"

"是我把她的尸体用被子包了抬走的，她的脸我看得很清楚，和服的颜色、花样，还有她的身材，若非双胞胎，我绝不会看错的。"我说。

"双胞胎。"铃木喘了口气轻声一笑，虽然他话有点多，倒真的看过不少本格侦探小说。

"哦，犬坊。"福井叫起来，只见犬坊那张惨白的脸从拉门那儿探了进来。

"大家要不要用午饭？饭做好了，要不先吃饭吧。"

"太客气了。犬坊，你进来一下。把你知道的事再说一遍。这位小说家先生说他看见菱川被杀之前一直站在窗边，你有没有看到？"犬坊紧张起来，他赶忙晃了晃肉乎乎的脸，肯定地说："我没看见。"

"他说他没看见。"福井转向我又重复了一遍。他这样叫我也很为难，不就是我看见了，犬坊没看见嘛。这又不需要少数服从多数，警察们是不是有什么误会？他们似乎是想要我说实话，可我有必要撒谎吗？

"那犬坊，你听到枪声吗？"警察又看向犬坊问，犬坊想了一会儿，他在想该如何不失礼貌地回答询问，而非寻找正确的记忆。因为他说："我不记得有，我不知道。"他这话明显有问题，我听见枪声的时候，正是在跟他说话的那会儿。我们身处同一地点，我听到了，可他没听到，这怎么可能？

"那你听到琴声了？"福井又问。犬坊被逼到了绝路，人人都能看出他很狼狈，他一定记得那个琴声的。

"嗯，那个，听到了啊。"犬坊说得特别含糊，态度傲慢地观察着这番话到底会给警察带来什么影响。

"你当时在干什么？"福井问。

"阿通来叫我，我就到后门那里去，看到他在门口，问我借宿，我就说了几句。"

"不是，我是问你这之前的事。"

"之前吗？我去三楼敲门，菱川小姐在里面答应了。我正想开门却发现门锁着，我就叫她小心火烛，把煤气关掉。她回答说好，我就下楼了。"

"啊？这我可第一次听说，你之前怎么没告诉我？"

犬坊感觉自己说错话了。

"你的意思就是说当时菱川还活着？"福井说，犬坊看上去更有些六神无主了："有没活着，这话我也很难回答。"

"有什么难的，你到她门前的时候，不是听见她在里面回答了吗？"

"嗯，我是这么觉得的，可我到底是不是真的听见了呢？"

"这我怎么会知道？"福井急了，嗓门也跟着大起来，只是快开饭了，他便不再追问。

我暗暗觉得这事就得由他来判断。

"算了，算了。"福井不耐烦地说。犬坊赶紧向他道歉："啊，抱歉抱歉。"我不知道他是怎么想的，要这样跟警察道歉。我不能理解当地人的这种道德规范。

"福井警官。"福井说到一半，隔壁有人叫了他一声，我从门缝看到是守屋在隔壁屋里，"县里一个叫伊藤的警察打电话找你。"

"是吗？"福井站起身，赶紧走去隔壁。

"你隔着门听到了菱川说话？"这回是铃木提问了。犬坊忙抬起头，显出真想起了什么的表情。

"不，是我自己觉得。"犬坊的脸上有了光。

"那你肯定是菱川的声音？你好好想想。"铃木的语气十分生硬。

"嗯，我感觉不像是她。"犬坊坚决地说。

"不是？那是谁？"

犬坊皱起了眉头，表情严肃地想了想："仔细想想，像是菱川小姐。"

铃木太阳穴上的青筋都鼓起来了。就在这时，"查到子弹了。"福井从门后走出来说着，又坐在了沙发上。"是一颗旧子弹，一九三〇年制造的勃朗宁枪里发射出来的。"他把脸转向了犬坊，好像要询问他对此事有没有什么印象。可我并没看到犬坊吃惊的表情，因为他已经跌坐在了地上，客厅里传来他的头撞在地板上的闷响。

躺在地上的犬坊像螃蟹一样，从嘴边冒出了白泡。

"快，守屋，拿水来，水。"铃木喊道。守屋倒了一杯水就赶紧跑了过来，铃木和福井掰开犬坊的嘴，把水灌了进去，可水不怎么好灌，他们急得有点不耐烦起来。

"啊。"犬坊长出一口气，醒了过来。他瞪圆了眼睛看着空中，不一会儿又翻起了白眼，身子开始发抖。

"怎么了？犬坊，你怎么了？"三个警察都围到犬坊身边蹲了下来，我跟守屋伸长脖子，俯看着他。

"达姆，达姆，达姆……"犬坊嘴里发出一连串奇怪的声音，我第一反应是他把"南无"两个字念错了，结果并非如此。

"不行，这样可不行，他的身子发冷，快，守屋，去铺被子。"

守屋迅速朝里屋跑去，福井不断地叫着犬坊的名字，还一边晃动他微胖的身躯，就像两个大男人在玩小孩子的游戏。

藤原跑了进来："都准备好了。"他抬起犬坊的身子，田中抬着脚，两个人把犬坊抬了出去。

"他说达姆达姆是什么意思？"铃木问。

"是不是南无阿弥陀佛？"

"不，不是的。"福井说，他有另一个答案，"是达姆弹的意思，射中菱川脑门的子弹。"

我们都吃了一惊，站着不说话了。

"什么是达姆弹？"铃木问。

"达姆弹的弹头进入体内后，铅芯会被挤压出来。增加打动物时的杀伤力，给对方身体造成一个很大的创口。"福井解释道。

这是怎么回事？我边听边思考，倘若真是这样，那事情就更复杂了。可犬坊是如何得知的呢？

睡在里屋的犬坊一男，像个孩子似的不住地抽泣。守屋叫警察跟我们先去吃饭，我们便丢下他，去了大餐室。由于途中得经过犬坊躺着的那间屋子，那里走廊上有个厕所，我们去洗了个手，听见犬坊在里面抽抽搭搭地哭。

刚开始我并没想到是犬坊在哭，我不知道那是他的声音，还以为哪里有条狗呢。然而，这哭声却出自一个人，那个当初态度那么蛮横的旅馆主人。听着他近似发狂的哭声，我隐隐产生了一丝恐惧，这家人莫不是陷进世界末日的错乱中了？玻璃密室里死了人，家里的男主人大白天里哭个不停。我简直怀疑自己是不是脑子不正常了。

走进餐室，我才发现这是个举办宴会的场所，正面有一个较高的舞台，上面挂着红色的布帘，宴会时会有人在上面表演。房间全部铺着榻榻米，大约有六十帖左右，非常宽敞。饭菜一溜都已经摆好，我数了一下，今天大约有十一套餐盒，这就已经相当气派了。倘若把整个屋子全都摆满，那就更壮观了。

我和二宫佳世，还有几位警察并排坐到餐桌前，见另外还有几个生面孔，而我们昨天刚认识的坂出并没在中间。

像是中午的宴会就要开始了一样,我们跟警察被请到上座,而对面则坐了一个瘦削的中年男子。他一本正经地把双手抱在胸前,一副生人莫近的表情,鼻梁上架着一副古旧的黑边圆眼镜。他边上是一个结实的大鼻子男人,一看到我们,就态度和蔼地问了好,我也赶忙还了礼。大家都才初次见面,彼此有点儿拘束,尤其是对面还坐着一个凶巴巴的瘦男人,就是想相互打听对方的姓名,也没人敢起头,我便一声不吭地坐着。说实话,这种场面让我非常别扭。

我的左边坐着二宫佳世,她的左边摆着饭菜,座位上却没人。对面那个和善的男青年右边坐着那个名叫阿通的妈妈和她四岁的女儿。孩子带来一本绘本,不停地缠着妈妈讲故事。见我在看她,便突然打开其中的一页要我看。

"大象。"她大声说。那其实不是绘本,是一本上色本,上面画着一头大象,用蜡笔涂了颜色,一大部分颜色都涂出了大象的身子。

"哇,画得真好。"我故意恭维道。小女孩得了夸奖,很高兴地又把小鸭、小鹿、斑马、小猴子的画一页页翻给我看。这些画都只用了一种颜色,要么绿,要么红或者黄,每幅画都用蜡笔斜斜地画了些杠杠。

这时一位上了点年纪的女人风度翩翩地走了出来,跪坐在边上的位子上,向我们礼貌地鞠了一躬。她的举止十分优雅,一看就知道是经过了长期训练。尽管她始终面带微笑，却掩饰不住淡淡的哀伤。她的脸上化着妆，十分明艳，她就是昨晚救火时我在客厅见到的那位女子。

"欢迎大家的到访，我是犬坊家的女主人育子。非常抱歉叫大家遇到了这样不幸的事件，刚才馆主又当众出丑，实在让大家见笑了。我刚刚还跟厨师们讨论，大概是馆主还得下田，这几天太辛苦了。幸好人没大碍。我们给大家预备了午饭，请先用餐吧。"

女主人当我们是初次见面。刚才打招呼时虽然彼此对视了一眼，但她似乎丝毫没有想起我们。就在她致辞结束正要起身时，福井叫住了她："老板娘，这两位从东京来的客人，跟大家还不太熟悉，您是不是给介绍一下？"

"啊，是啊，那我就代劳了。"她又抚了抚和服的下摆，跪下来端坐在榻榻米上，直视着我说。她依然没有想起我是谁，看来昨晚确实受了不小的刺激。

"这位是释内教的二子山增夫大师。"她指了指刚才那位看上去比较严肃的、戴着黑框圆眼镜的中年男子。男人放松下来，满脸堆笑地向我和佳世点了点头。他一笑脸上的皱纹就堆了起来，连大龅牙也龇出了唇外，一扫刚才那种生人勿近的印象，仿佛变了一个人，显得格外平易近人。我没想到一个人前后变化会如此之大，不由得瞪大了眼睛，立刻对这位刚才还十分厌烦的人产生了好感。

"老板娘，您别叫我大师，我哪里配得上这样的称呼呢？"

"可是您就是大师啊。"

"请问，您是什么大师呢？"我忍不住问了一句，他的打扮叫我们这些从城里来的人觉得很奇怪。他上身穿着藏青碎花的和服，下身一条和服裙，盘腿坐着，占了很大一个位子。他身边的年轻人也跟他同样打扮，两个人占了三个人的座位。而且他们两个人的饭菜也摆得比大家远一些，跟边上的母女俩隔得非常远。

"我是神主。"二子山增夫略带歉意地说。

"神主。"这个回答太出乎我的意料，一时竟不知该说些什么。我还是头一次遇到这种身份的人。"是吗？"我应付了一句，心想神主怎么会出现在这种场合呢？神主不是神社里的人吗？他可以随便来旅馆投宿？

"是神主大师。"老板娘笑着说。她一激动嗓门就大，而且妆容明艳，可见年轻时一定是个美人。

"那边那位呢，就是大师的儿子，二子山一茂师父。"

他儿子也含笑向我们致意，他原本就和善，现在就更觉亲近了。父子俩的长相虽相距甚远，笑起来却十分相似。

这么说他们父子是两位神主。平时遇到一个神主就很难得，今天一下子碰上两位，真是喜上加喜，得有福报了。

"两位怎么一起到这里来了?"我小心翼翼地问,老板娘的脸瞬间拉长了。

"那个,我家出了些状况,这次也是,接二连三地倒霉,所以就想找人来驱驱邪。这位师父……"

有类似佳世想法的人还真不少。

"我的能力有限啊,给大家添麻烦了。"父亲神主说着向我们鞠了一躬,大概他这一躬是冲着所有人的,他把身子转了半圈。我发现他有点秃顶。由于他鞠躬时,身子转了半圈,想必大家也都注意到他是个秃顶了吧。

儿子神主见父亲那样,也赶紧跟着低下了头,同样也转了半圈。两个人这动作很滑稽,好像在搭档讲相声似的。

"对面阿通那边……"老板娘朝我们看了一眼,我想帮她分担,就赶忙说:"我们认识。"

"那你们……"老板娘犹豫着,不知该不该继续,我想是该轮到我们了。

"我是从横滨来的石冈,平时写点东西,昨晚不请自来,给大家添麻烦了。"我说着行了一礼。

"我叫二宫佳世,从东京来的。因为我的灵修师父要我到这里来,我便央求石冈先生陪我一起过来了。"

"对不起,我太没用了。"我又对佳世行了一礼,隐隐觉得自己的角色有点类似父亲神主,便更觉得那对父子可亲了。

这时,守屋和藤原又各自端了一个大盘子走了进来。我们面前的餐盘里还只有凉拌菠菜、牛蒡和咸菜，主菜没上。现在两位厨师把它们端上来了。

"守屋和藤原……"

"已经认识了。"我又急忙回答。

"那趁这个机会，我给大家介绍一下馆里的人员吧。"听老板娘这么说，我的心突然一动，猜想会不会把那个漂亮的姑娘也叫来呢？

"我们这儿还有一个松婆、一个菊婆。菊婆的身体不太好，一直躺在房里，大家现在还见不到。另外我们家有个女儿，名叫里美，她现在上学去了。"我不禁有点小失落，虽然之前就听说过她的名字，但从当妈的嘴里说出来，又别有一番风味。就在这当儿，守屋和藤原已经默默地给大家的餐盘里放进了一条一条的烤鱼。紧接着两个姑娘从里面又端来了汤碗。她们虽没里美漂亮，倒也十分秀气，这又出乎了我的意料。到底是什么原因？这村里的姑娘竟都如此美丽？老板娘育子虽上了年纪，但长得还很周正。雪子的妈妈，那个叫阿通的也是个美人。我很好奇，这个村子是不是有什么秘密呢？

"哦，晴美、惠里子，你们先把碗放一放。对，对，别打翻了。我先介绍她们俩吧，她们都是从村里来帮忙的，这个叫晴美。"

叫晴美的听到在介绍自己，便在榻榻米上跪坐下来，向我和警察们规规矩矩地行了个礼。

"这是惠里子。"惠里子也跪坐好，同样行了个礼。

她的脸红扑扑的,皮肤很白,胖胖的,很可爱。这两个人有点相像。

"她俩都在守屋手下做学徒。"

我猜她们一定是为了今后出嫁才来龙卧亭学料理的。

"对了,我家还有一个儿子,叫行秀。行秀,行秀,在不在?"见没人答应,老板娘便站起来,冲大家欠了欠身,往里屋去了。不一会儿,老板娘又打开门帘走了进来。

"这就是行秀。快来跟大家打个招呼。"说完,一个留小胡子、眼睛大大的男子就不声不响地探进头来,给大家鞠了一躬,又赶紧退了出去。可我好久都忘不了他那副表情。虽然他那双沉静的眼里也闪着光,跟里美很像,却连个笑脸都没有。他的嘴唇很厚,人也胖,头发乱蓬蓬的。当时在场的人都面带微笑,就连警察也很和蔼,只有他,冷着一张脸,给我留下了深刻的印象。

老板娘介绍完儿子,又回来端坐在榻榻米上:"那么就请大家好好用餐吧,没什么东西招待大家。"老板娘起身退了出去,厨师们也一起出去了,只剩下两个姑娘给我们盛饭。烤鱼和汤碗都摆在餐盘里了。

我快饿晕了,所以觉得烤鱼和汤都十分可口。那种味道东京尝不到,只在乡下才有,是真正日本美食的味道。如果能每天吃到这样鲜美的鱼,又有这么多可爱的姑娘围绕左右,那我情愿长住下去。

肚子太饿了，我一言不发，只顾埋头吃饭。佳世也一样。警察们也没开口，不过他们准是另有原因。至于其他人呢，大概不习惯跟警察同桌吃饭，也都没有说话。大家都默默地吃着自己碗里的饭菜。

不过当时的气氛并不尴尬，因为席上还有一个四岁的小女孩。她完全不介意周围的情况，不是跟妈妈就是跟身旁年轻的神主讲着后山的树、早晚的钟声和这家卧床不起的奶奶。年轻的神主也十分配合地充当她的听众。孩子让整屋里的人都摆脱了沉闷。因此我吃好后，就很容易开口："那个，大师，你们为什么会住在这里呢？"我一直惦记这事，又小心地问了一句。父亲神主还在埋头吃饭，听见我问，惊讶地抬起架着眼镜的脸，苦笑着说："乡下事情多，经常会需要我们这种人出面。"

他说得很笼统，或者说是谨慎。

"你说的事情多是指……"

"嗯，就比如家庭纠纷啦、盖房子、看风水什么的。"

"这里也发生纠纷了？"

"不，不，这里没有。"

"还要来一碗吗？"叫晴美的姑娘问我，我又添了一碗饭。

"如果不是纠纷的话……"

"嗯，就是，有鬼。"雪子挥舞着双手，说破了原由。

"有鬼？真的吗？"

"不，不，我可没说。人家的家事嘛。"

"雪子，别乱说。"妈妈阻止道。

"什么样的鬼？"我问孩子，看到包括警察在内的人都不作声，我想大家一定也很好奇。

"很大的呢。"雪子大大方方地告诉大家。

"哪里来的？什么样子？"我想了解详情，小女孩想了想，不知道如何作答。

"谁告诉你的啊？"我换了个问题。

"阿姨。阿姨经常看到。有这么多，拿着很多东西的。"

"鬼吗？"

"是不是肚子很大？像这样鼓鼓的？"福井插嘴道，雪子"嗯"了一声。

"是龙猫吧。我家孩子也说呢。"

"小孩子说的那个啊。"铃木也说。可我并不相信，要不是闹鬼，怎么会有两个神主在这里？我想追问，可他俩似乎并不想多说。或许是因为警察在场。想到这一点我便不再继续。

"二子山师父，你们对菱川小姐遇害怎么看？"话一出口，我就后悔了，这也不该问。果然，父子俩就只对我含糊地笑了笑。我决定下次找个警察不在场的时机再说。

"正如大家所知，在案件有眉目之前，最好都不要离开。虽然大家有工作在身，不过很对不起，一旦有人离开，我们就不得不怀疑各位了。请你们就待在这里，准备随时接受询问。"铃木说，口气几近威胁，我预感自己卷入了一个大麻烦。

3

外面还在下小雨，天格外冷，我生怕感冒就回屋从包里拽出一件毛衣穿上，然后推开窗，俯瞰着烟雨中白茫茫的贝繁村。这时，走廊里有人叫我。

"石冈先生。"是个女声。

"哦。"我答应着走到门口，只见穿着牛仔裤的二宫佳世站在外面，右手提着一个黑布袋。

"怎……怎么了？这身打扮。"

"我想去河边。你能陪我一起去吗？"

"哦，可以，你去河边做什么？"说完我才想起来，这才是她此行的目的。只是都这种时候了，她居然还没忘了初衷，也真挺让人佩服的。

"你不会真要去挖洞吧？去找手腕？这种时候？"

"不做不行啊，我就是为这个来的。"

"啊……"我太佩服她了，我早已忘了二宫此行的目的。不过应该不会这么巧吧，万一这种时候真挖到手腕可就太说不过去了。刚才警察光听说我知道死者的名字就立刻脸色大变。倘若把我当成罪犯，立刻判我们死刑，怕是也无处申冤的。

"不能明天去吗？"

"你说呢？"

"现在警察还没走呢。要是随意行动，会被怀疑的。坂出光是说出目击情况，就被带走了，要是我们被盯上可就糟了。他们现在摸不到线索，正盼着形迹可疑的人跳出来呢。"

"哦。"佳世被我说得有点沮丧，面对我站在门口，许久没有说话。我先绷不住了："算了，跟你去吧。你有伞吗？"

"老板娘说可以借给我们。"

算了，总之也不会挖出什么手腕的，仅凭在树下挖洞这点总不至于就被当作凶手吧。我不再多想。

我们一起从龙胎馆的长廊走下去，到了过道的木踏板上，我从鞋箱取出鞋子穿上，等了一会儿。佳世从龙尾馆借了两把伞，她的手上还戴着劳动手套。我接过伞，大家各自撑着，并排走进了雨中。

这乡下的雨有一种特殊的气味，像是淋湿的草叶跟泥土、花香混合成的一种味道。就在我们并排撑伞顺着砂石坡道往下走的时候，这股气味就一直从我们脚边升腾上来。周围没有其他行人，也没有车。

等我们走到坡底，再往左拐就看到了远处的小河。河对岸是一些农田。空气中水汽更重了。我这才意识到它们不过就是极普通的日本味儿，没什么特别的，只是我们平时住在城里，城市废气替代了植物和水的气味，我们才会感觉到异样。

我们来到河边，河水比我想象得还要干净，也可能我根本想象不出究竟什么才是干净的河水吧。只见几块露出水面的岩石之间，透明的水藻正随波摇摆。雨不大，水面上没有水花，我已经好久没见过这样的景色了。

我们过了土桥，顺着小河慢慢地向上游走去。因为上游有一片樱花道，其中的一棵樱花树非常大。我们打着伞肩并肩，心照不宣地朝着那棵印象中的大树走去。

我们来到树下。等在巨树下站住时，反应迟钝的我竟也感觉到了妖气。眼瞅着光线变暗了，响亮的水声自远处的山脚向我们逼近，渐渐地，水花在我们身边跳动起来，河面上漾起了无数圈水纹，层层叠叠地向外扩展，小河眨眼间全白了。

我们眼前的河岸看上去像是洗衣场，还有人使用岩石，上面放着一块旧搓板，雨水正静静地打在板子上。这块巨大的岩石几乎跟水面平行，旁边还有不少可坐人的石块。大岩石就在河的中央，只要稍下决心冒冒险，就能利用岩石跳到河对岸去。

我看了一眼二宫佳世，她又哭了，身子也在发抖，不像是因为冷。她在大樱花树下站了一会儿，就蹲下来，从布袋里拿出小铲子，二话不说就插进了树下的泥土里。

樱花树还没有长叶子，我们简直就处在光天化日之下。雨大了，雨点噼里啪啦地打在地上，也打在了我们的雨伞上，偶尔有雨水从树枝上一起落下，震得雨伞乱晃。身旁的树干也在淌水，佳世用小铲子挖出的泥土形成了几条小小的水沟。

　　到处都充满了诡异。虽然才上午，光线已经暗得像黄昏一样，不知道是因为雨水还是雾霾，四周竟有些白茫茫的，似乎有一股看不见的力量在阻挠着我们的行动。雨越下越大，雨声也越来越响，就算我现在大叫一声，恐怕面前的佳世也未必能听到。四下没有一个人影，有的只是呛人的湿气和雨水的气味，冥冥之中一种无声的压力在阻止我跟佳世的行为。

　　住手，我想去叫她，可整个人就像陷入梦境一样，只能呆立着。虽然我一直有一种不祥的预感，但佳世的固执占了上风，不给我发言的机会。

　　嗡的一声，我突然一阵耳鸣，身边的雨声也消失了。我的耳朵出了毛病。就在这无声的世界里，佳世蹲在地上默默地用铲子挖着，她身边的黑泥落在流淌的雨水中，溅起小小的水花。

　　有些事刚开始，有些事已经结束。我的脑海里闪现出被烧得缩起来的纸片和没有任何意义的句子，耳畔传来孩子们唱的童谣。我听着这些歌，久久地注视着从老人皱纹一般的樱花树干上流下的雨水，思绪飞去了远方，心情却莫名的舒畅。

好一会儿，我重新看向佳世，她刚好站了起来，动作慢得跟电影里的慢镜头一样。等她站直身子，她戴着劳动手套的手上就提了一个黑乎乎的脏东西。脏东西满是湿湿的泥巴，看上去像一块破抹布，可也有白的地方。是骨头啊。

是一只人手，形状就像一个脏兮兮的黑手套，可确实是一只成人的手腕。

我感觉二宫佳世拿着那只人手呆呆地站了很久，其实不过数秒而已。啪的一声，周围的一切又恢复了声响。等我反应过来，才发现雨声已经大得遮住了其他动静。

二宫佳世死死地盯着我，在向我求助。她的眼睛瞪得老大，盼着我能做些什么。她的右手已经空了，手中那个五个指头的脏东西，现在正在她脚下的泥水中。而她挖出的洞里，早已蓄满了黄色的泥浆。

我不知道该说些什么。只说了句："我们先……"便不知如何继续。

"跟谁汇报一下吧。"话虽如此，可是要跟谁汇报呢？警察？这不行。而我们在当地又没有熟人，也没有朋友。我们都没去考虑龙卧亭的主人。他光听说子弹二字就吓成那样，现在再听见人手非吓死不可。

"对了，拿到庙里去，放在那里供养。"我说。龙卧亭的后边有座庙，我好不容易才记起来。脑子里一片混乱，搞得我什么都记不清了。我做梦都没想到会发生这种事。到底怎么回事？这些都是真的吗？还是我的幻觉？我一直反反复复地思考着。

4

二宫佳世随身带着一个小塑料桶，她把沾满泥巴的人手放在里面，还盖了一条手帕。她右手提桶，左手撑伞，跟着我又一起上了通往龙卧亭的坡道。上山只有这一条路，笔直走应该就会到达我在龙卧亭看到的那座寺庙。

我们走过龙卧亭的大门，又继续往上爬，砂石路越发窄了，不一会儿，我们果然见到了一个小小的山门。山门与龙卧亭很像，只是更老旧也更雅致，经过雨水冲刷看上去黑沉沉的。由于它又黑又脏，显得浑然天成，我不禁怀疑它是否真是人为建造的，反而更像它自己从脚下的泥土中冒出来，长成了一座门。

山门上挂着牌子，写着寺庙的名字。只是牌子也黑乎乎的，看不清上面的字。我瞅了好久才看清原来是"法仙寺"三个字。

进门后有一段长着青苔的石阶，一直通往高处。石阶也有些年头了，棱角都被磨圆了，不时地有雨水像小瀑布似的往下流，路很难走。我们只好挑选稍干一些的地方，小心翼翼地向上爬。

突然急急的雨声不见了，换成了一种神秘的沙沙声，雨点打在雨伞上的间隔也变长了，我挪开伞望了望天，原来我们进了竹林。郁郁葱葱的竹叶像一把大伞一样盖在石阶的上空，挡住了落下的雨水。

石阶顶上还有一座小门，比刚才山下的小很多，也新很多。门是拉门，没有上锁，我们往右一拉就开了。只见庙里地上铺的全是砂石，正面有一座大雄宝殿，左手是撞钟楼，右边则有一幢二层小楼，大概是住持的住所。庙里没有宝塔之类的装饰。

我犹豫了片刻，决定还是先去右边住持的住处。正殿的大门紧锁着，我们便横穿过整个院落笔直往前走，到了民居式样的屋前，在玄关的玻璃门处停下来，那里有屋檐可以挡雨，我们便收了伞。佳世把伞靠在玻璃门边上，脱掉了手上的劳动手套，放进布袋。

等她做完这一切，我就向右拉开了玄关的玻璃门。雨天的午后，光线昏暗，只见玄关正面摆着一个老虎图案的屏风。

"有人在家吗？"我向屋内喊了一声，立刻就听见一个女人答应道："谁啊？"出来了一位和善的小个子女人，她跟我们打了招呼，大概发现光线太暗，便又退回去，打开了我们头上的黄色电灯。等她再次出来时，灯光已经清晰地照出了她的模样。这人大约四十来岁，我猜是住持的太太。

"请问，住持师父在家吗？"我说。女人走到我们跟前，跪坐下来，道："在里面呢，请问，你们是谁？"我一时不知道怎么介绍自己以及来访的事由，踌躇了片刻。

"我们是下面龙卧亭的客人。"佳世在一旁解释道。

"哦，对，我们有点东西想让住持帮着看一下。"我接口说。

"哦，那个，他在后边的墓地那儿，你们从这儿绕过去，叫一下。他应该在整理打扫呢。"

"好的。是在正殿后面吗？"

"不，不，沿着我们家，从这边绕过去。"女人站起身，一只脚踩在地上的木屐上，伸出右手给我们指明了方向。我们道了谢就出了玄关。

雨稍微小了点，却起风了，外面有点冷，风把雨点吹到我们身上，打湿了衣服。

屋后有一个很大的墓园，分散在园中的一棵棵老樱花树下，密密麻麻地竖着许多墓碑。不过这里占地面积并不算大，而且叫我意外的是，它处在后山的一个斜坡上。常听说梯田的名称，这里或可称为梯形墓地——将山的斜坡挖成楼梯状，坟墓就一个个地安放在楼梯上。虽然我的说法不够严谨，看上去却十分壮观。

四周是潮湿的雨混杂着植物的清香，闻上去像水果一样。自打来到贝繁村，我经常能闻到这样的气味，这在城市里是没有过的。

我们环视了一下四周，发现在一层层的墓地高处有一个穿着塑料雨衣的瘦子。他弯着腰，正在坟前干些什么。目前除了他以外我们没有见到其他人。我们猜他应该就是住持,便踩着碎石小路走了过去。

走到近前,我才开口:"住持师父。"没想到他一点没有反应,他没听见,大概耳背吧。小路上有台阶,我们爬了上去。这时我们相距便只有十米了,这回应该可以了吧,我想着又叫了一声:"住持师父。"于是,他慢慢站直了身子,缓缓地转过身,头上戴着雨衣的帽子,没有打伞。果然是个瘦削的老人。

"有什么事?"他问。

"我们是在下面龙卧亭投宿的客人,有点东西想放在您这儿供养。"我说。

"供养什么?"住持说着,又继续问,"你们说龙卧亭,听说昨晚那里死了人?"

听他这么说,我跟佳世都点了点头。佳世走到他身边,给他撑伞。那个装着人手的小桶现在在我的手上,我看见雨水从住持的鼻尖上滴了下来。

"谁死了呀?"他问。

"一个叫菱川幸子的古琴演奏家。"

"什么?又是弹古琴的?"他这话说得很古怪。难道以前也发生过这种事吗?我全然不知啊。

住持的耳朵似乎真有点背,说话的声音非常大。不知是因为一直淋着雨的关系,还是我们说的话他听不清楚,总之住持被雨淋湿的脸一直板着,给人的第一印象很凶,不太好打交道。

"她怎么会死的?"他又问。大概他之后要安排葬礼，所以想把事情搞清楚。

"在龙尾馆三楼，一个人弹着琴，不知道被谁击中了脑门。"我说。

"击中脑门？被谁？"

"不知道。现在警察正在调查。"

"从窗户那边被击中的？"

"不是，窗户都关得好好的，还上了锁，而且一块玻璃都没碎。"

"那是从门口喽？"

"不，门也关着，还从里面反锁了呢。"

"啊？那是怎么被击中的？屋子里还有别人吗？"

"没……没人，就菱川小姐一个人在弹琴，有人在屋外透过玻璃窗看到的。"

"那还被击中了？怎么会有这么荒唐的事？"住持提高了嗓门。他说得没错，我们也这么想。

"就这样一个人坐着弹琴，窗关着，门也关着，那子弹是从哪里射进来的呢？"

"啊……"这我也想知道。要我现在回答，我也没结论啊。

"那是不是之前就已经被打中了呢？你是说有人看到她被击中了？"

"是一个叫坂出的，他在冈山开杂货铺。"

"他撒谎吧？"他这话我也十分赞同，也就是说我们大家都站到了警察一边，大家的想法都一致。所以现在警察把坂出叫去问话了。

"我年轻的时候读了很多侦探小说,不过他的嫌疑挺大的,不是吗?因为他杀了人,所以谎称看到人还在活动。如果你刚才说的都是事实的话,那就只能这么解释了。"

"不过弹琴的声音很多人都听到了,我也听到了。"

"会不会是录音机呢?"

"屋子里没有录音机啊。"

"那声音也未必就是从案发的那间屋子传出来的吧?"

"不,真的是琴声,录音机的喇叭太小了,出不来那种声音。肯定是真的琴声。"我说着渐渐对住持产生了好感。没想到他竟然也读侦探小说。

"而且,我也看到菱川小姐在死前一直站在窗边,往楼下看呢。"听我这么说,住持低下头笑了:"还有这种事?别是什么圈套吧?像这样坐着弹琴,然后脑门就会被枪打到?"

"是啊。"

"菱川小姐这么坐着,正面有什么呢?是那东西发出的?"

"正面就是窗户了。"我说。

"是暖炉吧。"佳世说。

"暖炉里没机关吗?"

"没有啊。警察都调查过了,没有武器,所以不可能是自杀。"

"哪有这种事？那是什么枪呢？来福枪？猎枪？"

"不知道是什么枪，但子弹是勃朗宁的。"

"勃朗宁的？"住持的脸色骤然阴沉了下来。

"嗯，还是一颗旧子弹，据说是一九三〇年制造的。"住持的脸色更加难看。我无意间发现他捏紧的拳头竟然颤抖了起来。

"笨蛋。"他叫了起来，"你们是故意来捉弄我的吗？"

"啊？"我愕然道，"您说什么？"

住持的眼光不停地在我跟佳世之间来回搜寻，等他发现我们确实没有撒谎后，才慢慢放松下来。

"这事我倒也并非完全不知情，只是，那太恐怖了。"他说着，嘴里念念有词起来。

"怎么回事？"佳世说，"我们昨天才来的，对这里一无所知，龙卧亭的人好像也在瞒着我们，你能不能告诉我们是怎么一回事？"

"不，不"住持摇了摇头，"外人还是不要知道的好，这是我们村自己的事。"

"那我们也不会袖手旁观的。"我说，"毕竟死了人。"我们已经完全卷进了这场风波中，我有预感，接下来我们再不可能对这个村子的事坐视不管了。

"那你去问别人吧，我是不会说的。"说着他从佳世的伞下走了出去，走进雨里，向一座新坟走去。我们也跟了过去，事情不能就这么算了。我们自己的事还没说呢。

"请……请等一下。我们有东西想放在这里供养。"我说，顺便看了一眼雨中那座新坟上刻着的白字——"小野寺锥玉"。

"供养什么？"住持转过身来，我又有点紧张，到底要怎么跟他解释呢？这种事真是闻所未闻，我从没经历过，大概住持也是头一次吧。

"其实是我们找到了一件很稀奇的东西。"

"稀奇的东西？在哪儿？"

"就在下面河边的树下。"

"在树下发现什么了？"

"真的是很稀奇的东西，一时很难解释。"我说。

"在这个桶里？"

"是的。"

"我看看。"住持走了过来，我还来不及阻止，他就掀开了手帕。住持往桶里一看脸色就全变了，他惊得张开嘴，看了我一眼，又把视线停在了我面前。我很纳闷他怎么会这副表情，便没有说话。不过这情况很快就结束了，住持竟缓缓地倒在了我脚下湿湿的砂石上。我吓了一大跳，一旁的佳世也大叫起来。

"师父，师父。"我叫着蹲了下来。雨水不停地打在老人仰卧着的苍白面孔上，他的眼睛闭得紧紧的。我把伞搁在地上，抬起了住持的上半身。

"不行，身体已经发冷了，赶紧搬进屋里去。"触碰到他的脸和手后，我叫了起来。大概也是因为下雨，老人的身体竟像冰一样冷。我摸了摸他的脉搏，又把手放在他胸前试了试，微微的，心脏还在跳，不是心脏麻痹。

"我来背他，你帮下忙。"我说着，急忙在住持身前蹲了下来。

5

我背着老人走进刚才那家的玄关，大概我语调慌张，一声对不起才出口，先前的女人就跑了出来。她一见我们的情形，就飞奔过来问："出什么事了？"

"他突然摔倒了。"我解释说。

"爸，爸爸。"女人叫着，原来她是住持的女儿。

"我去拿毛巾，请把他抬到这边来，这边，这边。"说着，女人向昏暗的走廊深处跑去。我背着住持，在佳世的帮助下脱了鞋，便顺着陌生人家的走廊往里走。在走廊左侧有一扇玻璃门，门外是一个很小的中庭，里面装饰着石灯笼和小池塘，上面覆盖着八角金盘浓绿的叶子。院里长着青苔，只有池子是开放的，雨点打在水中成了一个个小圆圈，漾漾地扩展开来。水下有几尾红色的小鱼。

走廊右侧有一排榻榻米房间，我们在第三间屋里看到了刚才的女人，她正急急忙忙地往地上铺被子。她把被单一摊就跑了过来,手里还拿着一条浴巾。

"帮他把雨衣脱在走廊里吧。"佳世说着动起手来。两个女人在我背后一阵手忙脚乱,我这才弯下腰,把住持的两条腿放在了走廊的地板上,紧接着就转过身,三个人联手脱下了他的雨衣,丢在走廊上,再用浴巾给他擦了擦身。

住持的雨衣里面穿的是一身洋装,下身一条黑裤子,上身则是灯芯绒衬衫外加一件毛背心。我们把他抬到被褥上,让他慢慢地躺在被单上。

我跟佳世退回走廊,住持的女儿则打开壁橱拉出毛毯,迅速地给父亲盖上,之后才到走廊上来。雨天屋里光线很暗,老人紧闭双眼,看上去毫无生气。

"到底发生了什么事?"女儿问。

"真是对不住,我给他看了样奇怪的东西。"

"什么奇怪的东西?"

"我放在玄关地上了。是一只人手。"

"啊。"女人瞪大了眼睛,"哪儿弄的?这种东西。"

"就在河边的大树下,洗衣场那里。"

女人一时语塞。很难理解,一只人手怎么可能随意地就落在那种地方了呢?

"不管怎么样,我先去叫医生,其他的一会儿再说。"女人跑去了里屋,我留在原地,隔着玻璃门眺望着中庭。

"好子,好子……"老人沙哑的嗓音传了出来。

"小姐，小姐。人醒了。"佳世朝着女人离开的方向大声叫道，我赶紧走到住持的被褥边，老人正在掀被子，想慢慢坐起来。我坐到身边，犹豫着是否该帮他一把。

"师父您还是躺下好些。"我说，他不听，仍挣扎着要起来，于是我在他背上托了一把，让他坐起来。好子跑了进来："爸爸，别起来，快躺下。"她说着，硬要把住持按在被褥上。住持伸出手，像是要说些什么，却被女儿一把捂住了嘴："别说话，犬坊先生现在马上过来。"说完，她又转向我们："对不起，麻烦你们先出去一下，他一看到你们就会激动。"

于是我们又出去了。

好子安顿好父亲后，怒气冲冲地走到我们面前，抬起双手将我们推出玄关："对不起，你们先请回吧。父亲心脏不太好，搞不好会丧命的，所以今天还是请你们先……"

"好的，好的。"她推着我，我回答说。其实她不用这么说，我们也没打算继续叨扰。

"那我们以后再联系。"我说着向玄关走去，女人没再出声，大概她根本不想再看到我们，连个电话都不想接吧。

装着人手的塑料桶还在玄关的地上。我把住持背回来的时候，佳世把它也一起带回来了。只是那块手帕不见了，脏东西暴露在外面怪恶心的。虽然我们也不想就这么放着，可其他还有什么办法吗？把它带回龙卧亭，只会再叫其他人晕过去。

我们走到院落里，砂石地上有几处积水，雨已经小了。我撑开伞，又跟佳世一起并排走回去。事情闹得有点大。

"无论如何，二宫，你这邪祟就算祛除了吧？"我说。我这趟来本意是想安慰她的，不料她又惹出了新的乱子。即使祛除了自己的邪祟，也不该再惹新麻烦吧。倘若住持有个三长两短，那她不又得被好子怨恨了吗？真不知道她到底犯了什么冲？

之后我又想到了住持和犬坊一男。他俩的反应太过激烈了——犬坊是在听说了打死菱川幸子的子弹是二十世纪三十年代制造的之后，住持是看到人手以后。就算人手确实会引起过激的反应，可连我这么胆小的人都看了，更何况住持还是神职人员，接触过的生死应该更多，不是吗？作为神职人员，不该碰到这点小事就晕过去的。犬坊就更不用说了，管它子弹是二十世纪三十年代造的还是四十年代造的，总不至于一听就晕过去吧。其中定有其他原因。莫非是人们常说的"报应"？看来要想搞清真相，势必要找出"报应"所在。不过这都不归我管。

庙内院落很大，但毕竟是建在斜坡上，不如平地上的寺院来的宽敞。撞钟堂在院子的右侧，我想到它就顺便走了过去，来到撞钟堂边上，即寺庙最顶头往下看，就可以看见龙卧亭独特的建筑群，宛如一条长龙蜿蜒盘踞在山下。

我还未涉足的那座庙宇样式的气派楼房，就处在离我们最近的左手边，它向右画出一道弧形，与龙胎馆相连，像是龙身一样将带草坪、花坛的中庭围在了中间，它的尾部则又返回对面庙宇似的房子，在脚下接上龙尾馆。也就是说龙尾馆的位置恰好就在庙宇式建筑的正下方。我记得它们之间正好有一堵石墙，只是从我现在的位置看不到。

而龙尾馆的屋顶跟我面前这幢庙宇式建筑的脚下有铁桥相连，所以我现在的高度正好可以将它们一览无余。龙卧亭真是一座了不起的建筑，真就像一条在树林竹叶中找到了栖身之地的巨龙一样横卧在山间。

我把视线收回到身后，只见这座寺庙四周有一圈土墙，土墙上有一扇木门，是我们刚刚进来的那一扇。我们决定回龙卧亭去。就在我们快到木门边时，发现有个大个子男人正缓缓地拾级而上。他一头乱蓬蓬的枯发，没撑伞，样子很奇怪。等我们走下台阶，他才发现，把头抬了起来。

我被他的表情怔住了。他的脸很大，厚厚的嘴唇微张着，眼睛也出奇地大，一只眼珠几乎是全白的，嘴上留着胡茬，牙齿露在外边，神态中有说不出的阴森。他就是犬坊夫妇的儿子行秀、龙卧亭的独子。我们和他在石阶上擦身而过。我原先还考虑是否要打个招呼，可见他一副目中无人的样子，便作罢了。

我都不知道自己该想些什么了，默不作声地出了山门，顺着泥泞的坡道慢慢往下走。前方雾气蒙蒙的贝繁村和面前的树木构成了一幅美丽的图画。就在我们踏进龙卧亭大门时，背后传来了一记沉闷的钟声，奇怪的是，这突然响起的钟声竟将我停顿的思维从体内撞了出来。刹那间我记起了刚才还萦绕在脑中的困惑。

是啊，这事太蹊跷了。我们怎么会这么顺利，一点波折也没有就把人手挖出来了呢？怎么也该有点风波的吧。即使我们找的那棵树完全正确，可整棵树下都属于挖掘范围啊，怎么佳世这么快就发现目标了呢？

首先，那只手是怎么回事？到底是谁的？为什么会被埋在那里？又是谁埋的呢？我做梦都没想到真会挖出一只人手来。所以我的脑子才会不听使唤，到现在连一件正经事都没好好考虑过。我飞快地开动脑筋。怎么会有这样的事情？一定是哪里有问题，出毛病了。我们掉进别人的陷阱里了。怎么可能发生这么莫名其妙的事呢？我心不甘情不愿地被人硬从东京拉来，然后又突然看见她挖出了人手，这到底算怎么一回事？

我被这些莫名其妙的事情搞得心有余悸又心烦意乱，差点就浑身发抖了。混乱之中我有些愤怒，说实话我觉得自己被人耍了。就是因为我不够聪明，才会被这样戏弄。我觉得自己身边的这个女人，说难听点，就是个狡猾的魔女，叫我又怕又气。可我又不知道该如何把情绪发泄出去，只好一言不发地走过通往龙胎馆的过道，一直走上石阶，再穿过中庭向上而去，二宫始终没离开我。叫人窝囊的是，我的脑子甚至还不如那三个警察。说实话，我现在已经完全失去了方向。

又是一声钟响。站在中庭，刚才去过的法仙寺撞钟堂就正好在我们头顶上方。一个高大的男人正抓着撞木全神贯注地往钟上撞，他就是刚才那个和我们在石阶上擦身而过、留着胡茬的犬坊行秀。我这才意识到，原来他刚才去法仙寺就是为了撞钟。

我撑着伞，注视着犬坊行秀的动作，从他撞钟的姿势上看，他已深谙此道。他先把又大又重的撞木，在钟前前后后摇晃，再巧妙地用劲去增加摆幅，直到感觉时机成熟了才使出全身力气，把撞木向后猛地一拉。这时他高大的身体也跳起来，跟着摆向后方的撞木一起跃向空中。平时对什么都无动于衷又行动迟缓的他，在撞钟上所表现出的热情，着实叫人为之震惊。

钟声洪亮，直往人的五脏六腑里钻，引得听者全身共鸣，这一瞬间钟声压倒了一切。眼前的景象全都静止了，世上的纷繁都停了下来。我听着钟声，在心里暗暗下了决心。我转头看向佳世，质问她说："二宫，你到底是什么人？"

"啊？"她说。

"就算我再笨，你也别想耍我。那只人手是谁的？"

佳世一脸错愕："石冈先生，你在说什么啊？"

"你别装了。我再笨,这点事情还是分得清的。那只手到底是谁的?你怎么知道它埋在那里?"

佳世呆呆的,好久都没有说话。钟声又响了几下,她才开口:"我怎么会知道?我也一头雾水呢。"

"哪会有这种蠢事?你们耍够了吧?别再来烦我了。"我猛地甩过头去,没看到佳世的表情,可她也好久没出声,我便又把头转了回来,只见她眼里满是泪水。"你怎么了?"我问,仍没想过认错。

"石冈老师,你就这么自暴自弃了?"她出人意料地说了这么一句,叫我无言以对。

"你已经完全丧失自信了。我真没想到。"

我依旧不快,不去接她的话。

"我很喜欢石冈老师的小说,非常喜欢。"

我没有说话,浑身像虚脱了似的。

"你一定要对自己有信心。粉丝们都这么想。虽然大家常常笑话你、批评你,那都是开玩笑的,大家都很喜欢你。"

"是吗?"

"是的。你一定要自信,我们都是你的忠实读者。"

钟声又响起来了。

紧接着我们听到一个女人声嘶力竭的叫声,几乎可以与钟声相匹敌。我们被叫声吓蒙了,不敢动弹。叫声短暂地停了一会儿,就又响起来,拖得很长很长。我感觉自己的耳朵跟脑袋都出毛病了,便怀疑自己是否得了幻听，很久都不敢动一下。

"有人吗？谁能过来一下吗？"这次的声音非常清晰，只是离得有点远，我分不清它的方位。我赶紧扫视了一下所有房间，它们都在龙胎馆的走廊一侧，围绕着整个中庭。我没找到声音的出处。

"谁来帮我一下？"女人又叫了一声。

"石冈老师。"佳世说，她正站在我们过来的石阶的最上一级，一只手指着我们下方。我赶紧走到她站的地方，把一只手搭在青铜的龙像上，龙像是立在悬崖边的，我稳住身子朝下望去。只见阿通正牵着孩子的手站在走廊上，孩子也站着没动。是她在叫人。

"出什么事了？"我禁不住大声问。雪子的妈妈这时才发现我们在她上方。

"快，快点过来。晴美，晴美她……"

我一把撇了雨伞，顺着石阶就往下跑。石阶很湿很滑，我很小心地跑着。一边留意脚下叫自己冷静、再冷静一点，一边尽量地加快速度。

这时木踏板上响起了脚步声，几个警察从龙尾馆走到了过道。他们一个接一个从木踏板上跳过来，上了龙胎馆。

"怎么了？"

"晴美她，快，这里。"母女俩回到自己屋里，三个警察也跟了进去，又是一记钟声追过来。

我好不容易才走下石阶，在绕着石墙的廊边胡乱地脱了鞋，一步跳上走廊，跟进屋去。

外屋是一个两帖的房间，实在太小了，被警察宽大的后背一占，就堵住了。我看见屋子左边有个佛龛，佛龛前趴着一个年轻的女子，绛红色的血从她的发间流了出来，有些已经流到了榻榻米上。

"中丸，中丸。"福井嘴里喊着将女子的头轻轻抬起了一点，铃木抓过她的右手就去摸脉搏。"糟了，没心跳了。"他说。田中伸出右手摸了摸她的脖颈。我心里害怕，却也上前摸了摸晴美的左手，发现了死人特有的触感。这种感觉怎么描述呢？也可以理解为是一个沉甸甸的肉块吧。如果是活人，哪怕睡着了，抑或失去意识，身体也还是会有一些反应的。而她的身体丝毫没有反应，不过就是个有点分量的物体罢了。只是在我触摸她时，她的手还尚存一丝温度，证明她刚才还活着。大概天太冷了，也可能是我自己手冷，我感觉自己的指尖越来越冰，一种生命迹象正渐渐消失殆尽。

"赶紧先保护现场。"铃木大声地命令道，显然对有人胆敢在警察眼皮子底下杀人感到不满。"这具尸体谁也别碰。"他粗暴地甩开我的手。

大家把尸体慢慢放回原处，就在这时我看到了微张的眼皮和翻着的白眼珠，以及张开的嘴里有一滴快淌下来的口水。我这才注意到四岁的雪子正在妈妈的怀里哭，她妈妈坐在屋角的榻榻米上。

这时候又传来了一记钟声，深深刺进了我的大脑深处，我的思想全都麻木了。于是我这个不中用的脑袋一片空白，全身感到一阵疲惫的虚脱。不过这感觉稍纵即逝，我很快就不自觉地发起抖来，身心都陷入了极度的混乱之中。

"搞什么名堂？"我心里喊道。这到底都是怎么一回事？把我从横滨弄到冈山乡下，紧接着就遇到一连串莫名其妙的事。就是再可怕的噩梦也不可能这么狠毒。我完全静不下心来思考。到底怎么回事？我真的不是在做梦吗？

"能把情况跟我们说说吗？到底怎么回事？"铃木也一股脑把问题抛给了母女俩。肤色黝黑的妈妈此时也被这突发事件吓得面色发白："我也搞不清楚。晴美在跟雪子玩，我看六点了，就来佛龛前祈愿。晴美和雪子在旁边也跟着拜了拜，然后晴美就朝我跟雪子这边倒了过来。"

"听到枪声了吗？"福井高声问道。

"枪声？"妈妈吃惊地反问，"你是说枪声？"

"她是被枪打死的，就这儿。"铃木不耐烦地用右手食指在自己的秃头顶上戳了一下。

"晴美是被枪打死的？"

"是的，被枪打死的，所以问你有没有听到枪声嘛。"

"没，没听到。"她摇了摇头，警察们彼此对视了一下。

"那先讲讲你们三个人当时的位置吧。你们都跪坐在佛龛前拜佛？"

"是的。"

"那你们三个人的位置是……"

"我在这儿。"

"嗯，你在最里面。"

"当中是这孩子。"

"嗯。"

"晴美在最靠近走廊的这边。"

"哦，哦，那门呢？"

"门关着。"

"外面有没有人呢？这屋子外面。"

"不知道啊。因为太冷了，我就这样弄了一下。"篱笆门边用衣架挂着两件女式衣服，大概是用来挡风的。原本从屋里可以看见外面有没有人，现在被衣服一挡就完全看不到了。同样的，外面的凶手也看不到屋里的情况。

警察们都陷入了沉思，谁也没有说话。就在大家都在五里雾中时，他们采取了最常用的做法。

"出去，都出去。"铃木命令道，把我们几个赶了出去，我和佳世也一起被赶到了走廊上。而神主父子俩、康复了的犬坊一男和厨师守屋、藤原也都站在那儿。他们一个个都在询问屋里发生了什么事，我便将刚才看到和听到的事告诉了大家。大家在走廊上围成一个圈子，个个抱着双臂，认真琢磨着这幕惨剧。

我站在走廊上观察着发生惨剧的屋子，心想：进出屋子——龙胎馆的大部分房间都沿着呈坡道的走廊一字排开——是一扇篱笆，如果两帖大的外屋里有人，那走廊里的人是可以看见的。即使是在中庭，距离稍远一点，基本上也能看到。

那么关键问题就是，这扇篱笆对凶手十分有利，子弹很容易穿过去。篱笆上的细竹片不可能没有一点损伤，若勘察人员仔细检查，定能发现子弹的痕迹。但篱笆毕竟不同于纸拉门，粗看是看不到弹孔的，加上它还能为凶手从走廊或是中庭瞄准屋里的对象提供方便。

不过，我考虑的是，屋里只有这对母女，妈妈担心孩子着凉，就在篱笆上挂了两件衣服，衣服和衣服之间有很小的缝隙。如果人站在走廊上，紧盯着屋里看，那要瞄准跪在佛坛前的人的脑袋倒也不是没有可能。况且现在正是白天。但如果人站在中庭呢？会不会难一点？

我试着穿上鞋子走到中庭去。母女俩的客房是进了龙胎馆后的第一间，叫"百脚"，这边走廊的地势较低，也就比地面高出一米，要瞄准是很容易的。不过篱笆那儿挂着衣服，看不见里面。除非凶手事先就知道她们跪在佛坛前祈愿，并提前推测出她们的位置，瞄准了以后再开枪。

哎呀，我突然发现，当我真站到中庭里去，从离被害人最近的地点观察晴美所在的位置，那当中正好被衣服挡住了视线，也就是弹道。这个位置开不了枪，除非把衣服打穿。我又想到，现在天还这么亮，谁会大白天的拿枪站在这里冒险呢？旅馆里到处都有人，凶手不可能不考虑到这一点。

首先，我跟佳世当时就在这间屋子的上方，我们站在石阶的最上面，往下就能看到这里。我刚才呆呆地看着撞钟的犬坊行秀，加上刚刚发生了口角，佳世听到喊声可能第一时间就往下看了一眼。对呀。我刚才什么也没看，可佳世也没看吗？

"二宫。"我叫了一声，二宫正独自站在走廊边上，看着被雨淋湿的石阶。

"嗯。"她应声走到了离我所在的中庭最近的走廊这边。

"刚才听到叫声时，你有没有往这边看？从上边。"我指着石阶的顶端问。雨还在下，却已经细如牛毛，雨水打在我的脸上让我不由得眯起了眼睛，佳世取过靠在走廊边的我那把伞，递了过来。大概是我扔了伞就往案发现场跑，走在我后边的佳世捡起伞，帮我拿过来了吧。

"哦，谢谢。"我说，真想对刚才那一通无理取闹一并向她道个歉，可还是碍着面子没有说出口。

"我听到喊声就往这里看了，从上面。"佳世很肯定地说。

"你看了？太好了。看到什么人了吗？拿手枪的男人。"

"没有,这儿一个人也没有。"她摇了摇头,"就是那母女俩很快就出来了,站在走廊里叫人来着。"

"啊,这样啊。"我撑开伞说,心里有点失望。我当时也朝这里看了,只是我一时不知道声音来自何方,所以找了一会儿才看到这里的。我原本是想,如果在这段时间里,凶手迅速逃跑的话,那完全有可能逃过我的视线。可现在佳世这么说,就表示那种可能不存在了。然而凶手到底是从哪里开枪打的中丸晴美呢?

这时,福井走出了屋子。"各位,刚才那位太太出来的时候,你们都在什么位置?"他问。看来他也想证实一下我刚才想的那些问题。

"案子发生的时候,有没有人朝这里看过?"见没有人举手,佳世才怯怯地举起了右手。

"你当时在哪儿?"

"那里。"佳世指了指石阶顶端。

"那有没有看到凶手?"

"没有,那个妈妈叫的时候,这里没有人。"

"没人?"福井的脸沉了下来,"那你有没有听到枪声?"

"没有。"佳世摇了摇头,福井立刻恼了,"没听到?你活见鬼了吧?"他忍不住提高了嗓门,像是要逼供。这帮警察总是一发现事情于己不利,就立刻恼羞成怒。而这种查案方式往往很容易立竿见影,因此便没机会改正。

"你们当中有谁听到枪声吗?"没有人回答。

"那还有谁在这附近?"

"我当时在她边上,就站在那里。"我说。

"哦,那枪声呢?"

"没听到。"明知有点对不住福井,可我只能这么回答。

"哦。那你们都是在听到太太的叫声后才注意这里的吧。也就是说,凶手枪击中丸逃走以后,你们才注意到了这里。因为那位太太绝非一看到中丸被击中就开口呼救的。中丸被击中以后,倒向了那位太太,之后太太才呼救的,说明这中间有一段时间差。"警察竭尽全力展开推理,他说得有一定的道理。

"凶手要么是在走廊,要么是从现在作家站的这个位置朝中丸开的枪。那个,作家先生,你往边上挪一挪。可能会残留下脚印。"听他这么说,我赶紧上了走廊,只见地上到处都是一层水,根本找不到脚印。

"假设凶手在院子里,向这间屋子开枪……"福井站在走廊上像一个著名侦探似的,装腔作势地说,"那么他的逃跑路线,大致会有五个。一是朝这边左手的方向,但这边是条死路。"福井指着中庭,龙尾馆的反方向。这边全被石墙挡着,过不去。它的右边有石墙,支撑着我所在的中庭,正面没有路,左边则为龙胎馆的下方,也有石墙堆着,走不通。这就是一条死胡同。走廊虽是一个缓坡,但它的下面全是石墙,钻都钻不进去。要么就顺着走廊往上走,上坡,可这是否可行呢?

"这左边走廊的上方,刚才有人吗?"福井果然也想搞清这个问题。

"我们俩都在。"神主二子山增夫说,他身边的儿子一茂也点了点头。

"我们一听到那位太太的喊声就立刻跑出来,朝这边看了一下。一个可疑的人都没看到。我们走廊跟中庭都看了,中庭里也没有人。紧接着那个太太就带着孩子跑出来了。"

"没错。我也跟着爸爸跑出来了。没见到有人。"儿子一茂也作证说。

"这边也没有,那会不会上了石阶,朝上面的中庭跑了?"

"我们当时在石阶上,一听到叫声就从石阶上跑下来,朝这边来了。"我说。

"那这个方向也不行。还有一个就是往龙尾馆里逃。可我们当时就在那儿,没看到人。田中当时就站在走廊里。"福井像是在自言自语,"一个一个排除掉,那留下的就必定是真相。"他自顾自地点了点头,十分肯定地说:"那就剩下往右跑了。他逃到这儿,看到龙尾馆,再往左去。这个方向有人吗?"

"嗯,我在。"守屋说,"我当时刚洗了锅,把水泼到了院子里,然后就站在厨房的门口抽了支烟。"

"抽烟？你是说你一直站在这个门口？"

"是的，一直站着，大概有十分钟吧。所以如果有人朝这个方向过来的话，肯定会打我眼前经过。那我准会看到。"

"哦，那你呢？"福井问藤原。

"我当时在厨房里准备晚饭。"

"准备晚饭？那现在谁在弄？"

"现在是仓田在做。所以刚才我们三个人都在厨房，听到叫声后，我跟藤原就跑过来了。"守屋说。

"是从中庭过来的？"

"不是，我们从过道的木踏板过来的。"

"哦，那跟我们同路。仓田跟中丸平时都是怎么来帮你们准备饭菜的？每顿都帮？"

"端菜送菜时他们每次都来，做饭是轮流的，今天的晚饭就轮到仓田来帮忙。"

"哦。"福井脸上浮现出已经有了结论似的表情。

"那么凶手就是朝这右手边逃跑的，他逃到龙尾馆后再往右边去了，应该就是这样的。他经过有木踏板的过道，再向那儿去了。"他很专业地断言。就在这时，一把红色的大伞从右边穿过游廊，来到了龙尾馆前面，伞下是一个穿着白上衣、藏青裙子和红色雨鞋的人。

"哦，里美，里美。"我们这群人中的犬坊一男叫了起来。只见雨伞一转，露出一张白净的小脸，面朝着我们。警察和两位神主霎时间都有些站立不稳。

"什么?"里美说着慢慢地朝我们走来,她大概还不知道家里发生了惨剧,脸上笑嘻嘻的。我被她明媚的笑脸吸引了,真不知这么漂亮的姑娘为什么会出现在这里。

"你刚才都在哪儿呢?"

"我在鸭棚里,给平太喂食呢。"

"什么?"福井没好气地说,"鸭棚在什么地方?"他有些怒不可遏。

"就在走到底的右边,我们现在这栋房子的背后。"犬坊抱歉地说,鸭棚的位置正好就是刚才福井所说的凶手唯一的逃跑路线。

"里美,你刚才一直在平太那儿?"

"是啊。"里美开开心心地说。

"待了多久?几分钟?"她父亲问。

"嗯,二十分钟左右吧。"这个时间足够了。

"有谁来过吗?"

"没有啊。"她回答得很干脆,福井的脸色越来越难看。

"你有没有听见阿通的叫声?"

"平太一直嘎嘎乱叫,我什么都没听到。出什么事了吗?"

众人都不作声,犹豫着是否要跟她解释。

"没有,算了,以后再讲,我以后跟你说,你先回你妈那儿去。"她父亲说,里美哼了一声。我以为她就这么走了，没想到她漂亮的嘴唇像画上画的那样抿着，又站了一会儿。等她在人群中发现了我，就又笑了，还朝我点了点头。

我一怔，连忙回礼，她这才转了转雨伞，朝龙尾馆走去。而今年秋天就要满四十五岁的我，却突然怦然心动，有些手足无措起来。

6

不久警局又派了好几位现场勘察人员过来，龙卧亭一下子就戒备森严起来。他们把我们这些客人集中到用餐的大餐室，命令我们不要随意走动。

我看了看集中在餐室里的人，发现其中虽有犬坊一男、育子以及厨师守屋和藤原，却不见里美的身影。我向她父亲打听了才知道，原来她得知中丸晴美被害的噩耗，正躲在屋里伤心呢。

我决定趁这个机会好好了解一下龙胎馆各个房间的布局，便首先请守屋告诉我，龙胎馆这一排客房名称的由来。原来这些威风凛凛的室名都取自古琴的各个部位。包括旅馆的称谓"龙卧亭"也源于老掌柜对古琴的热爱。据说日本的古琴自古就被誉为乐器之龙，每个部位都有相应的习惯叫法。就连这个琴字，行家也从不使用，他们都称之为"筝"。只是我这本书并非研究古琴的专著，故还是以读者所熟悉的古琴来称呼它。

之前我已描述过自己对"龙卧亭"其名的推测，应该缘于这座建筑群形似一条盘踞山间的巨龙，现在已被证实确实如此，而我们如今所在的龙尾馆位置就相当于这条龙的尾部。在整个龙卧亭的建筑中，龙尾馆规模最大，房间数量也最多，犬坊家的人都生活在那里，各有各的房间。

由龙尾馆延伸出去的那一排长长的房子就是龙胎馆，望文生义，它的位置就等于整条龙的躯干部位。龙胎馆盘旋而上到顶部，就是我刚才在法仙寺撞钟堂旁边所看到的那幢特别豪华的日式建筑，也可以说它是整个龙卧亭建筑群中，从外观到内装都最独具匠心的一幢。它的名字与我想象的完全一致，就叫"龙头馆"。按照字面解释，它就相当于龙卧亭这条巨龙的头部。而且龙头馆还有一个别名叫"龙头汤"，顾名思义，那里应该是个大澡堂。

原本就是因为犬坊家长年以来一直独占着这片土地下的温泉，当初为了向村民们开放才建了龙卧亭，所以龙卧亭的温泉对外收费，对村民则一律免费。

尽管当地的温泉名副其实，可村子里会把温泉引入自家浴室的，如今也就只有犬坊一家。因为温泉的储量并不丰富。暂不论封建时代如何，就是进入了民主主义的现代，犬坊家也仍对此耿耿于怀，所以他们自打开设温泉旅馆起，直到现在歇业关门，凡是村民们来洗澡也都是不收钱的。

不过这些都是犬坊家的一面之词，村民们总觉得专门远道上这里来泡温泉太麻烦，所以基本上没有人来，以至于实际上这里的温泉至今仍由犬坊家所独有。龙卧亭本身就远离村落，而且还建在山坡之上，这些因素都会影响村民前来，不过也可能还有其他我们所不知道的原因。只是因为住得近，法仙寺的住持倒还经常会过来泡一泡。

"我们也可以算常客。"听到我们谈话，一旁的释内教神主二子山增夫插嘴道，"这里的温泉很纯，没有掺水，对风湿病、胃肠系统很有疗效。我呢，一旦感觉腰不太好就会过来泡一泡。"

总之这里的温泉很受宗教界人士的欢迎，目前，来龙头馆的人也还是不分教派的。由于龙胎馆沿着斜坡盘旋了一圈，所以龙头馆的位置就正好在龙尾馆的正上方，从龙尾馆的屋顶到龙头馆的后门之间，架着一座小铁桥。否则，从龙尾馆去龙头馆就得绕上很大一个圈子。龙尾馆是一幢三层小楼，兴许这种设计也是基于这个原因，即要将龙头馆的位置跟龙尾馆屋顶的高度结合起来。也就是说，龙胎馆所绕的那个长长的圆弧，其实正好是个三层楼的高度。

至于龙胎馆那一排客房，大家只要把它想象为分散在度假高原上的各个木制小屋就可以了。不用说每间客房的地板是水平的，可它们与相邻客房的地板之间则应该各有三四十厘米的落差。这个数字就连对整座建筑结构都十分熟悉的守屋也不太清楚。因为他也是后来才到这里来当厨师的，在建房之初跟经营上并没有直接参与。当然老掌柜犬坊秀市肯定掌握这些资料，但现在都没有了，连建造图纸也找不到了。

我们把龙胎馆的整个长屋比作一架古琴，各间客房就以古琴的各个部位来命名，因此每个室名都那么古朴威严。我将从龙尾馆那头到龙头馆之间各个房间的名称在这里介绍一下——百脚、尾布、柏叶、下音穴、云角、甲间、矶间、里板、莳绘、龟甲、螺钿、柱间、弦间、四分板、枕角、龙角、六分板、龙眼、龙额、上音穴、口前、龙舌、猫足，以及龙头汤。

客房一共二十三间，实际上古琴演奏家之间习惯将琴头称作龙头，琴尾称龙尾。由于总共有二十三间客房，所以现在虽有些客人，但大部分房间都还空着。旅馆既已歇业，管理人员也就减少了许多，所有客房没法一一照顾。据说这里大多数房间都有一定程度的损坏，为了避免漏雨，屋顶被认真地修理过，而其他地方基本上就都没动。然而，过去旅馆没歇业时，因为附近有樱花，每年春秋两季客房都很紧张。许多人都听说过这里温泉的疗效。

下面为了参考起见，我记录一下现在几个住客各自的房间分配。跟之前我描述过的一样，从龙尾馆穿过过道，进入龙胎馆的头一间"百脚"，住的是阿通和雪子母女。这个房间之前老掌柜常拿它另派用场，有时私下会给他的朋友使用，所以屋内配备了水池、电视、音响、佛龛、家具和餐具、取暖器，等等，可以在屋里自行开伙。阿通母女是犬坊家的客人，她们长期居住在这里，所以被分配在这一间。

二宫和我分别住的是"里板"和"莳绘"。这个之前我已经说过了。这两间屋子都只能纯住宿，所以十分简陋，既没有电视也没有收音机。奇怪的是连取暖器也没有。家具就只一张小矮桌，还有个小小的水房。二宫屋里也是这样。

同时，我还核对过大多数客人的房间，一并记录如下。不过，目前在警察局接受调查的坂出，听说其名为小次郎，房间就在我隔壁的"龟甲"，现在他人不在，那间屋子暂时空着。

神主二子山父子住的是"云角"，福井、铃木和田中三位警察则在"柏叶"留宿。

中丸晴美和仓田惠里子两位的房间在紧邻龙头馆的"猫足"和"龙舌"，这两间屋子从阿通母女住处看去正好在对面。据说是给她俩休息用的。听说这事时，我心想那她们去龙尾馆干活还真挺远的，不会麻烦吗？如果她们是顺着走廊斜坡一直走过去的话，那就像我刚才描述过的一样，必须绕着弧形的龙胎馆转一整圈，才能到达龙尾馆。两间房子跟龙尾馆正好是一头一尾。但如果是走龙头馆前面架在龙尾馆屋顶的铁桥的话，那就近多了。

此外中庭里还有一条通向龙头汤的小路，从中庭可以走石阶上到龙头馆前面去。下了龙头汤前的石阶，穿过花坛边上的小路，再从设在青铜龙像处的长长石阶下去也能很快到达龙尾馆。这么看来她们这两间紧靠龙头馆的屋子，要去龙尾馆倒也不是十分不便。

现在中丸晴美被害了，她那间紧邻着龙尾馆的"猫足"应该空着。这么看来，去往龙头馆和龙尾馆最不方便的客房就是"柱间""弦间"和"四分板"。这几间房间要去龙头或者龙尾的话，要么一直顺着走廊走，要么就只能从中庭的小路和石阶那儿过去。

除了以上各位外，犬坊一家都住在龙尾馆里。一男、育子、里美和行秀他们在二楼各有自己的房间。在龙胎馆住宿的客人基本上都是为了泡温泉而只留一晚的，所以房间里基本上都不配备生活用具，像家具、取暖器、书桌、衣橱、电视、音响之类的。相反，龙尾馆则是犬坊一家人的生活空间，里面的房间十分宽敞。

只是有一件事我很纳闷，龙胎馆也不是所有房间都不备取暖器。像我之前说过阿通母女住的"百脚"就有。只是那个取暖器不用火油，而是用液化气。用液化气取暖说明取暖器不是后来装的，而是一开始就设计好的。那整栋楼原本都可以铺上液化气管道，可事实并非如此。倘若说老掌柜只拿"百脚"来给个别客人使用，那这个取暖器的安排也可以理解，但其实也不是。除了"百脚"之外，还有四间客房也装备了液化气取暖。它们分别是"尾布""柏叶""下音穴"和"云角"。这五间客房的墙壁上都设置有液化气阀门。为什么会这么设计呢？客人们都觉得很不可思议。

另外，龙尾馆的一楼还分了两个房间给厨师守屋和藤原，三楼则是菱川幸子在住。即便她的师父小野寺锥玉到访龙卧亭，也是这么安排的。看来这些贵宾就等同于犬坊的家人，他们都会被分配住在龙尾馆里。

警察的问询与昨晚菱川案一样，也被安排在客厅里。我们用完餐就被留在大餐室里，等叫到名字后一个一个过去客厅做笔录。

叫到我时，几位警察明显已十分烦躁。我曾跟着御手洗经历过这样的场面，警察一旦遇到棘手的案件就会这样，担心有人指责他们找不到线索，就臭着一张脸，言行上都带着威胁。可越这样大家就越看不起他们，这么简单的道理他们怎么就不明白呢？

他们问我的还是一些老问题，都已经重复过好多遍了。不外乎是干什么的？何时？从哪里来？为什么来？还有案发时人在哪儿？看到了、听到了什么？有没有听见枪声？当我据实回答说没有时，铃木就沉下脸来说见鬼了。仿佛是一套乡下的土把戏被不断重复地上演。

显然他们存在一个误解，以为只要态度强硬就能得到想要的答案。倘若意图不太明显，或许还能起点作用，但把这一套用在一个实话实说的人身上就只能叫人反感了。日本警察到现在还耍江户时代的把戏。尽管在我这个小有名气的作家面前，他们还不至于太放肆，可对二宫佳世，就无所顾忌了。当初见面时他们还轻松地开过几句玩笑，如今连这份兴致也没有了。

我们几个住客在大餐室里等候询问时，已经讨论了善后的事。我最牵挂的还是那对母女，毕竟人死在她们屋里，而且就在距离她们几十厘米的地方被击中头部，要是当时凶手稍微打偏一点，那被击中的就有可能是她的女儿。因此她们无疑受惊最大。

所幸孩子并没受到影响，她真够强大的。又拿了一本描写制作面包的绘本——《我的面包》，到大餐室来，冲着我们这几个神情凝重的人大声朗读起来。说实话，她读得非常好，特别是有关孩子之间的对话，读得非常自然。所以她每读完一页，我们大家都会鼓掌喝彩。我看得出她的举动大大缓解了她母亲的紧张情绪。

她读完书，又对犬坊育子和松婆拿来的积木发生了兴趣。在这个四岁小姑娘的眼里，这个家就像装着无数玩具的百宝箱一样，在接二连三发生的惨剧中，唯独她还开心地玩耍着。

"我其实早想回京都了，"她母亲说，"真担心这孩子有个三长两短，而且要是我遭遇不测，她就没人照顾了。可警察偏不放我们走。"

看来她并没有丈夫。是离婚还是丧偶呢，我不敢轻易打听其中的详情。

"太太，您怎么会到这里来的呢？"我问。我很讨厌自己像犬坊一男似的对别人问东问西，不过兴许会跟案件有什么关联。

"有很多人,包括看相的,都说我从上辈子就背负了很多孽债,必须好好供养自己的祖先,而且还必须做彻底。他们都跟我说了好多次了。"

"那你真遇到过什么不幸吗?"我问。

"我从小就总遇到麻烦,都是报应。只是不好跟别人讲。其中有些报应在我自己身上,也有些是由我带给别人的。"

"我知道。我也是的。所以有个灵力大师让我来驱驱邪。"二宫佳世从旁插嘴道。

"啊?你也是?我也是这样的。"

"大师说常常能看到我这个地方有人。"佳世把手放到自己的左肩说。她讲这种事的时候,脸色都特别阴郁,声音也会变得沙哑。

"啊……"母亲眯起眼睛,把眼睛眯成了一条缝,显出同情的样子。她的女儿在远处跟松婆玩儿。

"我的肩膀和腰都很痛,胃肠也不好。自己身体弱,家人也连遭不幸。所以人家跟我说我的手腕在到处游荡,只要能找到它,把它供养起来,就可以祛除邪祟。所以我才按灵力大师的指点一路又是火车又是巴士地找到这里。这位老师是被我硬拽来的。"佳世解释说。

"哇,你真了不起。"阿通不无感慨地说。

"这个贝繁村确实有报应。"她一改跟孩子说话时的明快语调,声音哑哑的,"这里真的孽障很深,所以人人都很迷信。不过你能靠自己的灵力找到这里,真不简单。"她似乎真的被感动了。"我是听说家里的祖辈源自这里,才来供养的。"

"那看相的人有没有说你身上附着什么不祥之物呢?"佳世很热衷地问道。母亲回答说:"嗯,我身上附着很多夭亡的怨灵,所以肩膀抬不起来……"

"那你流产了?"

"嗯。不过那不是我喜欢的人的孩子,所以也不后悔。反正都是鬼祟做怪。"

"这么说你流产过好几次?"

"这个嘛,我不想说。"

"哦哦,对不起。"

"我的报应还不止夭亡的怨灵,主要还是恶鬼和祖辈的冤魂。所以人家叫我到这里来,至少住上半年,每天虔心拜佛,把祖辈坟上的冤魂都去除干净。"

"那您祖辈葬在这里?"

"嗯,我母亲家的亲戚以前住在这里,不过'二战'前就离开村子,搬去京都了。我听说亲戚里有些祖辈葬在那个法仙寺,但我去了才知道,它们早成了无主坟,现在都没有了。"

"哦。"佳世也感叹起来。

"虽说叫我在这里供养祖先,但村里早没了熟人,旅馆又只这么一家,而且也已经歇业,幸好老板娘心善,让我借住一个月。总之人家说我已经十分凶险,再这么下去，恐怕女儿的命也难保，所以我才下决心过来的。哪想到又出了这些事？我实在走投无路了。可照应我的人说无论在这里遇到什么我都得忍。"

"啊，太好了。"佳世说，"我还以为这种事就只发生在我一个人身上，都是我惹的祸，我害怕死了。"

"你也这么想？我也是，我也老以为是自己身上的恶鬼作怪。"母亲说，两个人很快就结成了同盟。

"那个，太太，你那间房间怎么办？要搬出去吗？"我问。

"不。只有'百脚'那间设有佛龛。如果搬去其他地方，还怎么给祖辈做供养呢？"

"可那里死了人啊。"我说。

"是呀。可到哪里还不都一样？犬坊叫过我搬去龙尾馆，可那边的菱川不也死了吗？"

"哦。"我咕哝了一句，她说的也确有道理。

"那个菱川是个什么样的人啊？"我问，这次轮到她咕哝了一声，然后说了句："有点神经兮兮的，她很少说话。"

"对了，犬坊说要给'百脚'装一扇过冬用的门。"

"过冬用的门？"

"木板门，不是现在这个篱笆门，这样别人就看不见了，还挡风，暖和。行秀正在给我换呢。所以我想这样应该就安全了。"

"哦，哦，这样好些。"我嘴上说，心想那屋里死了人，榻榻米上还有死人的血，这女人胆子真够大的。要是我准不敢再住了。

"刚才你说那个手腕，后来怎么样了？"母亲问佳世。

"大师说那个人手被埋在了村里河边的大树下了，叫我去找到它挖出来，然后好好供养。"

"所以你们就到村里来了？"

"是。"

"啊……"她饶有兴味地点了点头，"那找到了吗？"

就在佳世准备回答的时候，有人粗暴地拉开了大餐室通往客厅的拉门。门外铃木沉着脸怒气冲冲地站着。大家在大餐室里聊天，虽没什么趣事，嘴边倒也挂着微笑，现在一下子看到脸色铁青的警察，就都僵住了。

"二宫。"他点了佳世的名，我注意到他身后还站着田中，大餐室里的空气立刻紧张了起来。

"是。"佳世应道。不知怎么铃木始终板着一张脸，看来真的很恼火，我不由得有了一丝不祥的预感，心里隐隐猜到了些什么。

"听说你把小野寺的右手拿去法仙寺了？"他站在那儿严厉地说。

"小野寺？谁是小野寺？"二宫轻声嘟囔道。我也有同样的疑问，便点了点头，跟她一起朝铃木望去。

然而奇怪的是，当时大餐室里的所有人都异口同声地叫了起来。而且他们惊讶的都不是找到了一只人手这件事，而是这只手是小野寺的。也就是说他们全都知道刚才警察嘴里所说的那个小野寺是谁。

"小野寺呀，小野寺锥玉。"铃木不耐烦地说。所有人都很讶异。我心想，刚刚要是跟那个从京都来的母亲打听一下小野寺的情况就好了。可我没那么做。我总觉得在哪里听说过小野寺锥玉这个名字，便独自努力地回忆起来。

"那个，二宫，你过来，快。"铃木急急地招了招手。佳世吓坏了赶忙站了起来，而铃木已经离开了。佳世站着胆怯地看了看我，希望我能帮帮她，我忍不住也站起身，和她一起走到了拉开的门边，铃木已经在客厅里了。他冲着我说："不，石冈，你别过来。"他的口气很坚决，我感觉要出事，可我也无能为力，我又不是能对警察发号施令的政客。

我也异常紧张。如今怪事凶案频频发生，佳世偏又在这个节骨眼上挖出了人手，最糟的是警察还在为破不了案而心烦意乱。搞不好，他们就会把案件牵扯到她身上。他们一个个正等着行为可疑的人来自投罗网呢，不可能就这样让我们把人手挖出来而不闻不问。

"石冈老师。"二宫快哭出来了，"对不起，拖累你到这种地方来。"

"我没事。你打起精神来，我就在这里等着你。"

"我们回东京吧，等他们放我出来。"她说，我点了点头，她跟铃木一起去了客厅。我一把抓住了也准备跟进去的田中:"稍等一下。我有些事想问一问,能不能借一步说话。"

"跟我吗?"

"是的。"田中看上去有些为难,他想了一会儿。"那请等一下。"他说完,去向上司请示。很快他又走回来说:"好的,可以。我能透露的不多,不过倒可以聊两句。这里不太方便,请到那边去。"他率先去了走廊,我也跟了过去。

7

从龙胎馆走廊往龙尾馆方向走,途中有一个厨房。田中先探进身子去打开了日光灯,看到里面有一张不锈钢桌子和三个圆凳,便指了指凳子说:"就这儿吧,请进。"

这间屋子左右两侧墙面上都装有玻璃橱,里面放着经营旅馆时用的许许多多陶瓷餐具和漆器,应该是厨房附属的储藏室。如果弯下腰就可以看见隔着吧台的厨房,守屋、藤原和仓田惠里子正在里面埋头洗着碗碟。

田中大约三十出头,剪着短短的头发,打着领带,看上去挺精干的。等我俩都在凳子上坐下,他就开口道:"您想打听些什么呢?"

"事情还挺多的。第一,你能不能跟我说说小野寺锥玉的情况,她是谁?"

田中从怀中取出一支烟,征得我的同意,就拿出一次性打火机点着了火。他起身把边上一个烟灰缸拿了过来："我们不说，您也能从住客口中打听到。不过为了避免夹杂其他传言，还是让我先来跟您介绍一下好了。"田中虽然年轻，却比他的上司们看着要靠谱。

"小野寺是津山市的一个古琴演奏家，听说他们家在津山开了一家古琴私塾，门下有不少的徒弟。她跟老掌柜犬坊秀市关系亲近，经常在这里投宿，那个菱川也就是因为这层关系才来的。"我边听边点了点头。田中说话相当简明扼要。

"小野寺上个月到这里来借宿，三个星期前，就是三月六日，失踪了。"

"在这里吗？"

"是。"

"那后来呢？"

"后来我们找到了她被害的尸体。"

"啊。"我不禁叫出声来，这事我还是第一次听说。

"是在这儿发现的？"

"你的这儿是……"

"就是龙卧亭嘛。"

"不，不是这儿。"田中停了一下，犹豫着要怎么解释。

"那是哪儿？"

他轻轻地哼了一声，又不说话了，大概十秒钟以后，他开口说了些看上去无关紧要的话："石冈，您的朋友现在在干吗呢？"

"朋友？你问的是御手洗？"我说。

"我们警局的人都很喜欢看您写的小说，只是我们觉得那些事都不太真实。这么说可能有些失礼，不过我们都觉得那纯粹就是些故事。"

"我知道。"我想起今天早上见到福井和铃木时的事，答道。

"现实中查案可没那么花哨，都是非常按部就班的。您懂吧，老师？"

"我懂。"

"怎么说呢？我们一线的人都觉得实际情况应该更丑陋、更粗暴的。"

"这点我很清楚。"我说。

"只是这种事由我一个现役警察来说可能有点怪，但我还是相信御手洗先生不是虚构的。"

"他确实不是虚构的。"我肯定地说。

"不，我说的是像御手洗那样的人现实中是否存在，拥有那些能力的超人是否真的存在？同事们大都不相信，可我信，就像小孩相信有圣诞老人那样。"田中说着，我看到他的侧面略带落寞，我搞不清是什么缘故，他一直在侧着脸跟我说话。

"这些事我希望您能替我保密。这回绝对是个大案子，所幸发生在乡下，还没惊动报社的人，一切还算平静，否则就糟了。谁知道人家会怎么传扬？这个村子平时就有许多报应。"他也这么说。刚才那个从京都来的母亲也说过这话。于是我开始好奇起村中的报应了。

"到底是什么样的报应？好像大家都在这么说。"

田中吐出一口烟，急忙掩饰道："没，这我可不想说。老师。反正我不说，到时候也总会有人把这事传到您耳中的，那我就稍微透露一点吧。说是这个村子以前住过一个凶残的大色鬼，村里只要有点姿色的女人都逃不出他的魔掌。他就跟恶魔似的，力大无比又凶狠残暴，没人敢招惹他，大家只能忍气吞声。但是有个春天的晚上，他突然发疯了，趁着樱花纷纷飘落，满村子乱跑，一连杀了三十个人。就这么个事。"

"杀了三十个人？一晚上？"

"嗯，一个晚上。"

我哑口无言。

"真有这事？"

"真的。还有就是村子里的传闻，说这里以前出产铀矿。"

"啊，人形岭。"我说。

"嗯，人形岭也不远。听说这后山的荒坂岭也出过铀矿，当时还闹得沸沸扬扬的。总之，这事那事的，这个村子里有不少邪祟。"

我不知道出产铀矿跟邪祟到底有何关联，只是为了让他继续把话说下去，便没有打断他。我原先还以为这个叫田中的警察是个沉默寡言的人，没想到上司一走，只剩下我们俩时他竟这么能说会道。

"总之这次是贝繁村的一个大案子。联系到过去的一些事，说不定还会继续发酵。加上光看菱川案你就知道，事情没那么简单，可不是一桩容易的案子。至少我在这方面没有经验。两位上司也一样。所以刚才说的，就仅限于你我之间，石冈老师千万要保守秘密啊。"

我很不习惯被别人称作老师，一边耐心地听着一边赶紧点了点头。

"说实话光我们这几个人根本没把握，照我看完全处理不了。这个案件说不定还会发酵，得赶紧控制住，所以……"

"必须找出凶手。"我说。

"对，而且还得快，现在就得找出来。我们都想搞出点动作。考虑到过去那些报应，事情很可能会一直流传下去，现在我们再拖下去就会被后人耻笑。"田中说话很有条理，只是拐弯抹角的。他大概有事相求，但顾虑到警察的面子，始终张不开这个口。

"无论如何不能再发展下去了，所以……"

"你是想找御手洗？"我先把话替他说了。

"这只是我个人的意思，你别误会，不是整个警局……"他唠叨起来没完。

"我知道。"

"这事要被上司知道，我准得挨骂。不过我觉得这次的案子一定会叫御手洗先生感兴趣的。"

"是啊，确实很可能。"我有点为难。一般御手洗想办的案子警察都不太乐意，警察求上门来时他又正好不在。

"那他现在人在哪里？"

"他出国了。"

"去了哪儿？"

"奥斯陆。挪威那儿。不过我只知道他的地址，他应该还在。"

"石冈老师，真有御手洗这个人吗？"

"嗯，当然。"他口里说相信，却还要这么问。

"不是石冈老师您创造的人物？以您为原型的。"

"啊？"我差点吓晕了，生平还是第一次有人这么说，"当然不是。我可没有那样的本事。"

"御手洗不就是您本人吗？"

"真是这样就好了。那事情就简单多了，我就在这里，不是吗？可我确实不是。"

"那您能帮忙联系他吗？上司或许不喜欢找他来帮忙，但我在当中应该就好办了。"

"哦。"我没说话，想了想，开口道，"你的意思我明白了。如果我不把御手洗找来，你就不跟我透露案件的细节，是不是？"

田中踌躇了一下，他粗粗的鼻梁皱了一下又松开："我再说一遍，这不过是我个人的意思。警局里其他人并不这么想。我个人愿意在特定的场合下给您提供所有我们掌握的案件细节。所以至少我个人是相信这么做可以有助于早日破案，我也想为此增加一点保险系数。"

"田中警官，你能不能干脆地回答我是或者不是？如果御手洗不出马，你就不把案情告诉我，是吗？"

"我不否认。"田中说，缓缓地点了点头。我思考了片刻，说道："好，那我给他写封信。我保证给他写信。不过他去北欧也有他自己的事，所以我不能保证他肯定会来帮忙。"

"哦⋯⋯"田中闭上嘴，一个劲地抽烟，显然很不满意。可我目前只能这么说，便不再去理会，又提了一个问题："小野寺的尸体是在村里被发现的吗？"

"是的。"

"村里的什么地方？"

田中给了我一个很莫名其妙的答案，他说："各个地方。"我不明白是什么意思，一时无话可说。

"各个地方？"

"是的。"

"这话什么意思？"

于是田中很小心地把燃着的香烟搁在了烟灰缸上，从怀中掏出一个笔记本来。说句废话，他的笔记本不是黑皮的，而是绿色的。他翻了几页便停下，读道："身体，发现于西贝繁村贝繁字川西，农民犬坊厚夫家屋后的水沟里；头部，发现于犬坊家向北两百米处的及川始家屋后的水沟；左右手和左右脚，发现于莘川橘暗渠中。"

田中读完合上笔记本,把它放回怀中,又抓起了香烟。我惊呆了,原来是杀人碎尸啊。在我们到这个村子、这个旅馆来之前,我们根本不知道还发生了这样的大案,这么一来,就很好理解为什么我们到达的那天晚上,犬坊一男说什么也不让我们借宿了。他一定是不想把事情复杂化。

"这也太惨了。原来还出了这种事。那是谁发现的呢?"

"就是这几家的居民。橘暗渠那边是个小学生看到的,那里是上学的必经之路。学生的班主任来报的案。"

"哦。"我叹了口气。

"不过,包着小野寺右手的纸破了,她的手腕和前面的部分不见了。"

"啊,那……"我总算明白了,为什么龙卧亭的住客听到小野寺的名字都不感到吃惊,为什么警察一听到右手手腕就大惊失色,而且立刻说出了"小野寺"这个被害人,谜团全都解开了。警察之前就一直在找这只右手啊。

我认真地思考着,田中紧紧地注视着我的表情,我发现后便抬起眼看向他,他狡黠地一笑。

"怎么了?"

"没,这还不是全部。如果需要的话,我还可以告诉你。我下面要讲的,一般的人可不知道。事实上小野寺的弃尸还有各种各样的特征。"

"啊？什么样的？"我好奇地问。田中故意慢吞吞地说："首先是她的头，小野寺被切掉的头部，上下门牙都被涂上了黑色的油性涂料。"

事情太出乎意料，我又说不出话来了，过了好一会儿，才吐出几个字："你说什么？牙齿？"

"是的。上面的四颗门牙和下面的六颗，里边的牙齿没有被涂过的痕迹。"

我松了口气，想了一会儿，事实上脑子丝毫不起作用，事情太出乎意料了。

"为什么呢？"

"不知道。"

"哦，"我又沉思起来，田中继续说："还不止这些。死者的脑门上还写着一个数字'7'。"

"数字？"

"是。"

"代表什么意思？"

"不知道。"

"尸体在水里泡了很久吧？"

"没有，就一个晚上。"

"那字都没被泡掉？"

"嗯，用的是油性涂料，不是有油笔吗？就是那种。牙齿上的黑颜色也是用的油笔。"

我把跟御手洗一同经历过的奇案一件件地在脑子里

过了一遍，没有一件能和眼前这个对上的，虽然我们也碰到过十分棘手的离奇案件。

"你们肯定那是一个数字的'7'？会不会是别的字，比如片假名的'ク'。有没有这种可能？"

"可能吧。"

"假设它就是个7，那你们觉得这个7跟案件有什么关联吗？"

"不知道。这个问题，其实应该我来问您。石冈老师，您不是写侦探小说的专家嘛。"

"你问我，我也不清楚。我不是什么专家。只是侦探小说里有一种叫'死亡密码'的。但你这个不像。眼前这个案子，死者是没法在死前往自己脑门上写字的。一定是凶手，他在向查案的警察们挑衅。太不可思议了。"

"其实还有别的。"田中说。

"还有？"我有点吃惊。

"小野寺的尸块都用旧报纸包着，上面还扣着塑料扣。报纸上全都画着鸟。"

"都画着鸟？"这事又超出了我的想象。

"是的，整张纸上都画着鸟。"

"什么鸟？在飞的吗？"

"不，翅膀是收着的，用两只脚站着，侧面的。所有的鸟都是这个姿势。整张报纸上都是，很多很多的鸟。包身体、头、手脚的报纸上都画着这种图案。而且也都是用油笔画的。不知道是什么原因。"

"应该对凶手有特殊的意义。画画得好吗？"

"不，挺烂的。"

"哦。那他是在出谜语啊。"

"是吧？"

"嗯……"我想了一会儿，立刻知道这件事我肯定解决不了。田中刚才谦虚地说他们恐怕不行，如果真是如此，那我丝毫也不会比他们强。

总之，这个杀了人，又分尸，再把尸块用报纸报了，分撒在贝繁村各处的怪人现在应该还藏在村里的某个地方。而且这个凶手还很变态，他在死者的脑门上写了"7"字，又涂黑了死者的牙齿，还在包尸块的报纸上画了许多鸟。

黑色的牙齿、鸟的图案、数字7、以及肢解的尸块，这些关键词里是不是包含有凶手的名字呢？或者说他就是个有强烈表现欲的精神病患者？还是代表他仇人的名字？又或者他用这些文字来表达犯罪的理由？

黑牙齿和数字7，还是数字7和黑牙齿，又用鸟把它们包起来。我绞尽脑汁，还是毫无头绪。

等一下，那死者到底是怎么死的？

"小野寺的死因查清了吗？"

"枪杀。子弹击中了她的右腹部，就在心脏下面一点点，只有一枪。"

"难不成那子弹是……"

"没错，就是您想的那样。二十世纪三十年代制造的勃朗宁，也是达姆弹。"

"什么叫达姆弹？"

"为了在狩猎时让动物一枪毙命，在弹头上弄出个缺口，好让铅芯露出来。因为以前这种子弹都在印度的达姆生产，所以叫达姆弹。弹头上有了缺口，就可以增加杀伤力。所以小野寺腹部的弹孔也非常大。"

"这么说，跟菱川的……"

"一样。而且中丸也是被这种子弹击中的。"

"中丸的死因也查到了？"

"是的。都是勃朗宁公司的子弹，二十世纪三十年代制造。击中这三个人的弹头上都有或大或小的缺口。当然凶手一定不是直接拿三十年代制造的子弹出来用，他把弹夹里的火药调换了。"

"那枪是同一把吗？"

"这个还不确定，还得验证一下弹道痕迹。"

我的脑海中又冒出了"报应"两个字。综合刚才的谈话，这一切就像是从六十年前射过来的一发又一发子弹，全都十分诡异。这种情形跟"报应"两个字实在是太契合了。

"那我再问几个中丸案的问题吧。首先就是弹道。我刚才站在中庭里看了一下，假设凶手是站在中庭里瞄准中丸开枪的，那以最近的距离来推测，子弹一定会穿过那位母亲挂着的大衣，母亲是叫阿通吧。你们有没有在大衣上发现弹孔呢？"

"没有。"田中当即干脆地说。

"没有吗？"我说，"那大衣以外的……"

"不，其他的衣服上也都没有发现弹孔。"

听到这话，我想了一想："如果这样的话，那到底会是什么情况呢？凶手为了不让子弹穿过衣服，就在中庭里不断调整自己的位置，然后找好角度再开枪？他确实得这么做。因为他看不见目标，没错。这么一来他的位置可就有限了，而且还很花时间，角度变斜了，射击的距离也就没那么近了。"

"关键的是，凶手是一枪毙命的。"田中打断了我的话，"他不是打了好几枪，只有一发正好击中了目标。"

"原来如此。你说得有道理。"我点了点头。

"也就是说他的枪法很好。"

"枪法好不好，是不是经常练习，这还不好说。主要是只一枪，这一点非常关键。"

我点了点头。没错，他说得对。凶手丝毫没有失误。我之前没有认真考虑过这一点。

"但这么说来，凶手还是避开了挂在篱笆门上的衣服，从别的角度开了一枪……"

"不，那扇篱笆门上看不到子弹穿过的痕迹。"

"没有吗？"

"不能说完全没有，但是衣服挡住的那部分，跟缝隙之间都没有弹痕。因为篱笆丝毫没有损伤。"

这我实在没法相信。

"那是什么意思?你是说子弹不是从外面射进来的?"

"不清楚,还得继续搜查取证。"

"这样看来,中丸的案子不就跟菱川如出一辙了?菱川的案子也是在密室中发生的。这次虽然有扇篱笆门,不能算绝对的密室,乍一看像是从外部开的枪,可实际上也同样属于密室作案,不是吗?"

"有关中丸案的细节我只能讲到这儿了。"田中说。

"那好吧,那就来说说菱川案。"我说,"搞不好菱川案也跟中丸案一样,她们都不是被人从外部开枪击中,不是吗?尤其是菱川的案子,屋子里完全找不到类似弹孔的痕迹。所以……"

"是从室内开的枪?"

"是啊,只有这一种可能了。"

"近距离射击。"

"是的。"

"这不可能。"

"为什么?"

"因为如果是近距离射击,那尸体或大或小都会出现烧灼痕迹。"

"烧灼痕迹?"

"也就是死者身上会蹭上火药末,如果她是被近距离击中的话。而菱川和中丸的身上都没有发现火药。因此她们都不可能是自杀，一定是被人从较远的地方击中的。"

我不知道说什么好了。

"小野寺这方面就不清楚了。我们再回头说说小野寺。准备给她下葬时，津山的菩提寺已经没有多余的墓穴了，考虑到她也是名家，大家决定单独给她建一座坟墓。正好上面的法仙寺迁出了一个无主坟，空出了一个墓穴，于是就把她葬了进去。听说今天法仙寺的足立住持正好想起要给小野寺收拾一下墓穴，你们就拿着小野寺的手找了过去。住持说他还以为是小野寺的鬼魂作祟，被吓得半死。"

"哦，原来是这么回事。"我总算弄明白刚才住持为什么会倒在雨中人事不省的。不过这里面的事情还挺复杂，不会就只有这么一个单纯的原因。

"住持师父好点了吗？"

"嗯，好多了，就是一时吓坏了，毕竟上了年纪。"

"他的晕倒会不会也跟村子里过去的因果报应有什么关联呢？"

"这不太清楚啊。可能会有点吧，这方面的事情不太好讲啊，我暂时保留意见吧。"田中出言十分谨慎。

"小野寺的死亡时间大概是什么时候？"

田中又把烟搁在烟灰缸上，重新掏出笔记本翻了起来："这个应该可以推断了，不仅从法医解剖上来看，情况综合起来看也是可以的。"

"嗯，嗯。"

"也就是说小野寺在龙卧亭逗留了一段时间，三月六日以后大家就再没看到他，三月七日早上她的尸块被人发现了。那死亡时间就可以推定为三月六日。"

"没错。"我同意他的说法。

"三月七日清晨我们这边天还很冷，橘暗渠上还结着一层冰呢，路上也还有积雪。这种情况下尸体腐烂的速度就会减慢，比如说她躯体下腹部还没有腐烂变色，角膜也只出现了一点点的浑浊。所以发现她时，死亡时间应该不会超过十二三个小时。这个跟她失踪之前的目击证人的证词是相符的。六日傍晚五点左右，这家，龙尾馆这边，有好几个人都见过小野寺。一般她跟菱川幸子在一起的时间会比较长些。那天下午两点到五点，她们都一直在这边三楼的房间里练琴。听说五点前他们停下练习，下楼到客厅跟这边留宿的几位女士还有犬坊育子一起喝茶聊天。时间上记得不是特别清楚，她大概在六点前喝完茶，跟大家告了别回自己房间去了。不过，走到过道处，她好像突然想起了什么，就穿上了外出用的拖鞋去了中庭，那就是大家最后见到她时的样子。之后就再没有消息了。"

"那她会不会是在这所房子里被杀的呢？"我问。

"也不是没可能。只是一接到报案我们马上就赶来了，紧接着就仔细搜查了这所房子、龙胎馆、龙头汤，还有附近的一些地方，都没有发现犯罪现场的痕迹。"

"那当时小野寺的房间呢?"

"就是三楼的那间。昨天菱川用的房间。这间玻璃房一直都是练琴用的,遇到有演奏,就到一楼的大餐室来。"

"那菱川住哪儿?"

"菱川那时候住在龙胎馆。"

"哪一间?"

"应该是'龙额'。我不太确定,笔记本上没写,不过我记得'龙额'里面配了一把琴。"

"当时,现在的这几位住客都在吗?"

"都在。"

"是吗?"我现在终于明白是怎么一回事了,"这么说是你们把大家都留下喽?案发之后。"

"嗯,是吧。不过我们也没有强制大家留下,实在有事的人可以跟我们报备一下。不过大家都不怎么忙,那个案子到现在已经过去三个星期了。我们也挺急的。"

"这样啊。"

谈话至此暂告一段落。情况已经收集了不少,我打算找个机会独自把这一连串的案件好好整理一下。我当时感觉事情的确离奇,倒也还无伤大雅,便决定拿出带来的练习本,给它做些记录。倘若日后要找御手洗商量,就得将这些记录写进信中,所以有必要将它们都逐一形成文字保留下来。

我想第一步应该先记一下田中提供的资料,否则很快就会忘记。我跟御手洗不同，凡事不落在纸上，就没办法思考。不，有时即使写下来，也只是机械地动动笔，大脑全然不工作。

田中的确很希望御手洗出马，可他人还在世界的另一头，并且很忙。要想引发他对案件的兴趣，就必须靠我来写一封趣味盎然的信。若是日后要出版这个案件的记录，那这封信也将成为底稿，总之不会白写的。既然如此，那我今晚就开始动笔吧。

"你的这些情况太有用了。顺便问一下，二宫之后会怎么样呢？"

"石冈老师，您跟她认识多久了？"

"也就三天吧。是她突然找到我家，然后就叫我跟她一起来冈山了。"

"是吗？我懂了。那你就把她交给我们吧，不会伤害她的。"田中说着把香烟摁在烟灰缸里掐灭了。

"会不会像坂出那样，把她也带到警局去？"

"上司是这么考虑的。"

"难不成要拘留？"

听我这么说，田中笑了："没那么严重。放心吧，今晚会让她住在旅馆的。"

"你们不会是怀疑二宫吧？那是不是要请个律师来？"我说。

"不用。首先我们不会拘留她，就找她问话而已。"

"那就在这里问嘛。"

"是啊,通常换个环境,反而容易多发现一些真相。"他说着站了起来,"不过,石冈老师您就不觉得奇怪吗?她七七八八地说了一些事情就把你拽到这村里来,第二天又不费吹灰之力地把我们找了两周也没找到的尸块——那只右手一下子挖了出来。我们都动用警犬了,找了好久都没找到。虽不能说她早就知道尸块的下落,但就此询问些详情也是必要的吧。"

他这么说,我也无言反驳。他说得也确实没错。

"总之,万一谈话的结果叫我们必须拘留她,我们也会第一个通知保护人石冈老师您的。警察也讲民主,不会随心所欲,您放心吧。"

"是吗?那就请你多多关照了。"说完,我们就在厨房前面的走廊里分了手。走廊外边夜幕已经降临了。

第三章

1

雨停了,却又起了白雾。我跟田中警官分开后,独自出了龙尾馆,走过木踏板上了龙胎馆的走廊,只见母女俩住的第一间屋子已经装上板门,较之前的篱笆结实了。只是细看的话,木门上部有镂空的龙形纹饰,与门上方的格子窗如出一辙。设计真是讲究。不过,若有一个身材高大的男人踮起脚,凑近纹饰上的小孔往里看,屋里的情形还是很容易看见的。

我顺着走廊的坡道向上走,夜色深沉,天上没有星星,也没有月亮,中庭里弥漫着一层雾气。不同的天气总给中庭带来不同的景象——晴天时花儿争奇斗艳,雨天又别有一番风情,即使起雾的夜晚也给人梦幻般的印象。

我一边欣赏右侧中庭里的风景,一边慢慢地攀上走廊,一抬头就发现盘旋而上的走廊还有一圈耀眼的灯泡,它们也都排成了一道弧线。借着惨淡的灯光,我清楚地看见院中的浓雾正袅袅涌入走廊。灯泡越远就越缥缈,我几乎没法看见最顶头的那一盏。从这里原本可以望见高处法仙寺的撞钟堂，现在也看不到了。我只闻到潮湿的空气和院中花儿的淡淡香气。

此地藏于深山，春天也就来得更迟。若在横滨这种季节只要一出太阳，就会热得冒汗了，而这里还是一片重重的寒气。尤其夜里下过雨，冷得人直打哆嗦。因此，中庭的花坛里也只有三色堇还开着，水仙花已经全谢了。

然而花香十分浓郁，这让我有些纳闷，为什么城里的花儿都不怎么香呢？这村子里的花都有股甜甜的香味，要是全开了，该多么醉人啊。

想来我们还真卷进了一个大案。不，也许说我们自投罗网比较合适。自打我们来了以后，这里已经发生了两起命案——菱川幸子和中丸晴美。她们一个在三月三十日遇害，另一个就在今天，三月三十一日被害了。而在三个星期前的三月六日，不，确切地说是三个星期零三天前，这里已经有一个名叫小野寺锥玉的遭到了毒手。稍稍消停了三个星期，我们一到，惨剧就又接踵而来。这难道又是什么报应吗？

我越往走廊上方走，中庭花坛的高度就渐渐与我视线持平，我再往上它就又降到我的视线之下。这种感觉很不可思议，却不让人讨厌。我回头看了一下身后，龙尾馆那边雾色笼罩之中，青铜龙像依然静静地立着，它的后面就是我刚才待过的龙尾馆。我站在现在的位置居然一点也看不到。

我转回头，看到自己门前站着一个矮个子。我第一反应就是想搞清他是谁，于是紧走了几步。等那人转过身来，以一张白皙的脸庞面对着我时，我差点怀疑是不是自己那点小心思让我产生了幻觉。

我那间"莳绘"前面的走廊上，正站着一位苗条的美女，灯光映照下她白皙的小脸笑意盈盈，整洁的牙齿在夜里也清晰可见。

是里美，她在等我。我甚至怀疑这不是真的。里美没理由会到走廊上来等我啊。

"石冈老师。"她用难以置信的大嗓门喊了我一声，还带着点鼻音。昏暗的灯光让她显得像梦中人一样虚幻。

"啊，啊，是。"我忙答应。我一度怀疑她找错了对象，直到清楚地听到她叫我的名字，这颗心才放下。

"有……有事？"我仍有些局促。昏暗的光线下，她容光焕发得有点不真实。而且不知什么缘故，她总冲着我笑。我总能听见她窃窃的笑声。她止住了笑，说出了一句话，却大大出乎我意料："我等了您好久。"

我有点晕，难道真是院中的浓雾让我产生了幻觉？

"你，一直在这儿，等我？"听到我问，她又嘻嘻笑起来，说："是。"她笑时，小嘴特别美，我看呆了。"你，你有什么事？"我忐忑地问。她说："我领您去浴室。"我猛地想起有一次御手洗曾好好地戏耍了我一番。我忘了具体的日期，但那次是我在街上迷上了一个美女。当时御手洗看着我,就像现在里美一样嘻嘻笑着,对我说:"美国有个汉堡包的广告。广告中的男人跟你一样,迷上了一个美女,美女就起身朝他走过去。男人顿时激动得手足无措,他说:'快看,那女的目不斜视地朝我走来了。快告诉我要怎么办?'这时美女来到他身旁,对他小声说了一句:'我注意你好久了,你脸上有一坨烤肉酱。'"

现在我就跟那个脸上有烤肉酱的男人一样扫兴。不过仔细想想,她说得也没错。我从昨晚起就没洗过澡。我爱干净,当然很想好好洗个澡,可没找到浴室。客居在外,哪好意思大大咧咧地打听浴室在哪儿,我确实很为难。如果他们想叫我洗澡的话,犬坊家的人就一定会来带路,那只有仓田惠里子和里美能承担这个任务。我只要动动脑筋,就应该想到的。

"哦,那我去拿一下换洗衣服。那个,有洗发水吗?"我急忙问。

"有肥皂,你有洗发水就自己带去。"里美依旧面带微笑。

我拿了条毛巾把换洗衣服和洗发水包了包,就跟在她身后出去了,屋外起了点风,远处树林里传来了树叶的沙沙声。

我走在里美身后,看到她的步态还不够优雅,当然年轻嘛,情有可原。只见她刚刚还弓着腰迈着小碎步,很快就又蹦又跳起来。到底还是个孩子,我心里想。而且她遇事就先笑的毛病，应该也是年轻的缘故。这几天家里接二连三地出事，可她几乎没有流露出一丝伤心，难道这也是因为年轻吗？

可奇怪的是，她的长相十分成熟，很难相信她还是素面朝天。她的眼睑上有一层很自然的阴影，流眄顾盼时特别有魅力。笑起来嘴唇也很性感，这在成年女子中也很罕见。另外她的门牙又白又长，只是身材还很瘦小，细胳膊细腿，胸部也比较平。是一个矮矮的瘦小孩，与她的脸极不相称。不过也正是因为如此，她才更像个小恶魔。

"石冈老师。"她侧过脸来，兴奋地叫着我的名字。我又局促起来。

"石冈老师，您是小说家啊？"

"嗯，是的。"我答道，脑海中又闪现出御手洗曾对我说过的话："这里的国民只臣服于凶神恶煞，你若拿不出点老师的威严，还是别出去跟人打交道了。"

照我现在这个样子，说不定哪一天又会被面前这个女孩当狗使唤了。于是我想，自己也有些年纪了，跟她谈话得严肃一点。此外，说这话也许对不住其他作家，但我确实从没当自己是个小说家，所以我从不知道为什么世人都把小说家看得那么伟大。当然我并不是主张所有的小说家都得跟我一样，至少我自己觉得，我不过就是个码字工罢了。只有我的少数几个朋友才会以世间的标准与我以礼相待。

"哦,对,我是小说家。"我修正了一下。里美又笑弯了腰,我以为心思被她看穿了,又有些不知所措。

"您都写些什么呢?"

"啊?写些死人的小说,犯罪这类的。"

"挺有意思的啊,要不明天我去书店看看吧。"她觉得只要是作家写的书,去书店就一定全都能找到。

可日本作家的书可不全都摆在书店里。日本的作家太多,书店的书架却太小。

"你们这儿有几家书店呢?"

"啊?"她又咯咯笑了起来,我还是不懂她在笑些什么。

"文具店算吗?"

"什么?"我没明白她的意思,我问的是书店。

"有两家。"她难为情地说,我恍然大悟原来她笑是因为自己的乡下身份。

"书店啊。"我喃喃道,心想这里的书店会是什么样呢?还挺想去看看的,"去书店,是不是要过河,到那边有一排店铺的大马路上去才有?那是主干道?"

"对。"里美说。

"那条街叫什么?"

里美又笑起来,紧接着轻轻地说了声:"贝繁银座。"

"贝繁银座啊。"我稍微大声了点儿,只听她说:"快别说了。"

"石冈先生,您是从东京来的吧?"

"不,横滨。"

"哦,横滨,那跟东京也差不多吧?"

"嗯,离得不远。"我不知道她为什么要问这些。

"你到过东京或者横滨?"我问。

"没有。"她悻悻地大叫起来,把我吓了一跳。

"我们这儿,东京的人才不会来。您真是稀客。"

"是吗?那你们这里的人要进城的话,一般去哪儿?"

"冈山。"

"冈山啊。"

"冈山或者广岛。要么松江要么出云。我也就去过这几个地方。"

"真的吗?"我很意外,还以为她长得那么成熟是因为曾在大城市里生活过的缘故呢。

"那个,我有些事情想跟你打听打听。"我吞吞吐吐地说。通过刚才田中的介绍我对最近发生的案子,已有了大致了解。至于这个村子、居民以及因果报应之类的,我还一无所知。要想打听这些情况,就只能靠犬坊一家了。

"什么事?"

"很多呢。多得我都有点理不清头绪了。"我边走边想,沿着弧形的走廊走了好一段,现在龙尾馆就处于我们的右前方,只是天黑雾重看不清楚。这里应该最靠近龙尾馆,那母女俩住的"百脚",因为位于中庭下方,现在根本就看不到。

我们只能看到正面龙尾馆三楼的那间屋子。虽然黑暗中我们很难判断它是否全贴着玻璃,但从这个位置看去,三楼就像单独建在中庭上的一间平房,十分有趣。而它的上方,我隐约看见那座通往龙头馆的铁桥。自打来到这里,我就一直对那座桥充满好奇。

"那是一座桥?架在龙尾馆上吗?"

"是的。从龙头汤上面架到龙尾馆屋顶的。"

"哦。"

"啊,菊婆就睡在这间'四分板'。"她边走边指着经过的一间屋子说。这个位置可以看见整座中庭,而且面朝中庭的走廊高度也正好,看上去就像普通人家的院子,视野十分开阔。卧床疗养的病人很适合住在这里,看得见花坛里所有的花花草草。

"婆婆已经睡下了吗?"我问。她很夸张地点了点头说:"嗯,年纪大的人习惯早睡。"

"她在养病?"

"嗯,身体不好。"

"哪儿不好?"

"好多地方都不好。以前还得过结核病。"说着她压低了声音,"现在这里好像得了癌。"她用力按了按穿着牛仔裤的小腹,看得我有点心慌。

"这下面。而且还说腰痛。"

第三章

"那她的结核病?"

"啊,结核病早就治好了。"

"哦。"看来是女性生殖器或膀胱附近的癌症,我不便再仔细打听。佳世也说她生殖器方面有问题,她和母亲都做过手术。难道最近很多女性都得了这种病?还是说女性得这种病跟灵力之间有什么关系?对了,这里不是还住着神主父子俩吗?他们也跟此地的因果之说有关?

"对了,你们这儿不是还住着两位神主吗?叫二子山?他们为什么会来?"

"啊,"她无力地垂下头,用右手遮住眼睛。"这种事,现在不能说。"她叫了起来。

"为……为什么?"我好奇地问。

"很可怕。白天的话会好点。"

"啊,这样,那对不起。"见她怕成那样,我赶紧道歉。

"那……那……明天告诉我好吗?哦,不,你得上学去。"

"明天放学早。因为是星期六,只上半天。"她突然来了精神,看样子是还想跟我聊天,我马上又高兴起来。

"可你还要学习吧?听说你要高考了。"

"嗯……"听了我的话,她迟疑了片刻。

"就一会儿的话应该没事吧?"我问。

"我要带平太去苇川游水,那会儿有空。"

"平太?"难道她还有弟弟?可天这么冷能游水吗?

"是我的鸭子。"

"哦,鸭子啊。"我这才弄明白。同时龙头馆也到了。

龙头馆前面有个厕所,我此时没有尿意,便直接进了浴室。

之前我已经说过,龙头馆在整个建筑群中设计最为精美,也最华丽。悬挂灯泡的屋檐下一整面都是没有涂过任何涂料的原木,从墙板一直到天花板。墙壁上部雕着几条龙,或立或卧。上面的屋檐是在五重塔那种交叉木结构上再铺一块横板建成的。大门也是厚重木造双开门,高高的顶部装有许多粗框窗棂,便于散发屋内的水蒸气。大门边上挂着一块"龙头馆"的木牌。

我小心地推开厚重的大门,走了进去。最外头是一间小屋,屋里点着一盏灯泡,只比门外稍稍亮了那么一点。小屋左右各有一扇拉门,右边写着"男汤",左边写着"女汤",两扇门上都镶嵌着毛玻璃。

"这边就是男汤。"里美说,声音较之前响了一点。她打开门边的开关,装着毛玻璃的小窗上立刻亮起了灯光。刚才浴室里一直都没有人。

"谢谢,那我洗完后关上灯就行了吧?"我问。她没说话,点了点头,小跑着出去了。

"那明天见。"我说。"好。"她答。我心中另有打算，便觉得能留下来真是太好了，于是哼着歌儿拉开了澡堂的门，兴奋地走进了更衣室。这屋里也很暗。不知道为什么，这户人家一盏日光灯都没安，到处都是灯泡，而且所有房间都很暗。灯火辉煌的就只有龙尾馆的大餐室和客厅了。这些电灯泡显然带着设计师的意图，在这里发挥出很好的作用。昏暗的光线和无人的空间给屋内创造出一种特殊的梦幻感，让人联想起大正时代的传统澡堂和土里土气的温泉浴室。在冰凉宽敞的木板房里三三两两地放着几张木椅。板壁那儿有专门放衣服的箱子，全都是木制的。我脱了拖鞋，脚底凉嗖嗖的。

我脱掉衣服，拿起毛巾和洗发水，拉开了浴室的玻璃门，走进了热气腾腾的浴室。这里有些超出我的想象，板壁是全新的。虽然屋里还是只有电灯泡，但因为板壁很新，看着就比龙卧亭任何一间房间都要亮堂，也可能是因为我已经适应昏暗了。

浴室的地板铺的都是天然石子，游泳池大小的浴池也由天然石砌成。在它边上还有一个崭新的木头澡盆。用的是柏木，一走近就能闻到木头的清香。我在一排水龙头下洗干净了身体，就先进了柏木澡盆。

水温刚刚好，澡盆的味道也很好闻，我忍不住想大喊一声"舒服"，话到嘴边还是咽了回去。这也太大叔风了。我不想被里美听到。

我在木澡盆里泡了好一会儿，又转去浴池。浴池的水有点烫，我咬咬牙钻了进去。独自享受这么大一个温泉真是别有一番风味。我泡着泡着，就想到了二宫。她还在被警察纠缠吗？今晚会被带去警局吗？还是已经去了？现在就只剩了我一个，而且还独享着这份温泉，实在过意不去。她也真傻，要是能早点被放出来就好了。

我在热水里转了个身，发现池子的另一头好像有个东西。刚才被水蒸气蒙着我没有注意。我走过去，发现是一个黑色的大家伙。

"啊。"我惊叫起来。原来是个巨大的龙头。石龙嘴里汩汩地往外吐着温泉，热水流进池子里。这里真是"龙头"啊，我们住在龙身，房子设计得太讲究了。

我望着龙头，把身子没在热水里，却发现有一处异样。整个浴池用的都是旧石块，偏偏龙头左下方的一块是崭新的。这也无关紧要，也许最近装修过吧。

2

次日是个大晴天。我走出房间看到旭日已照在了中庭的草坪上，草木青青阳光灿烂。中庭前边最靠近走廊这一侧的三色堇含苞欲放，其他的花儿还未全部苏醒。今天起就是四月了，百花盛开的季节快到了，只是这儿的海拔高，春天总姗姗来迟。

没有人来叫我一起去吃早饭，我隔壁的"里板"静悄悄的，我去打了个招呼，但没人应声。我正犹豫着是否该去吃早饭，只见仓田惠里子从龙尾馆急匆匆地走了过来，对我说："石冈老师，吃早饭了。"

我简单地跟她问了早安。这是一个很舒适的周六清晨，馆内到处是植物的香气。我看到行秀在院子里，突然想起今早似乎没有听见撞钟声，难道他周六休息？

我去龙尾馆的大餐室用早餐，住客们大都已经到了，只是仍没有看见佳世，大概昨晚就被带去警局了吧。我又下意识地留意了一下里美，她也不在，估计上学去了。

二子山增夫边上的位子空着，我便坐了下来。对面依旧是那对母女，女孩依旧又拿着绘本叽叽喳喳地讲。她身边坐着松婆，正陪孩子玩儿呢。大家都挺关心孩子的父亲，松婆也在打听她父亲的去向。孩子天真地说爸爸上天了。

二子山见我坐在他身边，就从读报中抬起头，忙不迭地跟我打了个招呼，紧接着又继续读他的报纸了。他托着老花镜，忽上忽下地看，样子十分有趣。他另一侧的一茂也学着父亲，向我问了早安。他的嗓音有些闷，是个和善的青年，打招呼时总笑眯眯的。而且他不认生，长得很讨人喜欢，只是身体似乎不太好。他父亲总说："别老想着点暖气，容易感冒的。出云大社的神主每天早上都用冷水冲澡，轮到你恐怕得要命。"儿子便争辩说自己身体没问题的。其实这些事并不重要，但我由此得知他们屋里装了取暖器。

因为身体弱的关系吧，他特别喜欢孩子，每当他从祈祷书中抬起头时，都会问雪子："雪子，那是什么?""河马。"听孩子这么回答,他便佯装害怕:"河马啊。好可怕啊。叔叔没吃过河马呢。"他的话总有些莫名其妙。

我跟出来招呼大家吃饭的犬坊育子打听了一下,果然她说佳世昨晚就被警察带走了。我为昨晚独享温泉的事跟老板娘表示了谢意,告诉她那里的板壁和木头澡盆都很新。她告诉我为了让客人享受柏木的香气,他们每年都会更换。这种做法是过去经营旅馆时就延续下来的,不过最近资金上有些困难。她苦笑着说。没想到柏木澡盆得这么维护,真够奢侈的,不过那气味确实好闻。

二子山增夫眼睛看着报纸,对我说:"山口县附近的樱花已经开了。"

"是吗?"

"往年我们这里都要四月十日前后才开,今年蛮早的。"

"这样啊。"

"我觉得九州今年花也开得早了点。"

吃过早饭,我去了中庭。没有穿自己的鞋,就在从龙尾馆到龙胎馆的过道鞋箱里拿了一双印有"龙卧亭"字样的木屐穿上,由石阶那儿上了中庭。

草坪绿油油的。中庭四周没有高楼,建筑又是下沉式的,所以光照十分充足。我穿鞋踩在草地上,虽然地还很湿,但已慢慢干了。于是我尽量避开草地,走在了沿花坛一侧的小路上。小路是石子铺的。龙胎馆的走廊有一部分与中庭同高或者更高，后边就相对窄一些，恐怕称作廊檐更好，小路就顺着它从前边盘旋上来。龙胎馆的地基打在一个石墙上，一直通往高处的龙头汤，中庭就在它的下面。小路下面也有石墙，它也跟着龙胎馆一路朝上。也就是说顺着这条路就能走到龙头汤。

另一头，紧挨花坛一侧的小路伸展到龙头馆脚下，在石墙那儿有一些石阶，登着石阶也可以上到龙头汤去。

龙卧亭的设计太考究了。不仅建筑本身与众不同，就连院落的设计也独具匠心。站在中庭、走廊可以望见法仙寺撞钟堂、周围的树木以及山腰附近的树林。整个龙卧亭就像罩在一件美丽的袍子里，遗世而独立。能凭借这样的构思，建成这么一座建筑，可见此地也一定藏着风雅之人。难道是老掌柜犬坊秀市？如今提及风雅大家都会联想起大城市，而从前的风雅之士都出自乡野。

我俯看着花坛走了一段，日头下暖洋洋的，进到屋里就又觉得冷了。天气乍暖还寒，花儿们却有些等不及，零零星星地开了起来。昨天比前天多，今天又比昨天多了些。

我听见孩子的笑声，便抬起头。一个孩子正在缓缓起伏的草地上奔跑。是雪子。她妈妈正踩着龙头馆的石阶慢慢地下到中庭里来。

"奶奶。"小孩子叫着横穿过草地，我顺着她奔跑的方向望去，只见走廊的日头里悄然坐着一个穿和服的老妇，老妇又瘦又矮。整个建筑占地太大，我起先并没有注意到她。这个人我之前还没听人介绍过。不过她坐在"四分板"的走廊上，或许就是昨晚里美跟我提到的菊婆吧。听说她一直在养病。

"我有这个了。"孩子举着手里的东西，跑了过去。我站着看了一会儿，觉得没什么意思，便继续沿着小路往前走，下意识地向老妇人靠近。

"恐龙。"孩子叫了一声。

"别过来，雪子，你别过来。"老妇人急切地叫了起来，声音有点沙哑。想必她已经是用尽了全身力气，可音量还没有孩子的一半高。我想跟她打听点事，便又朝她跟前走了过去，我很想知道她为什么不愿让孩子靠近。孩子已经来到了走廊边，把手放到了栏杆上。而老妇人把脸转向另一边——正好就是我这个方向。

"看。"雪子把恐龙举到老妇人面前，左右晃着。

"别过来啊雪子，到奶奶这边，会被传染的。快去别处玩儿去。"

"是恐龙啊。惠里子姐姐给我的。"孩子完全不理会老人说的话。

"真的吗？恐龙啊。好可怕。奶奶可不敢碰。奶奶生病了，没力气呢。"

"不可怕的。很可爱。我在电视上看到恐龙宝宝呢，这么大一个蛋，啪地裂开，就出来了。是粉红色的呢。

妈妈叫它走开。很可爱的。"

"妈妈才不会那么说。"跟上来的阿通说。

"阿通啊,别过来,别叫孩子过来。"老妇人央求道。我朝老人走了过去,一眼就看到了她皱纹密布的脸,和斑斑点点的手背。老人一直面朝着我,我边走边轻轻点了点头。奇怪的是,老人没有任何反应,两只眼睛依旧盯着我,瞳孔带着一点灰色。

名叫阿通的女人看了看我又看了看老人,好像意识到什么便朝我走来,她小声地说:"菊婆眼睛看不见。"说完她又回到老人身边,提高嗓门说:"菊婆,这位是石冈老师,东京来的小说家。"她向老人介绍了我。我平时很少被叫作老师,颇有些尴尬,也很难为情。

"啊,初次见面,我是石冈,给你们添麻烦了。"我说着,又鞠了一躬。

老妇人脸上微微泛起了笑意,很害羞似的,难以捉摸。她的眼睛依旧看着别处,阿通说得没错,她什么也看不见。

"啊,欢迎欢迎。那么大老远地过来,真是辛苦了。"她费劲地弯了弯枯树枝似的身体,向我行了个礼。我看了有些不忍,便说:"啊,您别这样。"老妇人说:"阿通啊,别过来,把雪子带走。"

"可菊婆,您的病不是已经治好了吗?"当妈的又大声说。老妇人听了,拼命地摇了摇头:"没有,没有,还没好呢,千万别传给孩子了。"

"是吗?"

"奶奶。"雪子还想说些什么。

"雪子,再见。再见喽。"

孩子想不通可也没办法,就挥了挥手,也说了声再见。

我跟那母女俩一起离开了朝阳的走廊,心里也很纳闷。照里美的话说,菊婆得的是癌症、腰疼,现在看来还有眼疾,可这都不是传染病。虽然之前她还得过结核,可里美说已经痊愈。老人每日卧床养病,一定很无聊,难道她不喜欢有人陪她说话?为什么总叫人离她远一点呢?莫非她觉得自己还有结核病?

我走着走着,又回头看了一眼"四分板"。这屋子是为病人准备的,我以为要保暖,门也会跟阿通母女那间一样换成板门,不料却还是篱笆的,只是门上的栅栏用木板牢牢地封死了,仅此而已。

篱笆门开着,我看见"两帖大"的外间里放着一个特殊的物件,像过去武士摆刀用的架子,距离太远了我看不太清楚。于是我回头,向一起走在草坪上的阿通打听:"刚才那个奶奶的屋里好像有个摆刀的架子,是什么?"

"哦,那是把特殊的古琴。"她知道那件东西。

"特殊的古琴?"

"对。"

"什么意思?"

"听说这家以前有个制古琴的匠人，手艺特别好。既会做普通的桐木古琴，也会做很多特殊材质的琴。那把古琴就是。说是叫箜篌，是按照平安时代的琴仿制的。很像竖琴。据说古琴传入日本时都是那个样子。你可以去问问育子夫人，她比较熟悉。这个家里还有很多其他古琴，简直就是一个古琴博物馆。"她说。

"那里美也知道吗？"我问，她想了一会儿说："应该也知道。"

"你说的做古琴的匠人现在还在吗？"

"啊，从老掌柜那时就已经不在了。"

"是去世了吗？"

"那我就不清楚了。"她说。我转过头去，看见菊婆还在太阳底下，像一座小小的雕像似的，一动也不动。

我决定跟她打听一下小野寺锥玉的事。

"小野寺是不是三月六日被害的？"

"嗯，是的。"

"到傍晚五点多都一直跟大家在一起？"

"是的。就在龙尾馆的客厅里，跟大家一起喝茶来着。"

"大家是指……"

"锥玉老师、菱川小姐、松婆、我还有这孩子，仓田惠里子也在，她给我们端茶的。"

"里美不在？"

"里美好像也跟惠里子一起端茶的，待过那么一会儿吧。"

"是吗？那后来呢？"

"快六点的时候，她说要回屋去。"

"为什么她六点就要回去呢？"

"她要供养先祖。我也总在六点左右去佛龛前祈愿，这是我来这里的目的。"

"这样啊。"

"我起身后，她也站了起来。我们一起走到过道后，我就直接回龙胎馆了，她则从鞋箱里拿了木屐，去中庭了。那是我最后一次见她。"

"确切地说是几点？"

"六点差五分吧。"

"三月六日傍晚六点差五分。那后来还有谁见过她？"

"没了。"

"菱川小姐呢？"

"她说她后来从过道回龙胎馆了，沿着这个走廊，一边看中庭一边回自己房间。"

"她住哪间？"

"就是'龙额'。"

"那她有没有看见中庭里的小野寺？"

"她说没有。"

"她那是几点？"

"说是过了六点，六点零五分吧，差不多。当时二子山师傅也在走廊里看着中庭，他说在走廊上见到菱川了。"

"那二子山师傅也没看到小野寺？"

"说是没有。"

"小野寺去哪儿了呢？她没说要去哪儿吗？"

"没有，就笑了笑说要走，然后就小跑着走了。我还以为她很快就会回来呢，不可能走远的。那时……咦？"她看着对面的花坛，突然叫了起来。这时有个身材矮小的人，正登着石阶，出现在花坛边上。

"坂出先生。"她说。同时对方也叫了起来："雪子。"雪子闻声跑了过去。"爷爷，我有恐龙。"她说。

"是嘛。"他边说边张开双臂抱起了孩子，两人喊喊喳喳地聊起了恐龙，我跟阿通也赶紧跟了过去。

"您回来啦。"妈妈说。

"阿通，我碰上大麻烦了。"他说。我也上前去打了招呼，他笑笑还了礼。

"你一直在警局？"我问。

"是呀。"他心烦意乱地答道，脸上却看不出一丝疲惫，镜片后的眼睛还闪着笑意。

"见到二宫了吗？"

"二宫？谁呀？"他牵着孩子的手，反问。

"就是跟我一起来的姑娘。她昨晚也被警察带走了，就跟你前后脚。"

"啊，没见着。她怎么了？"

"她挖出了小野寺的手。警察没跟你说吗？"

"没有。从哪儿？"

"苇川边的大樱花树下。"

"怎么会在那儿？"

"说是灵力感应，我也在场。"

"啊，这样啊，那也难怪别人怀疑她。"

这时有人在叫雪子。孩子答应了一声，又跑了。仓田惠里子正站在龙头馆的石阶上。大家都很喜欢这个孩子，孩子也确实活泼开朗，讨人喜欢。

"那我先走了。"当妈的跟大家打了个招呼，追着孩子朝龙头馆走去。

"怎么样？我是说问讯。他们有没有对你怎么样？"我也有些担心佳世，便问。

"啊，倒也没什么。也许是我上年纪了，他们对我还挺客气的，说话都很尊敬。"

"那你昨晚怎么过的？在拘留所吗？"

听我这么说，坂出笑了："没那么严重。他们又没有逮捕证。昨晚就住在警察指定的旅馆里，还有人专门接送。今早吃完饭等了一会儿，穿制服的警察就又跑来说可以走了，然后就派车把我送了回来。"

"是吗？那他们都问了些什么？"我问，坂出缓缓地抱起双臂，看了我一眼，说："就是问我当时是不是看错了。说我上年纪了，会不会是眼花了，明明没看见还以为自己看见了什么的。"

"你看见的就是菱川小姐在那间玻璃房里弹琴,然后被人打死的事吧。"

"对,我看见她弹着琴,然后就朝后倒了下去。他们说是我误会了。"

"那你怎么说的?"

"我说我不可能看错。"坂出说得很坚定,他确信自己看见了。我发现他这个人表面温和,实则相当固执。

"啊……"

"我今年已经七十四岁了……"

"啊?这么大年纪了?"我还以为他才六十多。他长得小,人又很精神。

"是啊。不过我的眼睛、头脑都还很管用。加上都这把年纪了,没必要说谎了,不是吗?"

"嗯。是啊。"我附和道。

"他们进展不顺利,所以一听说我是目击者,就希望我改口。"

"就是。那个,我是这么想的。"我踌躇了一会儿,说出了自己的想法,这是我昨晚躺在床上想到的。现在很想找人聊两句,"会不会是有人把枪藏在了琴里,只要弹到哪根弦,就会扣动扳机?"

坂出听后点了点头:"只有这种可能,我跟警察也是这么说的。"

果然他也这么想。

"结果呢?"

"他们坚决否定了这种可能。他们把烧坏的琴带回去检查了,说根本没有什么类似的机关。"

"没有机关?"

"他们肯定没有。而且那是猎枪的子弹,不是手枪的,加上还是昭和初期的子弹。"

"是呀。为什么偏偏要用那种子弹呢?那种子弹只有猎枪能用?手枪不行?"不知为何坂出不同意我的说法。

"不行的。当然有枪管也是可以发射的,但会出现各种问题,比方找不到长枪的痕迹,就算有轨迹也不一样,等等。这些我也都考虑了,还是觉得应该是琴里装了机关。起火时我们都看到了着火的琴,我们还帮它灭火,只是我们当时都没有动过琴的内部。因此机关应该还在琴里。直到福井他们三位警官来之前,有人去了三楼,把机关给偷偷取走了。"

"嗯,有道理。"我挺佩服他的,这点我没有想到。

"屋子的房门是我们撞坏的,后来就一直关不上。要从过道爬到三楼确实有困难,因为厨师们都睡在一楼,可这座房子上面有铁桥,从龙头馆过桥就可以到达龙尾馆的屋顶,从那里进门一下楼就是三楼的案发现场。"坂出把身子向后倒了倒,指着那座铁桥说。

"嗯,嗯,有这个可能。"

如果真是这样的话,那这里的住客都有嫌疑。

"可警察也否定了这个假设。他们说从那座桥下到龙尾馆的门，那天晚上是锁着的。钥匙由守屋保管着。"

守屋？他没有嫌疑吗？

"而且他们没有发现琴中机关被人取走的痕迹，说是如果有人动过手脚，一定会留下证据。他们很有信心，说就是整个琴碎了也能找到。况且那把琴虽然烧焦了，形状却没有被破坏，所以肯定不会错。"

"一点机关都没有？"

"他们说完全没有，只是找到了子弹上的铁锈。这个证据十分重要。他们说如果用的是机关，就一定是近距离射击，菱川的脸上必定会出现大量的硝烟反应。"

"是啊，是这么回事。"我说。田中也曾这么说过。

"可菱川脸上一点火药残留都没有。"

"是的。昨晚中丸被害的时候也一样。"我说。

"对，听说中丸死了。我就是因为这个才被放回来的。"

"这么说……"

"至少中丸的死跟我没有任何关系，所以他们觉得我这个老头肯定不是凶手，也不会是帮凶。不过，中丸是怎么回事呢？"

我便把发生的事情和现场的情况简要地介绍了一下。

"又是密室杀人啊。而且这次被害人的身边还有其他人。大家身上都没有硝烟反应，那就不可能是身边的人开的枪。凶手在院子里开枪又跟隐了身一样，不见踪影，而且还无处可躲。从'百脚'的角度看，地面左边是石墙，过不去；上了走廊再往左又有二子山站在那里。要是往右边去，一进屋正好碰到警察，不进屋往左又会遇到守屋，右边则是里美。那上石阶往中庭去……"

"我当时在那里。我跟二宫一起。"

坂出笑了，不过他马上就收住了笑脸："这还真是怪事。不过如果站在中丸父母的立场上，这事可不好笑。可以肯定凶手是穿过篱笆开的枪喽？"

"田中警官说不是。篱笆已经拿去警局检查过了，没发现有子弹穿过的痕迹。而且阿通还在篱笆门上用衣架挂了衣服。衣服上也没有任何弹孔。田中警察是这么跟我说的。那凶手还能从哪里开枪呢？没有硝烟反应不是吗？我觉得还是在院子里，只不过碰巧没在篱笆上留下痕迹罢了。"

坂出抱着双臂："你刚才说中丸是头部的这个部位中的枪吧。"

"对，头发上都是血。"

"不是头顶，那子弹就不是从篱笆那儿穿过来的。难道是从头的上方发出的？"

"天花板。"我情不自禁地叫了起来。天花板。我还真没想过这个地方。

"赶紧去现场看一下吧。"坂出说着走了出去。我们刚才都一直走在花坛边上，现在向右一转就赶紧朝着石阶的方向返了回去。我们刚下石阶，就看到下面那对母女正准备回屋。

"阿通，让我们看一下你的房间。"坂出叫道。

"好，来吧。"阿通答道。

坂出在走廊边脱了鞋，我也在同样的地方把木屐脱了，两人一起上到"百脚"屋前。

"哦，你们换了木门啊。"坂出说。

"这门，弄得房间好暗。"小孩说。我们一起进了二帖的外屋。关上门屋里确实暗多了，必须开灯。于是我们又把木门打开。榻榻米上的血迹已经全被打扫干净了。

"这儿吗？你们真敢在这儿继续住啊。"坂出说。

"嗯，只有这屋里有佛龛。"她说。坂出已经不再理会，他一门心思看着天花板，

"阿通，你屋里有扫帚吗？"

"有。要拿来吗？"

"拿过来。"听坂出这么说，她进了里屋，很快拿了一把扫帚来。坂出抓着扫帚的底部，用木柄对着天花板，然后将柄头冲着天花板敲了几下。孩子在一边看着高兴，哈哈笑了起来。这孩子什么事都喜欢凑热闹。

"不行。这个天花板很普通，没有暗格。"坂出说，表情十分失望，他把扫帚放到了地上，还给了妈妈。

"咚咚地敲几下呢。"孩子对妈妈说。

"很坚固，不是从这里发出的。"

"警察也来查过天花板了。"她一边说一边拿起扫帚进了里屋。我从开着的拉门往里看,屋里的家具十分齐全,尤其羡慕她们有取暖器、微波炉和水池。

"是吗?警察也查过?那就不是天花板了。那会是哪儿呢?"

"她的头不是这样被击中的,而是朝前面低下去时被击中的。"妈妈说。

"是吗?啊,那应该就是这么回事了。"坂出又抱起双臂。

"跟小野寺那次一样。"他说。我赶紧追问:"小野寺也是的?这么说她也是被枪杀的。她不是在室外吗?"

"嗯,她失踪了。跟她在过道分开后,她就上了石阶,然后就不见了。"

"啊?"我大吃一惊,这我还从没听说过,"你说不见了,是什么意思?"

"那天后来我们都在看中庭。二子山师傅、菱川小姐、中丸还有我,都看了。那天几乎所有人都看过中庭。"

"可大家都没看见小野寺?"

"没有。"

"她出去了?"

"那天没有。"坂出说。

"为啥?"

"那天门口停着食品店来送货的小卡车,育子夫人跟仓田都在大门口。小野寺要是出去的话她们肯定会看见，而且她们在门口待了很久。如果人往厨房去了的话，守屋和藤原也在厨房门口站着，看着门外呢。就跟中丸被害时一样，无论走哪条路她都会碰上人的。要出龙卧亭，大门就是必经之路。除非她沿山的斜坡爬过去，到法仙寺去。但她没理由那么做啊。"

"哦哦。"这事也挺蹊跷的。不是凶手而是被害人不见了。

"对了，太太。"坂出朝一边的妈妈说，"中丸是不是在你们三个并排跪着、面向佛龛合掌祈祷的时候，被突然打死的呢？"

"是的。就这样一声不响地倒向我和雪子，我都不知道发生了什么事。"

"你不知道发生了什么？"

"嗯，嗯，还是警察说了以后我才发现她中弹了。"

"那你总听到枪响了吧？"

"没有。"她摇了摇头。

"啊？没听到？"坂出愕然道。

"一点儿都没听到。"

"没听到枪声？"

"没有。"

"那就是说中丸一声不响地就倒向你了？"

"是的。"

"没有枪声吗？石冈老师你呢？你当时不是在这上

面吗？"

"我也没听到。"我说，"我不记得有枪声。就是突然听见有人呼救，然后我们才朝这边看的。"

"没人听见枪声。"阿通说。

"没人。"小孩重复了一句。

坂出整个被惊到了，他呆立了片刻，一言不发地抱起了双臂。

3

我们走出阿通、雪子母女的"百脚"，正碰上脸色铁青的犬坊一男从过道往龙胎馆来。他看都没看我，径直对坂出说："坂出君，出大事了。"

坂出将手搭在他肩头说："怎么了？什么大事？"

"事情严重了。刚接到消息，中丸和菱川她们……"

"中丸和菱川……"坂出讶异地说。这两个人早都死了，死人还会出什么大事？

"她们的尸体被盗了。"犬坊的眼睛瞪得跟灯泡似的。听他这么说，坂出和我以及牵着雪子的阿通，也瞪大了眼睛。这事太出人意料了，所有的人都没有想到。

"被盗了？"

"是。"犬坊眼里、口中都在哀求，看起来确实有奴才相。

"在哪儿？"

"派出所的森安家。我从警局回来，想着要给她们一起下葬，就把棺木暂时停放在森安家旁边的小屋里。她们父母这两天就要来取，所以今早我就去了森安家，结果发现尸体不见了，两具都没了。"

"有这种怪事？"坂出叹道，"闻所未闻。"

"我也是。"犬坊说。

"偷尸体干什么？谁会做这种事？"坂出有点气愤。

"而且现在都十点了。之前怎么不说？他们早就知道尸体被盗了吧。"

"就是。可能他们也觉得事情棘手，就没说。警察把尸体给弄丢了，这话传出去可不好听。"

我在一边听着，也颇觉惊讶，正准备说些什么，突然看到一个熟悉的面孔——山上法仙寺的夫人正站在过道的木踏板边上。坂出和犬坊都没看到她，我正要开口，只见她面无血色地叫了起来："你们来一下。我家鸡窝里有个怪东西。"

坂出和犬坊都诧异地回过头去。

"太太，出什么事了？"犬坊说。

"快，快点。最好再找个年轻人一起。我家鸡窝，有东西。"

"有东西？什么？"他自己刚才也吓得不轻，现在看到别人惊慌失措，反倒镇静下来，慢慢地向过道走去。

"快，快，再叫上个年轻人。"夫人已经绕过龙尾馆小跑着向大门而去了。坂出和犬坊都看着我，我不确定自己是否年轻，但还是跟着一起去了。

阿通母女留在原处。我们穿上鞋，快走了几步，就朝法仙寺的夫人追了过去。她已出了大门，上了砂石坡道，看上去很着急。到底出了什么事？

太阳很大，天气十分暖和。我下意识地看了看天，万里无云。

"她怎么不打电话？打个电话多快。"犬坊在边上嘀咕。

"光打电话的话没人会去吧。"坂出说。

夫人没有回头，她默默地上了坡，进了法仙寺的庙门，这才回头看了我们一眼，随后便踏上石阶，噔噔地跑了上去。我走到她身旁，听见她嗓子里咕咕有声，像是气喘又像呜咽，看来是真碰到难题了。

我们上了石阶，打开木门，就进了铺着砂石的寺院。今天地上没有积水，站在上午的阳光下，院子显得比昨天宽敞。她横穿过院子，笔直朝自己家走去，一句话也没说，大概觉得还是让我们自己看比较好。

过了玄关，沿着日式旧板壁往左拐有一个花坛，里面还没有花，倒是龙卧亭中庭里的花开得早了。我们穿过几个砖砌的简易花坛，就看到八角金盘的那头有个很大的鸡窝。透过铁丝网可以看到些白色的羽毛，窝里有几只鸡，地方不小。

我们刚听见嘈杂的鸡叫声，就看见一个戴着登山帽的驼背老人从对面门里走了出来，是我之前见过的住持。

"爸。"夫人面无血色地惊叫道，"别动了。一会儿又跌倒了可怎么办啊?"原来她在担心这个,所以才心急火燎地把邻居找来。

"没事。"老人说,"早点告诉他们,就不害怕了。"

"你看过了?"女儿问。

"没,我也正想去找人呢。"老人说话有气无力,我感觉他的语气和表情都很伤感。困惑、悲哀、无处发泄的怒火等情绪将他折磨得筋疲力尽。

"快去打电话吧。"

"先叫他们看看,到底是个什么东西?"

"还能是个什么东西……"老人又有些难过地说。到底怎么回事?我凑近鸡窝的铁丝网往里看,太阳太大,在有木板围着的地方形成了一片阴影。我的眼睛已经适应了上午的强光。可阴影中似乎躺了个大物件,被鸡踩得乱七八糟,上面沾满了泥巴和鸡毛,脏兮兮的,就在鸡窝的角落里。

坂出打开鸡窝门,用右手拿着,问夫人:"这里平时上锁吗?"

"不上。就这样用栓子搭上。"她做了个示范,我有点担心一会儿要检查指纹。只见那就是一个用金属栓搭扣上的简易门锁,任何人都可以轻易打开。我回过头去,看到住持正站在他家后门,准备进屋。

坂出进了鸡窝,犬坊也跟了进去。我想也许以后写文章要用,便也跟着进去亲眼看一下。鸡窝里有一股骚臭味。

"啊，这太过分了。"最先进去的坂出说。犬坊从他肩上往里看了看，就匆匆绕到右边准备出去，跟我在鸡窝里慌张地擦身而过。他走得太急，惊得鸡又跑又叫，生怕被踩到。

紧接着我站到了坂出的身后，看到了鸡窝角落里的东西。刚开始我只看到一块金色的布料，图案很鲜艳。不，应该说它之前很鲜艳。现在上面满是鸡毛和泥土，脏得要命。显然，这是一件女人的和服。人腿模样的东西从裙摆处露了出来，是女人的脚。脚上穿着布袜，露出很大一片。布袜之前应该是白色的，现在跟小腿、膝盖一样都沾满了黑色的泥土。

手也一样。细细的手臂从原本干净的和服袖子里露出来，脏兮兮的全是泥巴。太惨，太可怕了。

这是一具尸体。死亡时间已经过了很久，但可以肯定是一具年轻的女尸。会是谁呢？我顺着和服往上看去，突然感觉毛骨悚然，尸体上没有脑袋。

"是菱川吧。"坂出嘟囔道，"到底是谁干出这么缺德的事？"他说着，双手合十，出了鸡窝。他的手一点也没有触碰过尸体，也没有蹲下凑近看。我本还想仔细观察一下，但实在惨不忍睹。

"没错吧？是死人？"夫人苦着脸问坂出。

"是。"坂出说。

"啊，为什么？是谁做的啊？"她又喊叫起来。

"得先保护好现场，太太，你能不能把鸡都赶到院子里去?"

"哎呀,我们家怎么会出这种事?"夫人说。

"太太,事态紧急。尸体已经被鸡啄过、踩过,再不阻止恐怕不行。得赶紧去报警。"

"不好意思,那你们把鸡赶出来吧。它们不会跑远的。"

"饲料和水放在这儿行吗?对了,住持师父呢?"

"他说要给派出所打电话。"

"那就好。那个,石冈老师,犬坊,你们来帮下忙。"

于是,我们三个又进了鸡窝,把鸡全都赶了出来。坂出又拖了装饲料的大箱子和水箱出来,把门按原样关好。至少这样尸体就不会再被鸡踩到了。

我的心跳得厉害,不仅是因为刚刚赶了鸡,还因为近距离看到了尸体,我从尸体上察觉出一种可怕的欲望。

尸体上没有血迹,皮肤呈土黄色,加上满是污泥,根本没有通常意义上的性感而言,但我感觉那里面有一股不同寻常的、变态的意味,并非一具普通的尸体。

当然无头尸也很不寻常,可我为什么会有那种感觉呢?思来想去,终于找出了一点头绪。首先尸体上的衣服十分松垮,怎么看都像没穿内衣。这里的内衣不是指穿在最里面的那件衣服,我也不清楚一般女性和服里面都穿些什么。只是这具尸体看上去像是只披了一件和服，扎了一条带子，里面什么都没有。这是其一。

证据就是腰带的系法。腰带系得很不正规，既简单又粗糙，应该是不懂得怎么系和服腰带的男人所为。由于腰带没系好，裙摆才会开着，把尸体的大腿部分都露了出来，甚至私密处都隐约可见。胸部却遮得很严实。

其二，尸体所呈现出的姿态就是运尸人曾脱光过尸体的和服，动了手脚以后，再重新把最外面的一件衣服随便披在尸体上，然后简单地扎了条腰带。看到这不寻常的尸体，大家很自然会产生某种联想。尽管大家都没说出口，但肯定心知肚明。

罪犯故意偷走年轻女性的尸体，又对尸体进行猥亵，再把几乎半裸的尸体抛在鸡窝里，这种行为既使我愤怒，同时也让我对罪犯变态的心理感到莫名的恐慌。我还是第一次有这种感觉。我隐隐觉得这次的案件跟我之前遇到的所有案件性质上都不相同。

然而罪犯为什么要选择鸡窝呢？这一点我也想不通。这应该与变态心理无关。我从没听说有人会选择鸡窝来抛尸，追究起原因的话，就是因为臭。鸡窝里实在太臭了，所有我刚才一点也没闻到尸臭。这么说来，鸡窝倒也不失为一个理想的抛尸地点。

福井和铃木接到住持的报警，面色凝重地赶来了。他们命令穿警服的警察在鸡窝周围拉上警戒线。其实这倒无关紧要，本来这里就不是交通要道，没有人会来。过了一会儿穿白大褂的男人们也来了，他们把无头女尸放在担架上抬走了。

森安太郎也在其中，尸体是从他家被盗的，大概他太害怕了，一直缩在角落里。而福井他们也没说什么，也许担心说多了会遭报复，毕竟尸体是在同事手里搞丢的，这种事一般人都很少遇到，何况是警察。

他们渐渐陷入了困境。这次可没有人说从远处目击了犯罪的全过程，也没有人把挖到的人手拿出来。他们很难用老办法将有异议的人带回警局去审问，没了这唯一的查案手段他们便总觉得缺了点什么。无奈之下，只好向我们简单地询问了一下发现时的情况，之后就默默地查起了脚印和指纹。也许他们已经重点询问过第一发现人——法仙寺住持父女了吧。

总之，在我看来，经验丰富的警察们用不到他们最常用的侦察手法，有点黔驴技穷。这次的案子早已超出了他们的想象。于是我不打算再和他们纠缠，早早地回了龙卧亭。坂出还留在现场帮忙，也可能是想跟警察交换意见吧。

4

我无精打采地走下法仙寺的石阶，边走边思考。这次案件频发，我都来不及好好琢磨。虽然就算给我时间，我也不见得能想出什么结果，但这回时间真的太仓促了。

我打算从头梳理一下。不，这个从头不是指从我经历的第一个案子开始，而是要按照整个案发顺序来整理把握。

第一起凶案发生在三月六日。一个来自津山的古琴老师小野寺锥玉，在我还一无所知之前就被杀了。她的尸体被肢解后丢在了苇川、贝繁村民宅的下水道以及苇川上游的橘暗渠里。整具尸体被分为双手、双腿、头部和躯干六大块，其中大部分尸块案发后第二天就被找到了，只是右手手腕以下部位久久下落不明。

案子发生后，过了二十四天，也就是三月三十日夜里，我跟二宫佳世来到了这个贝繁村的龙卧亭。当天夜里，十分偶然地，几乎就在我们到达龙卧亭的同时，小野寺锥玉的徒弟菱川幸子也被杀了，她是第二个受害者，而且是死在龙尾馆三楼的玻璃密室里。

接下来是第二天，三月三十一日，住在龙卧亭的女服务员中丸晴美被害。她是第三个，就死在龙胎馆最下面的屋子"百脚"里。综合田中的叙述，她的死与菱川幸子十分相似，也是在密室中遇害的。

然后就是同一天的夜里，即三月三十一日的晚上，第二和第三具尸体都在派出所巡警森安家边上的屋里被盗了。就在大家都感觉事情蹊跷时，第二天，也就是四月一日，疑似菱川幸子的无头尸体出现在了法仙寺的鸡窝里。头部至今下落不明，同时中丸晴美的尸体到现在也没有找到。以上就是目前所有的经过。

总结下来，就是三具尸体均为女性。倘若要试着从这一连串杀人案的共同点来展开调查的话，那就数不胜数了。当然被害者全是女性也算一条，可还不仅就这一条。

其一就是三个人均是被枪杀。这是这一系列案件的最大特征。更叫人费解的是，杀害这三位女性的子弹都是二十世纪三十年代制造的勃朗宁达姆弹。还有这三起案件都可以算作"密室杀人"。菱川幸子一案不用说，百分之百就是密室杀人。中丸晴美的案子，虽赶不上菱川案，但就田中的描述，也可以算作不完全的密室作案。至于第一起案件，小野寺锥玉的那次可以说是一种密室的变型。她是在众目睽睽之下的中庭里不见的。她从龙尾馆后门、连接处出来后，一个人到通往中庭的石阶上去时，阿通母女是目击者。遗憾的是，时间确切是几点大家都不太清楚，但能肯定锥玉上了石阶，而且一直是往上走的。只是这就是阿通的最后所见，并没看到她是否爬上了石阶的最顶端。阿通中途就回房间了。

之后呢，是二子山增夫一直站在龙胎馆的走廊上，他当时正看着中庭。只是不能确定锥玉走上石阶时，他是否已经在看了，这一点很无奈。我想找个机会直接去问问，可也不能保证他会给出精确的数字。不过假设二子山是稍晚一些时候才去看的，那也至少可以肯定在锥玉到达中庭前，他就已经在看了。可他并没有在中庭里见到锥玉。

小野寺走后菱川幸子也马上出来，绕着走廊走了，中丸也一样。可他们俩都没有在中庭里看到锥玉。锥玉上了石阶，人还没有到中庭，就不见了，并且她也是被枪杀的。

稍等一下，当时看着中庭走回龙胎馆自己屋的两个女人——菱川幸子和中丸晴美，后来也都遇害了。难道这件事有什么特殊的意味吗？

我一会儿要把这些都写到纸上去推敲。可谜团还有好几个。小野寺为什么会被分尸？为什么单单她的右手埋在了樱花树下？被割的头上为什么门牙都涂成了黑色？额头上又为什么写着数字的"7"？包尸块的报纸上画着很多的鸟，这又是为什么呢？

还有，菱川和中丸的尸体为什么会被人从派出所偷出来？为什么菱川的尸体又被砍了头，光把躯干丢在鸡窝里？疑点实在太多了。罪犯的行为都有合理的解释吗？还是仅凭变态杀人狂的一时冲动？若真是这样，事情就简单多了。

"东京来的老师。"听到一个清脆的女声，我赶忙抬起头朝四下看了看，只见里美站在坡道下龙卧亭的大门边，怀里抱着只大白鸭子。

"里美。"我高兴地叫道，挥了挥右手。

"我要带平太去游水。你来吗？"里美说。

"好啊，我也去。"我说着跑下了坡。

里美怀里的鸭子又大又白，干干净净的，很驯服地躺在里美怀里，偶尔还用力蹬一蹬腿。

"好漂亮的鸭子。"我跟里美并排走着,发出一声感叹,"你经常给它洗澡?"

"没有啊。"里美说,"它年纪还小,不去管它,也很漂亮。啊,不能这样。"她说着,又格格地笑了起来。她笑起来很美,只是我不懂她为什么要笑:"哪里不对吗?"

"没什么。"她说,过了一会儿,又告诉我,"我说的是方言。"

"哦,这事啊。"我说,"'不去管它,也很漂亮'这句?"

"嗯。它的身体不沾水,大概羽毛上有油。"

"抱着就像一只猫。"

"老师您抱抱?"

"啊,不,不用了。你怎么弄来的?"

"学校里很多,我就拿回来了。我们家附近有河,还是活水,家里的小屋也能蓄水,所以……"

"蓄水?"

"嗯,就是导水管里的水。"

"哦,把那个水蓄起来啊。"

"对。"

我们到了苇川边。我还在猜她到底会往哪里走呢,只见她已经朝昨天我跟佳世挖出人手的大樱花树走去。我下意识地又有点心慌,不过,那儿倒很适合放鸭子。既有石阶可以下到河里,河中还有跟水面同高的大石头平台。

到了,我飞快地朝昨天佳世挖出人手的洞里看了一眼。不知道是因为下了雨,还是警察又来调查过重新盖了土,洞边竟一点痕迹也看不出来,掩盖得严严实实的。

里美抱着鸭子下了石阶,小心地把鸭子放在了洗衣场的大石头上。鸭子熟门熟路地在石头上走了几步,就下水了,它逆着水流奋力地向上游游去。河水很清,看得见鸭子的两只脚掌在水里噼啪噼啪地划动。

"真有意思。"我又赞叹道,"这鸭子好活泼,不会走丢吗?"

"没事,它胆很小的。"里美说。

我在附近的岩石上坐了下来,向四下看了看。到处都绿油油的,上游有孩子正在拿着网兜玩耍。微风轻轻吹来,叫人心旷神怡,风有些凉,但周身都沐浴在明媚的阳光下,暖烘烘的,仿佛已经到了初夏。尽管我刚才还在法仙寺的鸡窝里目睹了一具尸体,如今那丑恶的一幕却被和暖的阳光、带着花香的微风赶走了,身心无比纯净。

"里美,听说你明年要去广岛上大学?"

"对。"里美说着,在我右前方的石头上坐了下来。"要是能考上就好了。"她边说边转向我,我从她的短裙下看到了两个雪白的膝盖。昨天在平坦的岩石上看到的搓衣板,今天已经没有了。看来真的有人在这里洗衣服。

"老师,您是从东京来的吧?"里美说。

"不,是横滨。"这话之前我们也说过。

"那您跟我说说城里的事吧。"

"啊?其实跟冈山的城里也没什么两样。"

"但一定有很多精品店和咖啡屋吧。"

"嗯,这倒是。不过这也没什么大不了的。这里不也有嘛。"

"这里只有一间咖啡屋,名叫浪漫。"

"浪漫吗?"

"是个老奶奶开的。"她低头笑了起来,"冬天的时候,有黄豆面年糕吃。"

"黄豆面年糕?哦,安倍川年糕啊。"

"安倍川年糕?"里美说完红了脸。原来她常常会为自己是乡下孩子而感到害羞。

"好想吃安倍川年糕啊。现在也有吗?"

"安倍川年糕吗?"

"是啊。"

"应该有的。"

"好想吃啊。我好久没吃过这些了,好几年没吃过了。"

"好几年没吃过?真的吗?"里美睁大眼睛,又笑了起来。

"嗯,我是个单身汉啊。"

"哦，老师您还是单身？没结婚吗？"

"嗯，没有。"我答道，又害怕她嘲笑，便换了个话题，"那间浪漫在什么地方？"

"就在贝繁银座，你想去吗？"

"嗯。"

"那明天去？"

"你跟我一起去？"

"嗯……嗯。"她吞吞吐吐地说。

"学校不许吧？"

"嗯，是。"

"果然是这样。"

"不能跟男的出去。不过，可以和爸爸去。"

"爸爸？"

"嗯，所以……"

"哦，找借口。"我有点沮丧，但也理所当然，毕竟我们差了有三十岁。

"不过电影院可以。"

"啊？真的？"

"电影院没什么人管。而且光线暗，一进去就没人注意了。"

"这儿的电影院好玩儿吗？"

"好玩儿。"她叫起来，"二楼是榻榻米，要自己带坐垫。"

"啊？真的吗？"

里美又笑了，我以为她在笑话我。

"你是说真的，还是开玩笑？"

"真的。老师，你想去吗？"

"当然想。"

"最近在放《四个婚礼和一个葬礼》，休·格兰特演的。"

"好看吗？"

"不知道。不过我很喜欢休·格兰特。"

"明天是星期天。我们明天去？"

"啊？真的？太好了。决定了？"她这么说，倒吓了我一跳。

"当然啦。你这么高兴？"

"嗯，我一个人去不了，得跟家长一起。"

"哦，要家长啊。"家长就家长吧。我也兴奋起来，我好久没这么兴奋了，真希望自己再年轻二十岁。

我表面老实，内心也很狡猾，所以跟她单独说话时，就会带有某种目的。我还有很多事要向她打听呢。

"那个，里美。"我小心地探了探她的口风。

"嗯。"她应道。

"有些事想跟你打听一下，蛮重要的。可以吗？"

"是我知道的吗？"

"只有你知道。第一，菱川小姐这个人怎么样？"

"怎么样？捉摸不透。"

"捉摸不透？怎么说？"

"嗯，她平时闷声不响，有时话又特别多。她常常笑，也爱开玩笑。可总喜欢戏弄别人，笑话人。"

"她也笑话你？"

"对女的不会。"

"对男人呢？"

"嗯。"

"听说她很神经质？"

"嗯，爱发脾气。"

"发脾气？骂人吗？"

"那倒没有。就是经常嘀嘀咕咕的，一跟男的说话就吵，而且还很大声，吵完就自己闷在屋里。"

"这样啊。没想到她这么不好相处。"

"很难相处的。"

"不活泼吗？"我没有想到。

"嗯，也很活泼。人多的时候她就话多，还常常笑，总开开心心的。不过经常笑话藤原。"

"那她对小野寺怎么样？"

"小野寺是她的老师，所以挺怕她的，对她很尊重。"

"小野寺这个人呢？"

"很开朗的一个大妈。人很好，就是有点怪。"

"怪？怎么怪了？"

"嗯，说不清楚。"

"是不是因为古琴老师的关系，所以架子很大？"

"嗯，就感觉有点怪，很啰嗦，老讲些废话。"

"废话？"

"就是大家都知道的事情，还老一个劲地讲。不过她爱热闹，喜欢帮助人。每次都给我带好多礼物。"

"你喜欢小野寺吗？"

"喜欢啊。"

"菱川呢？"

"这个……你别跟人家说是我说的啊。"

"当然不会说。"

"阿通、晴美、惠里子，都不太喜欢菱川。"

"哦。"我又想起了菱川幸子站在三楼时的样子，灯光照在她身上，没想到她的为人会是这样。

"那晴美呢？"

"晴美挺好的呀。"

"惠里子呢？"

"惠里子也很好。"

"晴美死的时候你很伤心吧？"

"嗯。"一说话就格格笑的里美，这时候有点难过，我不再继续问了。晴美的死对她是一个打击，平时嘻嘻哈哈的小姑娘也伤心了。

"所以惠里子的妈妈也叫她早点回去，但警察不许。我家还有客人，少了惠里子就忙不过来了。"

"是啊。"我也同意。

"平太，平太。"里美突然叫着站了起来，平太游远了。不知是听到叫声,还是碰巧,平太又游了回来。里美这才放下心重新坐了下来。

"小野寺锥玉失踪时,你在干吗?"

"那时,我看大家都走了,就一个人留在客厅收拾杯子,把杯子送去了守屋那儿。听说大家都在欣赏中庭,便到龙胎馆的走廊上跟二子山他们一起看着院子了。"

"你也看了院子啊。那有没有看到小野寺?"

"没。"

"小野寺也说她要去中庭,其他人也去看了,这么说那天大家都往中庭去了啊。"

"嗯,因为那天的雪下得特别大。"

"啊,那天下雪了?"我一惊,差点站起来。

"是啊。"

"没人告诉我那天下雪了。"

"非常大的雪,鹅毛大雪,满天都是,天都黑了呢。所以大家才去中庭看的。"

"原来是这样。大家跑去中庭是为了看雪啊。"

"嗯。"

"那小野寺走到中庭去了?撑着伞?"

"没。没撑,所以阿通以为她很快会回来。"

"原来如此。"我总算明白了,雪那么大,她又没撑伞,所以人家以为她很快会回来,她却失踪了。为什么?为什么会失踪?当时厨房里的守屋还往大门瞥了一眼，门柱那儿停着食品店的小卡车。

可能中庭里的鹅毛大雪很壮观吧？

"那院子里是不是非常漂亮？"我随口问了一句。

"嗯，非常漂亮，雪好大好大，还有钟声。"

"钟声？"我仿佛受了天启似的，禁不住站起来叫道。没错，还有钟声。我怎么现在才想到？钟声。大家都说是六点前出来的，当然很快就六点了。

"那时钟声响了啊。"

"对，我哥撞的钟。"

"傍晚六点撞的？"

"对，傍晚六点和早上六点。老师你怎么了？这么大声。"

"因为又提到了钟声。中丸晴美被害那次也是。当时也正好是傍晚六点，所以听到了钟声。"我终于站了起来。

"怎么了老师？"

"我懂了，我懂了。所以我们才没听到枪声。所以每次杀人都在傍晚六点，我现在明白了。是那个钟声。"

"什么？钟声？"

"嗯，钟声。枪是在钟声响起的时候开的，所以没人听见枪响。"

里美没有说话，她似乎还不明白，想了好一会儿，才点了点头，喃喃地说："是和钟声同时……"

"原来是这样。法仙寺的钟都是行秀去撞的吧？

对吗?"

"对。"

"已经很久了?"

"很久了。五年多了吧,他撞钟。"

"所以凶手十分熟悉撞钟的时间和间歇,然后就在撞某一下的那一瞬间开了枪。枪声跟钟声同时响起,大家就都没有听见,所以……"我不再往下说。熟悉行秀撞钟间隔的人,应该就是这五年里天天听着钟声的人,那么除了龙卧亭里的一家或法仙寺的住家以外,也就剩附近的居民了。排除了其他人,里美和她的家人就首当其冲地列进了嫌疑。所以我不敢再说,只得闭嘴。

且慢。菱川幸子的死却是与众不同的,她被害的时间不在傍晚六点,而是深夜,当时没有钟声,只有她弹的琴声,所以我听到了枪响。

"里美,我另外还有事也想问问你。"我说。

"上次带我去浴室的时候,我们不是约好了吗?二子山师父为什么会在你们家逗留?"

"逗留?"

"嗯,就是一直住在这儿的意思。"

"哦,因为我们家闹鬼。"她孩子气地说。

"闹鬼?"

"嗯,闹鬼。大家都这么说。"

"你说的你们家,是指你自己家?"

"就是龙卧亭。"

"龙卧亭的哪里？"

"到处都有，所以我们才把旅馆关了。"

"真的？"

"嗯，老师您不知道？"

"不知道。"

"是吗？我以为您知道。村子里的人都在这么传，说我们家闹鬼。我们家遭报应了。"

"报应"小姑娘嘴里也说出了这两个字，一家人都这么说，到底会是什么报应呢？

"你们老说报应、报应，到底是什么报应啊？"

"说来话长，现在讲不了，而且我也不大清楚。"

"那是有谁见过鬼吗？"

"大家都见过。"

"你也见过？"

"就我没见过，不过我妈见过。"

"鬼长什么样？"

"我们家地下有个废弃的浴室，在那儿……"

"在那儿？什么样的？"

"晚上过去，就能听见呻吟声，嗯嗯啊啊的。"

"啊？"我发起怵来，我很讨厌听这类事，却又不得不打听，就继续问道："真的？"我吓得皱起了眉头。

"真的。我们家人都听见的。就我没听见过。还有人看见他站在浴室里。"

"那他长什么样？"

"就是睦雄嘛。"

"睦雄？什么睦雄？"

"我也不清楚，你去问其他人吧。大家都知道，他很有名。听说以前村里有个恶棍，看上哪家女人，就去强暴她们，把她们关进家中的地牢里。他养了好多小妾。他就叫睦雄，听说是魔鬼投胎。所以睦雄活着时，村里人都很怕他。不让漂亮女人出门，可地里还要干活儿，所以女人要出门，都得故意化装……"

"啊，这话什么意思？你是在讲故事吗？本地的传说？"

"不，不，不是的。都是真事。'二战'前的事。村里还死了不少女人呢。"

"不会吧？"

"不但女人遭殃，而且他是魔鬼投胎，脑子不正常，早就疯了。有一天晚上，他拿了好多刀呀、枪啊，从村头杀到村尾。"她用右手捂住了自己的嘴。

"滥杀无辜？"

"对啊。他是魔鬼嘛，杀人不眨眼，那天晚上村子里一共死了三十个人。"

"真的？"

"嗯。"

"你说的都是真事？"

田中也提到过这些事情。

"当然是真的，村里的人都知道。"

"什么时候的事？江户时代？"

"嗯，昭和十三年吧。报纸上登过。"

"昭和十三年？那不就是最近？"

"对啊。"

这么说事情就发生在珍珠港事件的前三年，距离现在并不远。难道如此祥和的村子里真住着可怕的厉鬼？我一时难以相信。一定是什么古老的传说吧？

"他接二连三地强暴了好多女人？"

"是啊，一个接一个，只要在路上看到漂亮点的姑娘或者好看的媳妇，就一把抓过来，拖到自己家里去，关进地牢里。"

"就没有人反抗吗？"

"他身强力壮，又是魔鬼投胎，身材魁梧，力气又大，还是个光头，所以一般男人也不敢和他动手。"

"警察呢？"

"警察也拿他没办法。我们这儿才只有一个派出所。"

"怎么会有这种事？那被强暴的女人有没有孩子？"

"嗯，听说有女人生了孩子。她们都被关在地牢里，怎么哭喊都没用。每天要被强暴好几次呢。睦雄对自己喜欢的女人总是一直折腾到她怀孕。"

"真的？我不信。生完孩子以后她们怎么办？"

"不知道。"

"这些女人现在在哪儿？"

"我不知道，都已经死了吧。"

"那鬼呢？后来怎么样了？"

"说是不知去向。大概进了山，然后翻过荒坂岭，一个人躲进仙人山的山洞里去了吧。"

这越来越像神话了。在这种偏僻的山区，很容易传出这样的鬼故事。可里美偏说是真的。可信吗？

"这些都是真事？"

"嗯，都是真事。村里人都知道。我小时候每次做坏事，或者不听话，大家就说山里的睦雄鬼要出来了。小孩子就都吓哭了。真的很可怕，所以后来就听话了。这个睦雄确有其人的，学校的老师也说过。"

"老师也说过？"

"嗯。"

看来是真的了。

"你说还登过报？"

"嗯。"

如果确有其事，我什么时候去找一下旧报纸，看看当时的报道。

"我们家三楼那张画就是鬼的画像。"

"啊？你是说菱川出事那间屋里的？"

"对啊。"

"就是在那间有壁炉的玻璃房里，墙上挂的那幅大大的油画？"

"嗯。"

"原来如此。"我总算弄明白了。我还一直好奇那幅油画里的可怕男人到底是何许人呢。现在总算弄明白了。

"就是他啊。浑身黑乎乎的,看着就很怪异。"

"是啊,是疯子嘛,脚上还缠着黑色的绷带。"

"那是绑腿。"

"对,就是那个。他身上穿着立领学生装,腰上束着皮带,上面还缠着布,然后插上刀。头上还绑着头巾,头巾里插着两只手电筒,胸前挂了盏马灯,里面装的是自行车上的干电池。"

如果真有这种人,我看就是街头艺人了,正常人谁会这么打扮?果然是个疯子。

"他精神不正常?"

"当然啦。"

"那还让他在村子里乱跑?不送医院吗?"

"我也不清楚。大家都很怕睦雄,而且村里也没有精神病医生。"

这也太可怕了。和这种人在一起生活还不如到深山老林里去跟老虎过呢。

"另外睦雄很有钱,是村里大佬的儿子,所以大家都不敢吭声。"

"既然他可以在村里为所欲为,为什么还要连杀三十个人呢?除了他鬼附身没有其他解释吗?纯粹喜欢杀人?"

"他平时手里总拿着猎枪。"

"啊。"我恍然大悟。猎枪？难道昭和十三年发生的案子也用到了猎枪？

"莫非他的猎枪是勃朗宁的？"

"啊？是的。"

果然如此。昭和十三年就是一九三八年，当时使用的猎枪和子弹当然就是二十世纪三十年代的型号。我再也坐不住了，站起身来来回回地踱着步，脑子飞快地旋转。小野寺锥玉、菱川幸子和中丸晴美都是被二十世纪三十年代勃朗宁公司制造的子弹枪杀的。这就跟我们现在的案子对上了。

"那个恶魔在村中大肆屠杀时用的该不是达姆弹吧？"

"嗯，听说就是这种子弹。睦雄用它杀了村里三十口人。"

原来如此啊。这样一来案子总算有了眉目。几十年前叫村民闻风丧胆的恶魔如今又在龙卧亭出现了，所以大家都口口声声说是报应，人心惶惶，以至于里美的父亲和法仙寺的住持都吓昏了过去。倘若真是恶魔现身，大家的反应倒也不难理解了。我有些激动得忘乎所以。

"可昭和十三年不就是六十年之前吗？如果那怪人当时二十岁的话，现在也有八十岁了。也可能还活着，反正他是鬼附身。可如果当时他已经三十岁了的话，现在就得九十岁了……"

"但大家对外并没有声张,只说是鬼魂,睦雄的鬼魂把龙卧亭里的人一个个杀了。"

"为什么要这么说?"

"怎么看他的杀人手法都不像正常人啊。"小姑娘说起家里的惨剧就像闲聊一样轻松。

"这倒也是。杀死菱川和中丸的手法都很不寻常,一个活人无论如何也做不到。"

"所以我爸爸妈妈每天都在祈祷。"

"可以理解。"这事确实会叫人想去祈祷,它可不是一般人力能够解决的。

"可是,我的意思是,他为什么会出现在你家?他是叫睦雄吧?那么可怕的恶鬼,为什么不去别家,而专门针对你们家呢?"

听到这话,我看见里美打了个冷战,可她依旧十分平静,嗓音清脆地说:"听说他跟我们有深仇大恨。杀死三十口村民的那天晚上,他顺着这条路一直跑过来,上了坡,来到我家。他跑得非常快。以前我妈妈总跟我说。他把两只手电插在头上,就像顶着两只眼睛的怪物。然后我太奶奶大叫一声'有两只眼睛过来了',便去关防雨窗,接着睦雄就开枪了,子弹击中了我太奶奶。"

"击中了?"

"嗯,我太奶奶第二天就死了。"

"后来呢?"

"人家说睦雄最想杀的是我太爷爷吉藏。可我太奶奶把门窗关得死死的，我太爷爷就逃去二楼了。睦雄对站在二楼窗边的我太爷爷开了一枪，太爷爷倒下装死，睦雄自以为得手了，就逃去山里了。"里美一兴奋，就满嘴都是方言。

"这么说睦雄那个恶魔非要你太爷爷的命不可喽？"

"嗯，好像有很大的仇，所以他为了杀我太爷爷专门跑到这么偏僻的地方来。"

"嗯，那仇是不小，但是为什么呢？"

"我太爷爷吉藏和他的儿子，就是我爷爷秀市听说过去都在村里管事，他们一直不满意睦雄的恶行，所以他才那么恨我太爷爷和我爷爷，专门跑来杀他们，结果人没杀死他就去了山里，变成鬼以后才知道自己失手了，所以就更恨我们了。我爸爸妈妈是这么说的。"

"哦。"我对里美的话还不甚理解，只是逐渐明白了这家人口中常说的"报应"。也就是说那个被称作鬼的疯子，都是围绕着"报应"应运而生的。

"看来叫睦雄的恶魔把全村的报应都联系起来了。"我说着，听到上游玩耍的孩子们闹哄哄的，一看才发现孩子们已经嚷嚷着朝我们过来了。

"嗯，是大恶魔，那个叫睦雄的。所以大家都很同情那些被害的女人，也看不起她们。"这也太可怜了。受害者也并不都能得到安慰。

"村民们这么怕他啊？"

"嗯，只要睦雄一上街，大家就唯恐避之不及，女人和孩子见到他就哭。"

"这么凶残啊，简直是个祸害。"

"嗯，他只要看到漂亮女人就往上扑。"里美随口就说出这种话，我倒真没想到。

"女人们吓得都不敢出门，晚上睦雄就直接闯进她们家里去强暴她们。"

"太嚣张了。她们的丈夫就不出手吗？"

"睦雄身强力壮，走路时又都带着枪，所以人们才会害怕。"

"可大晚上的有人闯到自己家里来，对自己的老婆非礼，男人怎么会坐视不管呢？被欺负到这个分上一般都会反抗啊。没听说有不反抗的。"

"所以大家被强暴了也不敢声张，拼命瞒着，万一传出去，婚都结不成，村里人都会嫌弃她的。"

原来是这样。女人被那个恶魔搞得在村里无法立足。兴许这个就是大家嘴里说的报应。

"他家到底是做什么的？我是说睦雄……啊，等一下。"我抬手阻止了里美，因为我看见河面上漂着一个奇怪的东西。

5

四五个小学生模样的孩子，吵吵嚷嚷地过来了。他们有的跑，有的步履匆匆，都是顺着河过来的，而且他们的眼睛无一例外地盯着河面，有的还对着河指指点点。

只见河上漂来一样东西，我起先以为是木板，仔细一看才发现是用木板捆成的一艘小木筏子，当然它是从满是石块的小河上漂过来的，比载人的筏子小，最多也就二三十厘米。不过这倒不足为奇，让我和孩子们感到纳闷的是木筏上竟载了一个大家伙。

那是一个报纸包，大小跟排球差不多。起先我还当是孩子们自制的玩具，实则不然，因为好几个孩子都在议论它。

难道是？我突然冒出一个念头。原打算不去理会的，第六感却破天荒地起动了，我赶紧走下洗衣场，往木筏漂来的方向看去。大白天的，应该不会再跟杀人案有什么关系了吧？我心里想着，只听里美也叫了起来："哎呀，那是……"

河水流得很快，载着不明物体的木筏在岩石上磕来碰去，眼见着就流到了我们跟前。我很好奇，河道崎岖不平，这个纸包竟能一直稳稳地装在木筏上。孩子中有人在路上捡了一块石头，朝木筏扔了过去，紧接着其他孩子也照做，一时间石子如雨点般砸在了木筏上，其中几块正好打在了纸包上，发出窸窸窣窣的响声。可纸包依然没有落水。纸被砸破了，纸也湿了。我横下心冲孩子们叫道："别扔，别扔了，你们别再扔了。"说完我走到洗衣场的最前边，跳到离我最近的一块石头上，然后又向另外一块石头跳去。木筏从同样受了惊吓的鸭子平太身边漂过，马上就要漂到我所在的石块边了。我蹲下身，向木筏伸出手，可是太远了，够不着。我赶紧趴下来，可还是差一点，木筏从我指尖上擦过，朝下游流去。就在这时，我突然打了个寒战，浑身的血都仿佛倒流了。我看见了一个很可怕的东西。

我那讨厌的预感终于应验了。都怪孩子们扔石子，把报纸砸破了。透过报纸的破洞我看到了一个人的鼻子。我跳了起来："里美，糟了，得去追上那个木筏。先不去管平太，行吗？"

"嗯，没事，它不会跑的。"

"那我们快走吧。"

我踩着石块回到了洗衣场，催着里美去追木筏。孩子们也一路跟着我们。顺着河我边跑边留意孩子们的脚下，想看看有没有人能下河，孩子中有人穿了长筒雨鞋，只是还不够长，乍一看就知道苇川的水要比它深。紧接着我又瞅了瞅里美的脚，她穿了一条短到膝盖上的A字裙，光脚穿一双凉鞋。她应该可以。可我怎么能让一个高中生去抓木筏上的人头呢？

"前面有没有什么地方可以下到河边去？"我冲孩子们问了一句，并没有特定的对象。

"前面有的。"一个孩子说。

"好，那就去那儿，赶在木筏前面。"我跑得更快了，孩子们也不甘示弱，加快了脚步。

"那里水深不深？下不下得去？"

"嗯，"孩子想了想，"中间挺深的，到这里。"孩子边跑边艰难地拍了拍自己的腿。我一怔，这下糟了，要是这样我下去恐怕会弄湿裤子。

"就是那儿。"一个孩子指着前面，那儿的确能下到水边，可跟刚才石阶那边不同，它是从草丛里的斜坡往下伸到水边去的，而且下面就只有窄窄的一点河滩。

这附近的河中已经没什么石块了，水流也相对平直，倒是可以抓到水中的漂流物，但也得先下去才行。

河水流得很快，我回头看看上游，那只瘆人的木筏还在后头，可我们也最多就领先了十秒。没时间多想了，否则木筏就要漂走了。

"除了那里，前面还有没有别的可以下去水边？"

听我这么问，孩子们边跑边互相商量，大家都默默地摇了摇头。糟了，看来现在就是最后的机会了。

我跑到目的地，有点气喘。面前是一片高高的杂草，弯下身子，就能被全部遮住。

"里美，把你的凉鞋借我一下。"我赶紧一边卷裤管，一边说。

"老师你不行，这里太深了，我去。"里美说着就钻进了草丛，紧接着就跳到了河滩上，我还来不及阻止，她就穿着凉鞋踩进了水中。

"里美没事吗？那木筏上的是……"我刚说了一半就不再往下说了。现在警告她也没用了，只能任凭她自己去处理。我跟着也跳下了河滩，以防万一。河滩很窄，孩子们没法全都过来，他们也明白，便在路边的草丛中，排成一排蹲了下来。

水流很急，河也很深。里美赤脚向水中走去，脚的上方溅起大朵的水花，差一点就弄湿了她的裙子。

就在我担心她弄湿裙子时，里美撩起了裙摆，露出了雪白的大腿，然后用左手抓住裙子，一点点地往前走。她这个样子对我极具诱惑，仿佛欣赏了一幅漂亮的图画。

里美在河中央停了下来，慢慢地转过身，面朝着上游的方向。水有她的腿一半深。从上游漂流来的木筏挑衅似的直冲过来。

"不要看木筏。"我终于胡乱地叫了起来。不看木筏怎么去抓呢，我心里乱糟糟的，只希望木筏上那个可怕的东西不要伤害到她。万一她跟她父亲一样晕倒在水中，我就准备穿着衣服马上跳进河里去救她。

她左手抓着裙子，只有右手还可以活动。我十分担心，她却异常冷静，一把就抓住了木筏，她右手拽着木筏，逆着水流把它拖到了我这边。

"太棒了。你不要看它。"

"好。"里美说。然后又慢慢地向我走来，这样她的脸就不用朝着木筏了。

我在河滩上等着，很顺利地就用右手抓住了木筏，一颗心总算放了下来，把那玩意儿拉上了河滩，没想到东西很重。

我蹲着身子看了看里美,她那湿漉漉的脚丫就在我的面前。小腿上的汗毛都被水打湿了,紧紧地贴在她的一双白腿上。她的腿应该也是湿的,可她立刻放下了裙子。湿湿的腿粘上了裙子,她便又掀开裙子,扇了扇,想把腿弄干。

"不冷吗?"我问。

"挺冷的,不过很舒服。"里美说,语气还是那么欢快。

我企图用两只手把木筏拖上来,不料它很大,是块五六十厘米的正方形。在水里的时候看着挺小的,没想到沉甸甸的,很重。

走近了我才知道报纸包在木筏上不会掉的原因。报纸包是被麻绳横一道竖一道固定在木筏上的,就像格列佛旅行记里那样。

我不敢当场扯开报纸,看看里面究竟有什么,而且我们不专业地翻动,也不利于保护证物。可我也下不了决心报警。万一是有人恶作剧,放一个玩具人头在木筏上,那我就糗大了。

我趴在河滩上,鼓起勇气朝报纸的破洞处看了一眼。尽管很紧张,可春天明媚的阳光,还是让我看清楚了里面的东西。果然是一个脏兮兮的鼻子。纸包有点臭,里面的东西暗红暗红的。没错,很明显就是有机物,是死人身上的某个部位。太可怕了。我咕哝了一句。

"老师,那是……"听见声音我才回过神来,抬头见里美正紧盯着趴在木筏边上的我。

"里美,你别看。"我说着站了起来,"我就在这儿看着,你快点去叫警察。或者,你们当中谁离这里最近?赶紧回家叫妈妈给警察打电话。"我冲着岸边的孩子们说,可里美插嘴道:"嗯,好。这些孩子的家都很远,我回去打电话。那个,你们……"里美边说边登上土坡,向孩子们走去。

"你们能不能到洗衣场去帮姐姐看着小鸭子,别让它跑了。姐姐去报了警马上回来。"

"哦。"孩子们点了点头。

"那老师,我先去了。"

"好,小心点,不过要快啊。"我又颠三倒四地说。里美裙裾翻飞地跑了,孩子们也一窝蜂地散了。我透过草丛看到他们的脚丫渐行渐远,真是一群听话的孩子,里美简直就像是一个小学老师。

就剩了我一个人,担心有人从路边看到装人头的木筏,我把它尽量朝靠近路边的河滩草丛里拉了拉,自己就近在石头上坐了下来。我环视了一下四周,没有别人,好恬静的一片田野。微风吹过广阔的盆地,却没有一丝凉意,明媚的阳光照得人脸上、肩头暖洋洋的。

原本单独守着一颗人头总叫人有些不寒而栗,可不知怎的我现在却十分愉快,仿佛消沉的意志全都复活了似的。原本我还有许多问题要思考，可被风一吹，就只能先顾及自己的感受了。

估计是刚才里美泼辣的作风，以及孩子们的天真拯救了我吧。可以肯定，我已许久没有，不，也许还是生平第一次切身体会到了乡村的美好。我其至都想留下来，跟他们生活一阵子了。

更重要的是我的自信正在一点点地恢复，这方面我深有体会。这大概是我头一次不靠御手洗的帮助，独自面对一桩大案。紧张自是无法比拟的，可就刚才的处理方式来看，我已经能指挥全局了，事情也基本上都搞定了。倘若御手洗在场，他兴许会笑我还不够雷厉风行，我却为自己能独当一面这微不足道的小事而无比喜悦。这叫我的心情舒畅了许多。

之后我便开始思考脚边的这颗人头。首先，这会是谁的人头呢？现在失踪的就只有菱川幸子和中丸晴美两个，所以人头必属于她们当中的一个。这警察一来就能搞清楚。他们打开纸包，检查一下就知道了。

其次，我还得思考一下罪犯的动机。罪犯的行为十分特殊。他扎了一个木筏，然后用麻绳把人头捆上，放进河里。这么做太疯狂了。罪犯为什么要这么做？为什么在这件事上下了这么大功夫？

人头这时从河上漂来，说明罪犯刚刚才把它放进水里。会是谁？出于什么理由呢？我想不出来。这种前所未闻的反常心理我实在没法理解。

我下意识地看了一下手表，刚好一点，是午饭的时间。光天化日之下，抛尸现场会没有目击证人吗？还是因为这里是乡下，上游一般没有人？

难道真是昭和十三年村里出现过的恶魔？如果真有那样一个怪人，做出这种事倒也不足为奇。

我久久地琢磨着那个恶魔，身边放着一颗人头也一点不害怕，温暖明媚的阳光和凉爽的微风叫我精神抖擞。

我突然想起了龙尾馆三楼的墙上，那幅传说中贝繁村的恶魔的肖像，脚边这个女人兴许就是他杀的。画中他有一双黑夜里也会发光的鬼眼。那双眼睛里充满了憎恶、疯狂和报应。那幅画画的就是传说中的那个夜晚，恶魔在贝繁村一连杀了三十口村民。他的头巾被死人溅出的鲜血染红了。

可这都是真的吗？我还是不信。听到枪声喊叫声大家一定会逃，不可能乖乖地等死。怎么会三十人都被杀呢？如果事实真是如此，那凶手不是魔鬼就是怪物了。真实情况究竟如何？常理上讲不通。难道说大家知道他要发疯，所以都吓得躲起来了？村民家里都不上锁的吗？疑点太多了。恐怕还就是神话传说吧。

只是我还想对这个传说做进一步的调查，查阅一下当时的报纸。里美只不过是道听途说，并不清楚实际情况。

想着那个恶魔，脑海里不知不觉就浮现出了太宰治的故事。我曾经多次到访过他与山崎富荣一同跳河自杀的玉川上水，有段时间我特别喜欢他的作品，所以深谙他的死亡。

昭和二十三年六月十九日，正是梅雨的季节。就在离他们投河较远的下游，人们发现了他俩的尸体。如今玉川上水已基本上干涸，而当时则是一条湍急的河流，而且它是一条断面很窄的V字形河流，没有宽阔的河滩，只在一座小桥下突出一小块。两人的尸体当时就躺在那里。那地方跟我目前的所在很相似，大小也差不多。

听说两人的尸体被冲上来时，浑身都沾着淤泥，黑乎乎的。人们格外重视名人太宰治，就先搬走了他的尸体，留下满身污泥的富荣在河滩上，久久没有人来抬。富荣的父亲闻讯赶去，一个人静静地在河滩上撑着伞，在雨中立了很久很久。我也不知道自己怎么会突然想起这些，现在的我跟当年富荣的父亲一模一样。

开过来一辆汽车，停在了我的上方。

"石冈先生。"有人大声叫着我的名字，我站起身朝着声音的方向看了看，原来是福井。他开了一辆白色的小汽车过来，砰地关上车门后，铃木和田中从另一侧的车门里走了出来。远处又开来一辆小车，坐的都是穿制服的警察。

"哪一个啊？"福井开门见山地问。我默默地用手指了指草丛里的东西。福井和铃木相继跳下河滩。另一辆车也到了,就停在福井车的后方,离他们很近。再后面则是一群孩子,小个子的里美抱着小鸭子也跟他们在一起。原来警察还没等报案就先来了。

6

我和抱着鸭子的里美都在苇川边接受了冈山县警察局的问询。他们说在苇川上游的橘暗渠发现了装载人头的木筏,木筏顺水漂走了。那里曾找到过小野寺锥玉的尸块,主要用于确保枯水期的农田灌溉,当河里的水量减少时,暗渠和河流交界处的水坝就会关闭。

追木筏的孩子中有人看到暗渠里有东西,刚开始还以为是积在暗渠里的垃圾,就设法让它流走,拿着木棍对它又戳又压,还拿石头砸,把它拨弄到了河里。等东西顺着河水流动起来,他才觉得不对劲,跟着跑了几步,小伙伴们越聚越多,结果弄出了这样的动静。

这么看来,抛尸的时间未必就在大家发现尸块之前。橘暗渠那儿没什么人走动,很有可能凶手昨晚就已经把东西抛在那儿了。小野寺那次就是。凶手并不刻意想让尸块流到下游去。

总之是我们在河边正巧碰上,才被发现的,倘若河边没人,人头极有可能就顺水而下了,也可能就此失踪。警察们并没有特别感谢我们,照例仍把第一目击者当作了嫌疑人,问了许多令人不快的问题。我对此十分满意,觉得至少自己的存在和所作所为阻止了他们在搜查上浪费时间，便给予了配合。

做木筏用的是松枝，都被锯子锯成同等长度、同等粗细，再拿普通电器上的AC电缆捆扎好，底部钉了两条细木板。很显然凶手并不擅长木工，钉子钉得很粗糙。许多钉子都没钉到底，在中间就弯了。他没把坏钉子拔出来重新钉，嫌麻烦就继续钉下去。这种钉子数目不少，所以大都没有钉紧。福井说或许凶手手头没有起子。

木筏表面也钉了六根钉子，但都没有钉紧。只是拿它们当桩子把麻绳绑住的人头固定住。报纸包里的人头，右耳朝下，横放着，每张报纸都用麻绳横一道竖一道地缠紧了。

警局派来了两位法医和一个负责拍照的警察，在他们准备就绪之前，谁都不准碰木筏和报纸包，就在一旁等着。他们一准备好，警察拍完照后，法医就小心地解开了麻绳和报纸包着的小包。报纸是去年十一月八日的Y报，因为被水弄湿了，很难解开。法医轻手轻脚，小心翼翼地把它打开，丝毫木触碰尸块。

警察让孩子们跟里美先回家，只专门留下我参与调查。也许这就是他们对我保护尸块表示的谢意吧。

为此，我到现在还十分清晰地记得，那个明媚春光下，看见纸包里的尸块完全显露出来时的情景。当时在场的人都吓坏了。就连平时经常跟尸体打交道的警察也都叫了起来。

事实上，下面要说的事才是最不可思议的。就在我看到报纸被打开的那一瞬间，我突然感觉这次的案件绝不能轻易对外公开。我还趴在岩石上，没抓住木筏前，就从破洞中看到了鼻子，确定报纸里包着的是人头。这我前面已经写了。我很庆幸当时我看到的只是一个鼻子。也就是说暴露在光天化日之下的人头，就只有鼻子还保留了人的模样。

报纸里面是一块分辨不出究竟是什么的暗红肉块。只有那个鼻子显示出它原是一颗人头，其余部分都被损坏了。尸块的皮肤已完全腐烂，幸亏刮着春风，我们才没有闻到难闻的臭味。而我们之所以很难相信这就是人头，首先就是因为头发。死者的头上一根头发也没有。头顶部分一块皮肤也没有，看上去就像一块暗红色的肉干，与一部分头盖骨相连。

第二就是脸部，脸部也已经完全没了形状。主要是眼睛。双眼处既没有眼珠也没有眼皮，只剩下两个暗窟窿。从这个窟窿里可以看到眼窝边缘的一些骨头。伤口周围的皮肤也已经发硬，有些还翻了起来。脸颊高高隆起，整副面孔就像一个很差劲的黏土面具。从它的形状根本判断不出是谁的人头。

但有一点要注意，就是双眼的上方，已经干瘪的额头上，有一个很大的窟窿，显然是枪伤。这点说明这个人头很有可能是菱川幸子的。人头上三个大窟窿，就像是三只眼的骷髅似的，十分怪异。

还有一个要注意的地方就是头部，额头弹孔的旁边用油笔写了一个数字"7"。这跟小野寺锥玉的尸体是一样的。掰开发硬的嘴唇，检查一下牙齿，却发现这颗人头的牙齿很干净，不像锥玉尸块上那样被涂黑了。我还得说明一点，就是包人头的报纸上没有锥玉尸块上的小鸟图案。

法医们也很震惊，虽然很多案件中的尸体比这个损伤要严重，但很少有这样刻意被破坏的。警察拍了很多照片，大家都表示不解。

面对损伤如此严重的人头，第一个让警察感到棘手的就是无法确定死者身份。因为没有眼睛，人脸的大半特征就消失了。现在就是菱川幸子和中丸晴美的两具尸体丢失了，从尸体的新旧程度和额头中央的弹孔来看，首先可认定是菱川。这个推断应该没错，但现在还不能马上出结论，得把它带回去跟先前在法仙寺鸡窝里发现的尸身进行比对再作确定。

如果这真是菱川的人头，那我就是跟三月三十日深夜到达此地时，隔着玻璃窗看到的那个黑发穿和服的美丽女子，以这种奇特的方式重逢了。

不仅是这个人头，倘若鸡窝里发现的尸身也是幸子的，那就是说，疯狂的凶手将尸体的头割下，又如同上文所述，脱去尸身上的和服，对尸身做了些什么，再将尸身丢在了法仙寺足立住持的鸡窝里。而人头部分，他则特意扎了一个木筏，用麻绳把人头固定好，然后放进了橘暗渠里。凶手怎么会如此的疯狂？他到底是谁？在哪里？做出这种行为的动机又是什么呢？

而且这个人头的头发和头皮还被剥去了，双眼被刀剜掉，额前写了个"7"字再用报纸包好，放到木筏上去丢掉。抛尸居然下了这么大的功夫，真是闻所未闻。

想到这里，警察们无不义愤填膺，大家完全弄不懂罪犯的动机。如果只是剜去眼睛的话，还好理解些，无非是怕有人认出尸体罢了。

不过这也有点牵强。若在明治时代我们还不好说，但从现代医学的角度来讲，想掩盖死者身份而在尸体的面部下功夫，效果最多也只有一天，通过法医鉴定很快就能确定死者身份的。况且这具尸体额头上还有一个很大的弹孔，有力地证明了死者应该是菱川幸子。所以凶手所做的一切对隐藏死者身份没有任何意义。

法医将木筏和人头都装进了小汽车里，现场勘察暂告一个段落，我也准备回龙卧亭了。刚才里美告诉我龙卧亭里已经备下了午饭。大概因为这里环境宜人，我看了那么可怕的人头，竟还有些饿。就冲这一点我也觉得自己胆子大了许多。

分别时，我跟福井询问了二宫佳世的情况。他说已经放了，应该很快会跟我联系。这就好，我道了声谢便准备走。

"石冈老师。"有人叫住了我，是田中。他没有上车，朝着我跑了过来。

"怎么了?"我等他一过来就问。他走到我身边,心里还在顾虑身后的上司。

"现在这里不方便长谈。"他说得很快,"但如果要请御手洗先生帮忙的话,就必须多给他提供一些资料吧?至少也要把详细情况告诉他。"

"这是自然。"

"事实上,鸡窝里那个尸身有些怪异。"

"啊?什么?"我立刻问道。

"现在不能说,我再给你打电话。再见。"他说着跑回了上司身边。我目送着他远去,看他挤上了小汽车,车子发动了。我也开始往回走,心想莫非鸡窝里的尸体损坏得比刚才的人头更严重?

我回到了龙卧亭,因为里美告诉我午饭已经预备好了,便直接进了大餐室,只见母女俩跟松婆正在玩积木。看到我进来,松婆立刻去厨房通报,我的午餐很快就被端了出来。里美没在餐室里。

我正独自吃着午饭,就看见犬坊育子站在门帘下面,她叫了我一声。我刚应答,她就说有我的电话。我想大概是田中打来的,赶忙跑去接。电话在里屋,放在橱子上一个白色的蕾丝垫上。墙角有一张古琴。

"喂,我是石冈。"我拿起话筒说。

"啊,石冈老师。"没想到打电话的是个女的,我突然以为是里美打来的。

"我是二宫。"电话里说,原来是佳世。

"哦哦，二宫，我刚才问福井，他说已经把你放了。你现在在哪儿？没事了吗？"

"嗯，我在贝繁车站呢。"

"啊？贝繁车站？怎么跑那儿去了？"

"警察送我来的。"

"送你去车站？"

"是。他们放了我，要我赶紧回东京，再也不要到龙卧亭去了。"

我一时不知该怎么回答，没想到事情出现这样的变化。

"可，这……你的行李还在这里呢。"

"他们把我的行李都拿来了。"

"啊？那你已经拿到行李了？"

"嗯，拿到了，在我这儿。"

"这样啊。"

"石冈老师。"佳世哀求着说。

"什么？"

"一起回东京吗？"

"哦，不……"

"一起回去吧。如果能一起回去的话，我就在这等你，附近有个咖啡馆。"

"不，不……"我语无伦次地说，"不行啊，都做这么多了。"

"求你了，老师，一起回去吧。我好害怕。警察跟我说了很多，我想赶紧回去。"

"这个，那你回去吧。"

"你不是说也想回去的吗？"

"嗯，之前是。"

"嗯，我觉得很抱歉，是我把老师带到这种地方来的。"

"没什么。这里也挺好的。"

"跟老师一起的话，我就能回去了。"

我笑了："为什么要跟我一起？你自己也能走吧？"

佳世在电话那头叹了口气："老师想留在这儿？"

"嗯，这次的案件比较特别，我想跟到最后，好好调查一下，可能的话还想写本书。"

她沉默了一会儿，我猜大概是哭了，一准是在警察那儿受了罪。不久，我估计应该能说几句了，正在考虑要怎么开口，就听到一句"我知道了"，她挂了电话。显然是生气了。我想不明白她为什么生气，总之二宫佳世就这样退出了龙卧亭事件。

第四章

1

阿通在屋里准备就寝,她躺在被褥上回想起了自己的过往。日子从来都那么艰难,直到雪子出生,才渐渐体会到一丝幸福。她看了一眼身侧,雪子正安安静静地睡着,被子盖到了她的下巴。这孩子睡着的样子真好看。怕别人说自己显摆,阿通很少夸孩子,但说实话,这孩子睡着时的确好看。

阿通老觉得自己的体质异于常人,从小就是。她幼时去别人家住宿,家家户户都有一架挂钟。挂钟上都装着很夸张的钟摆,摆动时发出滴答的响声,到了晚上声音就更加清晰。白天大家都不注意,等晚上大家睡着后,钟摆声就特别大,像要把大家都叫醒似的。无论她的卧室离挂钟有多远,她都觉得近在咫尺,钟声滴滴答答响个不停。所以她老被钟声吵得睡不着,一到晚上就郁郁寡欢。她觉得父母躺在身边就像一座小山包,又像来历不明的恶魔,吓得她整晚都不敢合眼。她要跟大人们分开睡,结果第二天单独给她铺了床,她又因为害怕一个人不敢睡。稍一打盹,就必定全身僵直,动弹不得。每每夜里惊醒，都就有说不清道不明的恐惧。她找不出原因，也不知道为什么身子无法动弹。她怕得要命却哭不出来，眼睛、嘴巴都僵住了。眼中只有黑乎乎的天花板，以及暗云一般铺展在天花板上的木头纹理。

睡前，她就目不转睛地看着天花板。那是个奇幻的世界——有大山，有洞穴，洞里还会有野猪，看得见它奇特的鼻子。有时怪物的脸被放得很大，蠢蠢欲动，像要掉到她头上来。她大声呼喊，却发不出声音。等她好不容易闭上眼睛，却又感觉怪物就在身边，有体温，有呼吸。她就这样一动不动地待了半个小时，有如在地狱里煎熬，只听见钟摆的滴答声传来，一直响一直响。响了很久很久，天就亮了。她虽感觉莫名其妙，身心却彻底放松了。

由于她每次在外住宿都会发生这种事，家人便不再带她外出，她却暗自庆幸，因为对她来说明知会失眠，还被带去亲戚家是份很痛苦的差事。然而毕竟也有不得已的时候，遇到这种情况，她便趁父母睡熟后，偷偷起来，关掉钟摆。屋里没了声音，她的不安也缓解多了。尽管到了早上大家会因为不知道时间而责怪她，她也满不在乎。钟声对她可是生死攸关的问题啊。

长大以后她也常常浑身僵直无法动弹。但只要有一条小狗或一只小猫在屋里陪着她，就没事了。跟雪子爸爸结婚后，有他的陪伴，生活一直安然无恙。可离婚后那些症状又开始频频发作。阿通并不认为自己有多少灵力,她不懂预知未来,只是常常不能动弹,还有就是经常看见鬼魂。

婚后也是如此。有时她通过公寓门上的猫眼往外看,大晚上的,她却看见外面有奇怪的东西。阿通的家在二楼,晚上走廊上不可能有人,可她坐在屋里或者躺在床上总能听见脚步声,像是有小孩光脚踩在瓷砖上。

丈夫的工作总是没有规律,常常晚归,她便只好自己先去睡,每当此时她就会听到这些声音。她怕得要命,躲在床上瑟瑟发抖。可一发抖她就会有感觉,发抖是一个先兆,就像在警告她马上就会动弹不了了一样。

糟糕,马上就要动弹不了了。阿通一想到这儿就顾不上恐惧,翻身坐起来,掀开被子,在被褥上坐一会儿。即使如此她依然坐卧不安,只得站起来,去开灯。可不知怎么又觉得不能开,于是她踉跄着向大门走去。

她听见脚步声了,啪嗒,啪嗒。她捂住耳朵,怕得想哭。可她拼命地忍,这时她听见有人在她耳边小声说话——看外边,看看外边。如果她照做就必定发生怪事,虽然早知如此,她依旧无力反抗。晕晕乎乎地就往猫眼上凑,她看向了门外——

一个白色的人影从她的眼前飘了过去。猫眼镜头让门外呈现出一种球状,这个球形世界里,白影紧贴在球面上忽左忽右地移动。外圈是静止的,一到中央就开始飞速运动。这种行为很奇怪,影子飘过后,身后就会出现一道线。即使人影不见了,依然能看见它的移动轨迹。如果人影的头在动，白线就显示头部的活动痕迹，如果是脚轻轻地走过，那白线就会显示脚步的轨迹。

人影就这样不停地在门外徘徊。而那种时间、地点是不可能有人频繁活动的。门外的水泥地虽是开放的，却也在公寓的二楼。平时都鲜少有人，晚上住户们更不可能在走廊上走动。而她眼前就像充满了幽灵的大马路一样人来人往。

她开始发抖，脚也软了，站都站不住。她瘫坐在玄关的地上，吓得哭了起来。奇怪的是一旦她哭痛快了，恐惧也就减轻了。于是她又无精打采地回到被子里，一晚上都无法入睡，精神被吓出了问题。

生完孩子后，她的精神又突然恢复正常了，极少再遇到可怕的事情。小小的孩子成了她的寄托，只要稍微感觉不妙，她就紧紧握住熟睡中孩子的手。这样她便不再害怕。作为母亲她出自本能地想去保护孩子，可她也切实地从孩子身上获得了力量。每次她握着孩子的手，就有这种感觉。一想到白天孩子可爱的模样，便不再害怕。每当此时，她总是庆幸自己有了一个孩子。

她困了，想跟孩子一起去睡。明早孩子又会早早起来。不管发生什么，孩子照样都要吃早饭的。

阿通闭上眼睛。她听到了脚步声，啪嗒，啪嗒——湿手拍打瓷砖的特殊声音。

脚步声近了。阿通强忍着恐惧，跟往常一样，在被窝里握住了孩子的手。手很温暖，可孩子一动也没动。

脚步声越来越近，条件反射似的，她又预感自己将无法动弹。

她隐隐听见有刺耳的声音，忽左忽右地在屋子里乱窜。像是鬼魂在屋里走动，把家具碰得叮当作响。她吓坏了。突然想起读书时，曾跟好朋友去纪州温泉旅行时遇到的怪事。

那是在合欢乡，她至今无法忘记。一个旧旅馆里，她走了好长的一条走廊，打开房门，里面是个放着小鞋箱的两帖大的房间，她走了进去，打开拉门，里面又有一个六帖的房间。

她跟好友并排躺在六帖的屋子里，好友很快就进入了梦乡，可她照例睡不着。一个小时过去了，两个小时过去了，她隐约听见有人走进了两帖的外屋，刹那间睡意全消。因为大门是锁着的。

她躲在被子里瑟瑟发抖，拉门关着，可脚步声一下子到了她的枕边。她赶紧拿被子蒙住头，蜷起身子，脚步声就在她周围来回走动。一会儿在枕边，一会儿在右边，一会儿在脚边，一会儿又转去了朋友那边，紧接着有人跑了起来。起先脚步声还在相邻而卧的阿通和好友周围缓缓移动，后来渐渐加快了速度，围着她们转起来。

哒哒，哒哒，像是孩子的小脚在自己跟朋友身边转圈子，很久，很久，一刻也没有停过。阿通吓得不敢动，眼泪大颗大颗地流出来。她想哭，嗓子却像被堵住了似的，哭不出声。

突然，脚步声停止了。阿通动了一下，从被子里探出头来，伸手去碰了碰熟睡的朋友，还摇了她一下。她轻轻地唤着朋友的名字，不停地摇她，叫了她好几声。

朋友的身体很暖和，却没有任何反应，好像睡得很沉。这不太对劲。阿通想搞清楚发生了什么，就用头撑住被子，朝朋友看了一眼，这一下把她吓坏了。

只见朋友瞪着双眼，死死地望着天花板。没有比那个瞬间更可怕的事了。她浑身的汗毛都立了起来，身体不停地发抖，哭得像个孩子似的。她睡不着，一个晚上都没有合眼，直哭到了天亮。

等她回过神来才发现有一只手在被子上推她。她吓得尖叫起来，这回竟然发出了声音。阿通睁开眼睛从被子的缝隙里往外看，只见屋里亮堂堂的。她正在奇怪。原来天亮了，早上了，脚步声不见了。她赶紧掀掉被子，正好看到朋友的笑脸，仿佛什么都没有发生过似的。刚才就是朋友在推她。

"早晨啦，快别睡懒觉了，起来。"朋友说，声音特别悦耳。可阿通不敢看她，她还想着昨晚那双眼睛。

她心神不宁地收拾停当走出旅馆，才慢慢恢复平静。阳光下，阿通仔细地端详着朋友。朋友问她怎么了，她便把昨晚的恐怖经历说了一遍，朋友大笑起来，说自己完全不知情。她不记得自己睁开过眼睛，一定是阿通做噩梦了。不，她说得不对。那种感觉太真实了，绝不是梦。阿通很清楚地记得自己从被缝里看到的一切，手上的触觉也很真实，绝不是梦。

别过来！阿通叫了起来，她已经从被子里钻出来了。她鼓足了勇气，孩子就睡在身边。她是母亲，有责任感也必须勇敢起来。若再躲在被窝里，过去的经历就会重演。不是浑身发僵，就是缩在被子里不敢动，哭哭啼啼直到天亮。那她这个母亲就太失职了。当她鼓起勇气坐起来，恐惧顿时烟消云散。屋里很黑，但没有什么异常。使劲儿活动活动，就什么事也没有了。

她不想再去看天花板了，于是坐了起来。这屋里的天花板有很多奇怪的纹样。白天跟孩子一起玩儿时并不觉得，一到晚上，独自待着时，木纹就开始活动起来，成了另一番景象。

她很想去检查一下大门是否锁好。鬼魂再可怕也比不上人，万一孩子出事那她也活不下去了。她要保护好孩子，为了孩子就先得保护好自己。

她每天都会小心地检查自己的门窗。现在门已经换成了板门，还挡上了撑门杆。连边上四帖的房门也牢牢插上了门闩，窗户都用旋钮锁紧了。屋里的安全措施已经做到了最好，她现在却担心撑门杆是否撑牢了。

今晚，隔壁"柏叶"里住着三个警察，他们隔壁则是二子山父子。没事的，没事的。阿通自我安慰着。可不亲自检查一下，她还是睡不着。于是她起身钻出了被子。屋里好冷啊，脚踩在榻榻米上冰冰的。她轻手轻脚地踩着榻榻米打开了拉门,走进了四帖的屋子。屋里通向两帖小屋的拉门上牢牢地插着门闩。她用手摸了摸,门闩插得很紧。没事了,她想,打算检查完就回到暖和的被窝里去。而叫她把身子又转回去的,却是通走廊的那间两帖小屋的木门,那里格外重要。

尽管无需顾虑别人,她还是很小心地取下了拉门上的门闩,把棍子轻轻放在榻榻米上,然后蹑手蹑脚地拉门开,就在她看到黑漆漆的两帖小屋时,阿通突然失去了意识。

她在那儿见到了鬼。一个阴森可怕的人正跪坐在小屋里,头上缠着白头巾,头边各插着一个小手电,更诡异的是,他脸上竟还罩着一块黑纱,叫人看不清他的面容。

事情发生得太突然,阿通完全蒙了,也顾不上细看。唯一肯定的是鬼全身黑乎乎的,跟龙尾馆三楼菱川幸子被害那间屋里的油画一模一样。上身是黑色立领学生服,腰上绑着白布带,下身一条黑裤子,因为他跪坐着,看不太清楚,似乎脚上还打着黑绑腿。鬼的右手拿着一把猎枪,枪托靠在榻榻米上,枪管冲着天花板,他的右手握在枪身上,就这么坐着。

之后的事阿通就不记得了,两扇拉门到底有没有关好她也忘了。等她醒来才发现自己又回到了被窝里,她抱着孩子,扯着嗓子拼命喊,一直喊,一直喊,整个人都疯了,无法思考。她只觉得害怕,只觉得要保护好孩子，脑子里只有这一个念头。

不知道究竟喊了多久。一阵骚乱把她拉回了现实，怀里的雪子已经醒了，正在放声大哭。"妈妈，妈妈。"孩子叫着，阿通这才回过神，意识到自己是个母亲。

"对不起，对不起，雪子。"阿通说。

"嗯，嗯。"孩子抽抽搭搭地说。我得保护好孩子，阿通想。无论如何得振作起来，这孩子就只有我这一个亲人了。

"太太。"有人在叫。阿通注意到是一个男人的声音，已经叫了好几遍，还不停地在敲木门。阿通猛地反应过来——是警察。

"啊，在。"阿通应了一声，抱着孩子站了起来。刚才的恐惧还在她脑中徘徊。她慢慢地挪向门口，脚却怎么也迈不开。她还是怕去那间屋子。

通往四帖屋子的拉门开了一半，阿通抱着孩子从当中挤了过去。外面的人还在敲门。"没事吧？太太，你没事吧？"他们仍在叫。可她不敢回答，一走近供有佛龛的二帖小屋，她就全身战栗，喊不出声。

通往二帖小屋的拉门也开着。她慢慢地靠近那道缝隙。咦，屋里没有人。一个人也没有，有的只是警察震耳欲聋的敲门声，和寂寂的黑暗。

阿通抱着雪子慢慢走进二帖的小屋，她扫视了一下四周，弯下身，并没有放下雪子，只用右手卸下了门闩。木门立刻打开了，三个穿着衬衫长裤的警察就站在走廊上。他们都没穿外套，似乎睡觉时就是这套装束。谢天谢地，阿通心想。

"怎么了？太太。没事吧？"警察纷纷询问。

"啊，没事。真不好意思。"

"到底出什么事了？"

"这个……"阿通说着转头看了看身后，实话实说，人家会信吗？可警察们都在静静地等着。

"睦雄的鬼魂刚才就坐在那里。"

警察们无言以对。

"什么？谁？你说什么？"

"睦雄就是昭和十三年连杀了三十口人的，那边三楼上画里的人……"

福井和田中没听她解释，径直进了屋。福井打开灯，包括方形的纸灯。设有佛龛的两帖小屋顿时亮了起来。紧接着他们走进四帖的房间，把这屋的灯也打开了。他们又去了最里面的六帖房间。阿通怔怔地望着他们。

两个警察转了一圈，把内外屋都检查了。铃木没有跟他们进来，他一直在走廊里站着，盯着阿通。阿通放下孩子，牵在左手里，又用右手挡了挡自己的脸。

"太太，你为什么要遮着脸？"铃木问。

"啊，没什么。"阿通说。

"没什么是什么？"

"我没化妆。"

铃木听完，轻蔑地哼了一声。

"没有人啊。"福井转回来说。

"太太，你……"福井话刚说了一半，阿通赶紧重申："不是做梦。他这里缠着头巾……"

"太太。"铃木拍了拍她的肩膀，拿手指着一样东西。阿通回头去看，原来是一张竖着靠在墙上的矮桌，冲着房间的四只桌脚朝上，一只上面搭着一块白毛巾。铃木指的就是那条毛巾。

"是不是这个？"

阿通沉默了。

"你把它当成头巾了吧？"警察们轻轻笑起来。

"大家都累了。"

"可他右手拿着枪……"阿通说，警察们默默地等着她往下说。她却说不下去了。显然警察们都不信，只等着再抓她一个错好嘲笑她。阿通觉察出了这一点。

"勃朗宁猎枪吗？不过，太太，菱川和中丸都遇害了，为什么就你没事呢？"

"我怎么会知道？难道你们希望我也被打死吗？"

"啊，好了，好了。你别这么激动。总之没事就好，你自己小心。"铃木应付了两句，就先去走廊了，另两位警察跟着也走了出去。

好什么好？他是以为我傻得分不清梦和现实才大声尖叫的？阿通被气得来了精神。这效果倒不错。

"好吧，给你们添麻烦了。"她说着将三人送了出去，自己也走到走廊上，二子山和坂出也在。他们也是听到叫声担心出事才跑来的。

"做梦，她做梦了。"果然，警察这么跟人家解释。这回阿通真生气了——那都是他们的主观臆断，警察要么这么想别人管不着，可也不该把自己的想法强加给别人吧？我是真看到鬼魂了，不是做梦。

可没有人理会阿通，他们冷冷地背过身去，一个一个往回走。他们的态度叫阿通感到人品受到了质疑，心里十分不痛快。

"把门关好。"铃木回头叮嘱了一句。这种事不用他提醒。"好。"阿通应道，关了房门，还紧紧地插上门闩。她拉开拉门，牵着雪子，进了四帖的屋里，又关上门，把这里的门闩也插牢了。

母女俩钻进冰冷的被窝，"妈妈。"雪子唤了一声。"嗯，睡觉，对不起了啊。"她说，莫非自己真的在做梦吗？

2

第二天，是2号，星期天。还没等钟声把我叫醒，我就早早地睁开了眼睛，想着趁早饭前到中庭散个步便顺着走廊往下走，恰巧就遇到了白袍黑帽的二子山父子从"百脚"出来。我平生头一次近距离见到正装打扮的神主，竟是如此威严，一时间仿佛穿越回了古代。

"早上好。"我向他们鞠了一躬，这好像不合礼数，二子山父子穿了正装也仿佛变了个人，他们恭敬地还了一礼，却没有答话。他们从我面前走过，像在宫内厅举行仪式一样，轻手轻脚地顺着走廊向龙尾馆走去。他俩在工作，我不方便上前去跟他们打听。

尽管我很想跟上他们，又怕人觉得是纯粹在看热闹而讨人嫌弃，况且我也确实只想凑凑热闹，便站在走廊上目送着他们离去，心里盘算着要做些什么。他们穿过过道，果然朝龙尾馆去了。两人一身正装的背影，着实神圣。可他们要到哪儿去呢？

这时，田中和铃木从后面的"柏叶"出来了，我正好可以问问他们。

"刚才两位神主都穿了正装，是有什么事吗？"

他们走了过来，田中说："好像昨晚这屋里闹鬼，大半夜的把我们也叫醒了，阿通大呼小叫的。"说完，田中和铃木就走了。

"啊？闹鬼？"我追上去问。

"就是菱川那个案子，三楼屋里不是有张油画吗？就是那个，那个鬼魂。"

"啊？昭和十三年一口气杀了贝繁村三十口人的那个？"

"对，说是鬼魂跟那个杀人狂一模一样，所以叫二子山父子过来驱邪。"

"真的有鬼？"

"哪有？大家都太神经过敏。"铃木快人快语道。

"那他们现在去龙尾馆干吗？"

"那里有个浴室。"田中说。走着走着，铃木就跑到前面去了，留下田中跟我在后边。

"那个浴室是……"我问，田中解释给我听："他们俩到这里来，本就是因为大家说这里闹鬼。事情传得沸沸扬扬，客人也没了，旅馆只得歇业。"

"啊。"

"传得最厉害的就是以前龙尾馆下面的浴室。"

"哦。"

"现在已经不用了。"

"那拆了吧？闹鬼的话。"

"拆没拆我不知道，刚才他们大概就是上那儿驱邪了。"

"原来如此。我能去看看吗？"

"可以吧。只要不捣乱。"

我答应了，便丢下他们往前跑，突然我又改了主意，停下来，决定先问一下老惦记的那件事。

"田中，那个菱川她，鸡窝里的尸体是不是……"

"嘘。"田中用食指按在自己唇上示意我别声张，又指了指铃木的背影张了张嘴，意思是待会儿再讲。

"人头是菱川的，而且肯定是鸡窝里那具尸体的头。"他只说了这么一句。

"是吗？"这么说，鸡窝里的尸体也是菱川的了，我谢过他，向龙尾馆跑去。

我跑到铃木前头，穿过过道上了龙尾馆的走廊，二子山父子已经不在了，走廊里静悄悄的，好像有人在弹琴。

我把身子探进厨房，看到了大个子守屋，便冲他招了招手，跟他说二子山父子穿着神主的袍子好像是去地下浴室了，我想知道去地下浴室该怎么走。

"你要去地下浴室？"他诧异地说，又补充道，"那里很脏的。"

紧接着守屋不知想起了什么，把我让进厨房，自己从在煮东西的大铝锅之间，湿漉漉的过道进到里面去。小个子藤原正在专心地搅着锅里的东西，见我进来跟我打了个招呼。

守屋站定后，他穿木屐的脚下出现了一个四方形的大洞。他指了指洞口，我低头看了看，有块黑乎乎的铁板斜斜地通下去，板上沾了好些果皮菜叶。

守屋指着洞里说："这下面就是。不方便给客人看的。"

"你们的剩菜剩饭都扔在地下？"我问。

"嗯，下面有塑料桶，附近养猪的人会定期来收。他们把车开来，停在这儿，然后打开院子里的铁板，拉出塑料桶，把垃圾都拿走。"

"哦。"

"所以这下面很臭。"

"那要从哪里下去呢？不会就是这儿吧？"

"在那儿。"守屋出了厨房,到走廊上去。他那儿有个楼梯,就是第一天晚上我们发现起火而跑上去的那个楼梯。可守屋并没有上楼,而是去了楼梯边上。这里的走廊较为宽敞,楼梯边上的空间也很大。守屋对着楼梯旁边的板壁敲敲打打,费了不少劲儿,突然一个长一点五米、宽一米的洞口就打开了。我还以为是暗门呢,吓了一跳。却是一扇推门,里面很暗但似乎点了灯。

"这儿吗?"我很意外,就问。难道之前住客们和犬坊家人都很少用这间浴室吗?每次打开那忍者屋似的暗门还这么费劲?太夸张了。此外,门非常小,门框也很低,得弯了腰才能进去。我进去一看,里面的楼梯窄得出奇。

"以前,一进门就有一个很大的楼梯可以通到地下浴室去的,但浴室和玄关都废弃了,所以大楼梯就拆了,现在只能走这里。"守屋说着先下了楼梯,下面真的有一股酸臭味。不仅仅是残羹冷炙的臭气,还有一股子霉味、湿气和灰尘的气味,总之不怎么好闻。这种地方客人是不方便去。

下去以后,我听见二子山增夫在念祈祷词。因为是浴室,所以有回音。等我们走下仄仄的楼梯,就看到一个宽敞的走廊。灰色的水泥地上散布着点点黑斑,我走着走着,就留意起这些斑点来。

"这是以前贴地毯留下来的胶水。"守屋解释道。

地下的情形很是凄惨,这里曾是当地首屈一指的龙卧亭的精髓，一旦没人使用，就这么荒凉了。我看到脱落的墙纸，东一片西一块地挂着，墙上还有不少窟窿。水泥地上散落着木屑和玻璃碴儿，走廊里木箱和纸箱一直堆到了天花板。

"浴室在这儿。"守屋说着到了前边，我跟着他在走廊里走。走廊里亮着灯，不过即使没开灯，也微微有些亮光。是走廊尽头的天花板上漏进来的地面光。看来龙胎馆的地基上设有采光孔。

"这边。"守屋停下来，指着原先的更衣室给我看，碎了的玻璃门敞开着，木地板上积满了白色的灰尘，还有几个鞋印。这里现在也堆满了纸箱，没有我想象的宽敞。龙头馆的浴室会更大一些。而且这里不分男女，大家共同使用，地方小龙头馆却很多。祈祷声越来越清晰。

"这里是男女混浴的吗？"我小声问守屋。

"不，就家里人用。"守屋答道。

我走进更衣室，看见二子山父子正并排站在昏暗的浴室中，背对着我，头微微前倾，嘴里念念有词。犬坊育子背对着我。

浴室真是仓库的首选。狭窄的空间里不但堆着纸箱，还有其他各种箱子。我不想打扰他们做事，便没有进去，所以不知道浴室里总共有多少箱子，但数量肯定不少。看来这里存放了龙卧亭经营旅馆时的所有家当。

澡堂的正面有个东西引起了我的注意。澡盆那一头有几块天然石砌成的人工山岩,上方是一个出水口,拖着一道褐色的长线。从那儿向左是一条雕刻的龙尾匍匐在巨大的墙壁上。龙尾很大,光正面一堵墙还容不下,转了个圈,又延续到了左边的墙上。

是不是因为这里叫龙尾馆,所以才放了一条龙尾?而龙头汤的龙头就正好和它相呼应。这房子的构思真是精巧啊。

"嗯,热水从那里出来,大家都说像龙尿,所以不喜欢。"守屋退回后面的走廊,表情尴尬地说,"往这边,就是刚才看到的倒泔水的地方。我们就别过去了吧。"听守屋这么说,我也闻到了臭味,同意还是不去为妙。

"还要去听祈祷吗?"守屋问。

"啊,不用了。"我说。

我们往回走,就看到前面有座豪华的大楼梯。楼梯上铺着红毯,雕龙扶手也健在,只是积满了白色的灰尘。我刚才一直没注意到这个大楼梯,便过去看了看。此处的天花板已被木板封死,所以很暗。

我们下来的那座小楼梯则在更近的一堵墙上。下面的门也没有把手,一旦封上就俨然成了墙,看不出任何门的痕迹。

"这个楼梯为什么要封掉?"我问。

"嗯,说是风水不好,加上家里常出些怪事,就更得弄掉了。"守屋说。不过,封完也好像不起作用,惨剧依旧没断过。

我们返回小楼梯，这时守屋突然想起了什么，用手指了指左边的一扇门，说："嗯，这里以前还有一个制作古琴的房间，就是旅馆里还有制琴师那会儿。有个水平很高的制琴师，不但制古琴，那个楼梯的龙形楼梯扶手也是他雕的。现在那里也封了，这扇门到底就是。"

这扇门也不是什么暗门。

"那我们上去吧，去一楼。"守屋说。我点头答应了。神主们还在祈祷。

3

周日休息的缘故吧，早餐时我见到了里美。神主父子办完了正事也都来了大餐室。里美帮着端了一会儿餐盘，之后就坐到我身边，跟我一起吃早饭。

早餐是日式旅馆常有的味噌汤、带味道的海苔、生鸡蛋和鱼。里美问我早上是不是一般都吃面包。我告诉她面包比较方便，所以经常吃，但我其实更喜欢吃米饭。里美在担心乡下的饭菜不合我的胃口，其实完全没必要。我打心里喜欢日本菜，而且这里的饭菜也很可口，烹饪的味道相当好，大概是守屋的手艺吧。

我边吃边向里美打听刚才是谁在弹琴？我好像有听到琴声。里美做了个手势像有东西卡到喉咙里了似的，叫道："我啊。"

"啊？你？你也会弹琴？"我饶有兴趣地问。里美说:"会一点儿。"

"我也想了解些古琴方面的知识,你给我讲讲,好吗?"

"嗯,我也不太懂,我妈妈知道得多一些。"

"菱川被害的那天晚上,就是三月三十日的深夜。"

"嗯。"

"那天有人弹了一首曲子,是什么?我对古琴一窍不通,不过那首曲子却有点耳熟。"

"我没听见啊,我不知道。"

"哦,那你妈妈也没听见?"

"嗯,她没说听见。"

"你爸爸听到了。"

"他不行,他不懂琴。"她讥讽地说。

"那你刚才弹的曲子叫什么?"

听到我问,里美又难为情地笑起来。

"这首叫《花舞》。我试了一下,太难了,还在练习呢。"

"传统的曲子吗?"

"不,现代的。一九八〇年创作的。对我来说还有点难,小野寺老师和菱川她们弹得很好。"

"你跟她们学的?"

"不是,我跟我妈学的。"

"哦,你妈妈。你刚才那首我没听过,可那天晚上,菱川弹的曲子我总觉很熟悉。"听我这么说,里美突然抬起头，想起了什么似的："是不是一首古典曲？"

"哦，对，好像是。"

"是不是这样的？"里美哼起了一个旋律。我差点跳了起来："对，对，就是这个。"

"巴赫的《G弦上的咏叹调》。"

"哦，对啊。"我拍了一下大腿，没想到是这首曲子。

"古琴也能演奏这种乐曲啊。真没想到。"

"只有生田派的才会。生田派中也只有小野寺老师这一门才会演奏古典乐曲。很少有人弹的。其他流派都不弹。不过，这倒也怪了……"

"什么？"

"菱川说她喜欢这首《G弦上的咏叹调》，但不愿意弹。弹这首曲子需要十七弦琴，要用到低音。她那天晚上怎么会用十三弦的琴来弹呢？"

我不作声，想听她继续往下说。但她不说了。我缺乏古琴方面的知识，不太理解里美的意思，所以也提不出什么问题。饭后里美问我要不要看她的琴，她发现我好像挺感兴趣。我说那当然好。对自己不熟悉的领域我总带着点门外汉的好奇。

里美的房间在龙尾馆二楼。我跟她上了楼，被请进了一扇深褐色的西式屋门里。这是一间刷着白泥墙的六帖榻榻米房子，房间中央铺着一块波斯地毯。屋里有带椅子的书桌，柜子上摆满了公仔。窗户上挂着带褶边的白窗帘，柜子里装不下的衣服都用衣架靠墙挂了一排。一看就知道是少女的闺房。回想起来，我从青少年时起就不曾进过单身女孩的房间。因为我二十几岁时就结识了御手洗那个半疯子，拜他所赐我至今都还没结婚。如今我终于摆脱了他，却也已经步入了中年。

里美的古琴放在屋角的榻榻米上，对面书架上则摆着许多古琴方面的书籍。

"这就是古琴啊。我第一次见。没想到这么大，有一人高啊。"我蹲在古琴前说。

"嗯，这是京都式的，长一百九十一厘米。"

"你是说这个，那还有其他尺寸？"

"是的。古琴种类很多。按流派来分主要是山田派和生田派两个。山田派的古琴从江户时代起就一直使用六尺长的。而生田派的古琴在每个地区尺寸都不一样。在京都就是六尺三寸，大阪则是五尺八寸。我这个是京都的。不过现在大都统一使用山田派的尺寸。我是过去请匠人自制的。"

"哦。可为什么尺寸会不一样呢？"

"大概是跟榻榻米的尺寸有关吧。榻榻米不是分京间和江户间吗？我听说还有按集体住宅大小制的，比普通琴小很多，不过我没见过。"

"哦。那你弹一下我听听。"

"啊？现在吗？"

"嗯。"

"弹琴要看心情的。"里美说着站起来,从书架上拿了一本写着很多数字的琴谱,"那就弹这个吧。"琴谱上写着《六段》。里美不知又从哪里取出了义甲,在手指上舔了舔,装了上去。"那我就弹一段吧。"她说着,表情严肃地弹了一曲。曲子很短,大概只是整首里的一段。我对有人当场演奏古琴感到很新鲜。我现场聆听过钢琴、吉他的演奏,古琴却是头一次。

一曲奏毕,我立刻鼓起掌,跟她谈了我的感受:"真不错,弹得真好。感觉像在过年。古琴真是个宝贝。"

我暗自思忖,倘若我也有个会弹古琴的妻子,只要我想听她就能随时为我演奏,这样的日子该多美啊。

"不,我还差得远呢。菱川弹得才好。"

"你也弹得不错。"我赞道。我总是很尊敬有才艺的人。里美弹完琴,要卸义甲。

"这是什么材质的?"

"义甲吗?象牙的。义甲都得用象牙的。"

"那琴呢?"

"琴是梧桐木的。"

"琴也都得是梧桐木?"

"原则上是这样。有些练习用琴比较便宜,材质也不相同,不过我不是很清楚。古琴的价格相差很多的。"

"你这个很高级吧?"我问。

"你为什么这么说?"

"你看你琴上的装饰,多漂亮啊。"

"嗯,是,我这把还算不错。不过高级的琴就更厉害了,像这边上都会有装饰。"

"我听说龙胎馆各个客房的名称都是以古琴的各个部分来命名的?"

"是的。要我给你解释一下吗?"

"好啊。"

"一把古琴,这里是头,这里是尾。头尾都有么一个小脚撑着。"

"这个脚就是'百脚'?"

"不是,头部的叫'上足',也叫'猫足'。'百脚'指的是尾部的这个。因为尾部较头部高,所以也叫'下足'。那这边这块布就叫'尾布',这是'柏叶''云角'。琴的表面叫'甲',两侧就叫'矶',背面就叫'里板'。"里美指着琴上支撑着弦的,相当于吉他颈部前面撑着弦的塑料部分,说是"云角",指着琴最边上的那部分叫"柏叶"。

"我住的房间叫'莳绘'。"

"那就是比我这把更高级的琴才会有的。在矶部采用金银莳绘,或者龟甲、螺钿来装饰,它们就叫'莳绘'。"

"哦。"

"然后这根线,当然就叫'弦'啦。现在大部分弦都是尼龙的,以前听说用的是丝。不过我妈妈说丝线很容易抻开，还容易断，高音很不好弹。所以现在都改用尼龙了。撑着弦的这一根根小棍子就叫'柱'。我们的义甲很少有塑料的，但这个'柱'现在基本上都是塑料的。过去它也是象牙的。还有这个头部的顶端叫'龙额'。这个类似吉他的琴码的部分叫'龙角'。这里是头，这里是尾。一把琴就像一条龙，所以才这么取名。"

"那弦怎么固定？"

"是在琴内部固定的，从这里把手伸进去……"里美把琴的矶朝下立着，这样里板的上、下就正好有两个孔，都可以伸进一只手。

"这个叫'音穴'，从这里把手伸进去就可以从里面把琴弦固定住。"

"琴弦都是自己换的吗？"

"不，要找专门的琴行。"

"哦，原来琴的内部是空的啊。"

"是的，所以才能在里面产生共鸣。"

"菊婆房里也有把很特殊的琴吧。"

"啊，那完全是另一种琴，叫'百济琴'或者'箜篌'。古琴都起源于古代亚述帝国的竖琴，听说那把就保留了古代的原型。现在只有正仓院收藏着复原模型。过去我们这儿有个名叫樽元纯夫的制琴师，那把就是他照着正仓院百济琴的照片仿造的。"

"这么说，那有好几把喽？"

"嗯，有三把吧。"

"哇，这么厉害。你们家果然是一个古琴博物馆。那位樽元师傅现在在哪儿？去世了？"

"我不知道。他很老了。我听说他太太生病了，他回荒坂岭仙人山那边的老家去了。其他我就不知道了，可能去世了吧。"

后来我们结伴去了贝繁村。里美抱着两个坐垫，我们一起走在晴朗的乡间小路上，很快就到了贝繁银座。那里还挺热闹的。

我头天晚上刚到此地时，曾走过这条路，白天的景象跟夜里太不相同了。不但有很多本地的五金店、食材店，还有紧靠着零食铺的精致洋装店，另外还有东京已经不多见的帽子店。里美说这里原属于西贝繁村，不过现在东西两村都发展了，村与村的界限也就消失了。

"偕乐座"地处闹市，位于土地庙往左拐的一条马路边上。电影院的地基是一排矮矮的石墙，门前的马路很窄，路那头就是水田。听说到了六七月份，坐在电影院里就能听见田里蛙鸣。要是御手洗看到了一定会非常喜欢。

看上去电影院像是由大粮仓改建的，也可能当地的工人没见过其他电影院，所以盖房子时很自然地就把它建成了粮仓的模样。无论是屋上的瓦片、白色的墙壁还是围着墙壁下部的那一圈格子纹样，整个电影院的外观就是一个粮仓。在这种地方放电影，而且还是外国电影，反差这么大倒叫人倍觉欣喜了。

电影院没有专门的售票处，进门就有一个大婶坐在小板凳上看女性周刊。她一见到里美，就打了个招呼，显然是认识。我付了票钱，上了二楼。

楼梯还是那种一走就会发出声响的木制楼梯。我老感觉自己上的是粮仓的二楼，左右墙上都刷着泥灰，除了粮仓我再想不出还有什么别的所在。楼上正如里美说的那样，是一个昏暗的榻榻米房间。屋子很大，跟里美家的大餐室差不多。里美好像算准了时间，银幕上正在放映贝繁馒头、被褥店、墓碑之类的广告片。全是静止的幻灯片，加上土语解说，以及嘈杂的背景音，报着一个个商品的名称，四五个老人已经在榻榻米上打起了盹，没有人在听。我也觉得广告太无聊，不过座位很空。

我们走到最前排，从里美手上接过坐垫铺上后我盘腿坐下，将手搭在前面的扶手上紧紧盯着银幕。我朝一楼看了看，一楼都是普通的座椅。里美在我身边歪着坐了下来，她带了个小包，在包里翻了几下，掏出了糖果，递给我一颗。

《四个婚礼和一个葬礼》竟然是一部英国电影，除了美国电影以外，我大概自《007》之后就很少看英国片了，况且这还是一部喜剧。要不是有人邀请，我自己肯定不会想看的。

不过我还是被打动了。电影拍得很好，我好久都没看过这么高水平又轻松的英国电影了。等我看到最先出场的那个快乐的小胡子苏格兰人 Gareth 在朋友的婚礼上摔倒了，同住的年轻人马修，为他在葬礼上朗诵了一首奥登的诗，不禁热泪盈眶。虽然我之前并不怎么期待，看完后依旧非常感动。当看到男主角在婚礼上打倒了新娘，我也忍不住笑出了声。

出了电影院，里美依然蹦蹦跳跳地朝前走，叽叽喳喳地讲着电影里的英国风光。我们聊着聊着，就进了之前说起过的那家名为浪漫的咖啡馆。咖啡馆比我想象的要漂亮，上了年纪的老板娘正坐在座位上织毛线，一见我们进去，就叫出了里美的名字。

"这是从东京来的小说家。"里美把我介绍给她。我说自己来自横滨，她都没记住。我鞠了个躬，老板娘微笑着回了礼。她大约七十岁的样子，长相十分高贵。我看了看菜单，果然有里美说的黄豆粉年糕。我点了一份当作午餐。

等菜的时候，又进来了三个年轻农民。餐桌上放着菜单，青年却叫嚷着："来个柠檬碳。"我问里美："柠檬碳是什么？"里美难为情地低声说："就是柠檬碳酸水。"

我吃着安倍川年糕，简单地聊了聊对电影的感想。我虽是世人所谓的作家，却不太善于谈观后感，通常都是一个"好"字了事。这次我也说"好"，结果，里美说她也这么觉得。得知东京的小说家竟也喜欢自己推荐的电影，里美有些喜出望外。而我则感谢她邀请我见识了女孩子的内心世界。听里美的口气，她们这些女孩子都觉得这部片子值得一看。

"老师您跟刚才电影里的休·格兰特有点像。"里美说。我意外地"啊?"了一声，我丝毫不觉得我们有相似之处。休·格兰特是影片里的男主角，长得也很帅。我就是一个普通日本人，怎么会像?

"哦哦，就是那个长着鸭脸的人啊。"影片中他的女友们都这么称呼他，我也学着电影里的语气说。说我像电影的男主角，我还怪不好意思的。

"嗯，我不是说你们长得像，是感觉比较像，都是笑眯眯的，还很直率。"里美说。

"是吗?"

"您生气了?"

"没啊。我们这么熟了。"我说，其实是我跟她很熟了。

咖啡馆跟电影院也没什么区别，只是窗外就是田野，挺特别的。远处还能看见苇川。

"我真没想到会有一个人头放在木筏上漂过来。"我突然记起了那件事。

"我也是。"里美也说。案子弄得好像桃太郎的故事。难道凶手在玩黑色幽默?

"真的是菱川的头呢。"

"是啊。你对这个案子怎么看?给我讲讲吧。"我问。里美怔了一下,说:"我才念高中,搞不太清楚,可能就是报应吧。"

"报应?"

"嗯,我妈妈他们老这么说。关了旅馆,报应也还不放过我们。再这么下去,我们就非得搬出村里了。我爸也说是人家跟我们有深仇大恨呢。"

"哦。"我不知该怎么去接她的话。

"村子里的人罪孽都很深。"里美口气跟个大人似的。

"什么罪孽?"我问。我真的一无所知。总听大家说什么罪孽、报应的,具体指的是什么呢?

"嗯,我不能说。"里美说。我又弄不懂了,她嘴里说的不是"不知道"而是"不能说"。

"可如果事情解决了,你们是不是就不用搬出村子了?"我换了个话题。

"可大家应该很快就不会再来我们家了。中丸死了,仓田很快也要回去。然后藤原跟守屋也会走。自打留金走了,家里的工人一个一个都跑了。之前那个樽元师傅走了以后,不,是秀市爷爷死了以后吧,我们家情况就越来越糟,眼看就支撑不下去了。"

我赶紧追问,有个人名我以前没听说过:"你刚才说什么?留金?"

"嗯,嗯,留金。"

"是谁?"

"我家的员工。"里美满不在乎地说。

"怎么?还有这个人啊?"

"嗯。"

"他什么时候走的?"

"今年二月吧。他跟行秀哥一起帮家里做些杂活还有木工什么的。以前开旅馆的时候,我们家有很多工人,一大堆女服务员。"

"那什么……他二月份走的?"

"是。"

"突然就走了?"

"是啊。"

"你们家员工辞职时,都这样不打招呼吗?女服务员也是?"

"没有,大家都会打招呼,等空下来再走的。"

"就留金一声不吭地突然走了?"

"嗯,我们也是头一回碰到这事。"

她怎么不早点告诉我?这不就是一个最大的嫌犯吗?田中他们也跟我隐瞒了。

"这个留金是什么人?他跟你家结过怨?"我说着,渐渐看出了这些案件的动机。之前之所以找不到头绪,是因为我们把精力都集中在寻找菱川幸子、小野寺锥玉以及中丸晴美的仇家身上了。凶手其实并非跟她们有什么过节,他的目的是希望通过这一系列案件将犬坊家整垮。这才是事情的真相。

不过，我觉得这种可能性真的很大。这样做比直接杀掉犬坊一家更让凶手觉得解恨。由于凶手对犬坊家的仇恨异乎寻常，我们才忽略了之前的被害者其实只是无辜的受害者。

无论如何，如果作案动机来自对犬坊家的恨，且留金就是凶手的话，那他与犬坊家一定有解不开的怨恨。

"留金人很好啊。"里美一句话就砸碎了我的推断。

"他多大年纪？"

"五十多了吧。在我们家已经待了二十多年了，个子矮矮的，性格很温和，手还非常巧。"

"他没跟你家结过怨？"

"怎么可能？他不是那样的人。我小时候他常带我玩，对我们一直很感恩。我妈送了他好多东西，对他也很好。所以他对我们家的活计总是格外用心。听说他母亲生病时，他手头缺钱，我们还帮他付了医药费，后来还帮他平了一些债。"

"哦。"

"所以他老说我妈妈是观音菩萨。他绝不会恨我们的。"

"哦。"如果真是这样，那我就猜错了。只是他为什么突然不辞而别了呢？

"那个留金是哪里人？"

"荒坂岭那儿的。就是樽元老家那边，跟樽元家挺近的。"

"是吗?"我沉思起来。这事还真怪。被害人的死状都那么可怕。不知道是怎么遇害的,也找不到凶手。最后又只能回到原先的猜想,还是该认为是昭和十三年的睦雄亡魂复活的缘故吗?

"里美,你知道为什么小野寺和菱川的尸体额头上都有一个数字7吗?"

"不知道。"里美说,"我爸爸妈妈说他们也不知道。"

"哦。"我又沉思起来,说这些也没什么用吧,我也一点找不着头绪。我想了一会儿,还是没有结论,便又问:"里美啊,如果这次的案子破了,那你们家的情况就会改善吗?"

"那当然啦。"里美回答得非常干脆。

"还真是的啊。"我说。如果真这样那我就打算给御手洗写封信试试看了。

4

回到龙卧亭,在过道跟里美分手后,我便横穿过去,登上了通往中庭的石阶。午饭时间早就过了,里美已经交代守屋不用准备我们的午饭,也就无需再另打招呼了。中午在咖啡馆用安倍川年糕打发过去,不再另吃午饭,那晚饭就会吃得更香了。

我思忖着,今天是周日,警察们都在做些什么呢?早饭时见过他们,他们现在会不会还在屋里?可刚才我们进门时,并没看到他们的小汽车。

一上到中庭,我就看到了坂出的背影。我叫了他一声,他听见后立刻转过身来,表情惊讶地告诉我刚才有我的电话。我问他是谁来的,他说是田中他们。他说今天是周日,几位刑警打算回冈山家里休息。我心想那暂时还抓不到凶手,坂出说刚才是育子帮我接的电话,我便去龙尾馆找了里美的母亲。我在走廊里转来转去,终于在放电话的里屋座席上看到了正在读书的育子。

我说,听说田中给我打过电话。她说,今天只有田中留在了贝繁村的派出所,他让我有空去个电话。这可太好了。育子说她把电话号码放在柜子上了,我赶紧借了电话就打了去。我本还有点在意身边有人,可育子早就知趣地起身出了屋子。

电话是直线,一接通我就听见了田中低沉的声音。

"我是石冈。田中吗?"

"是我。"他说。

"不好意思,我刚才出去了。"我说。

"没关系。你有什么新发现吗?"听他这么问,我有点想挖苦他几句,就说:"你知道有个叫留金的人吗?"田中没有回答,原来他真的瞒着我。"他原先是龙卧亭的员工,今年二月不打招呼就走了。"

"嗯,是的。"田中应了一句。

"你怎么不早告诉我?他这样不是最有嫌疑吗?"

田中想必苦笑了一下:"其实也没想瞒你。我跟你说，刚开始我们也以为他的嫌疑最大，对他进行过调查，不，现在也仍在查。我们还去了荒坂岭他家，可他家是空的。"

"空的？"我有点震惊。

"总之，这个案子的动机不够明确。"田中忽然就切中了要点，"没有人同时具备杀害小野寺、菱川和中丸的动机。"

这话没错。虽然找不到动机，但凶手还是把菱川和中丸的尸体偷走了，并对菱川的人头做了破坏。"那你有什么情况要告诉我吗？"我说。

"你身边还有其他人吗？"

"没有，就我一个。"我说。田中语气郑重起来："听着，石冈，我下面要说的，只是我的个人观点。我相信告诉你，一定能有助于破案。但请你务必保密。如果透露给其他相关人员，妨碍了今后的调查，我就得负全部责任。"

"嗯，好的。我明白，我能理解。"我说。

"其实，我们在把鸡窝里菱川的尸体拉回去检查之后，发现事情很严重。"

"很严重？"

田中夸张的言辞激发了我的注意力，我不由得探出身去。

"是的。我没撒谎，事情非常严重。也许我们得推翻调查全部重来。我们之前的调查方向好像全都错了。

看来凶手并非因为跟死者有仇,才制造了一连串惨案。我们都高估了凶手。"

"什么意思?"

"下面我要说的事,很容易叫媒体闻风而至,所以我要求你必须保密。"田中又一次重申,"鸡窝里的尸体是菱川的,这是血型鉴定的结果。但我们带走尸体,脱下外衣后才发现尸体竟然一丝不挂。"我猜得果然没错。

"死者身上只穿了一件和服,除此之外什么也没有。"听到这里,我的脑子飞快地旋转起来,会不会是奸尸?我知道有些男人有这种癖好。

"而且,菱川幸子的生殖器不见了。"

"啊?"我的脑子嗡的一下,田中的话完全超出了我的想象。

"菱川的生殖器被剜掉了。"我惊得无言以对,浑身都在打颤,只能默默往下听。"尸体生殖器的部位整个成了大窟窿。"我吓坏了。"不仅如此,菱川的两个乳房也不见了。石冈老师,你在听吗?"

"啊?嗯,嗯,在。"我感觉自己全身是汗。这么看来的确得改变思路了。

"也就是说菱川身上的女性特征都被销毁了。"

这时我突然感觉这次的案件没法成书了,尤其不能让女性读者阅读,这简直就是变态读物。

"说实话,这倒让我看到了调查的方向。留金嫌疑太大了。他是一个五十岁的男性,由母亲一手带大,至今未婚。有点像大久保清的案例。而龙卧亭里常有学习古琴的师徒来投宿，年轻的徒弟都是清一色的漂亮女人。留金作为龙卧亭的员工长期生活在这里，不管是菱川还是小野寺、中丸，他都见过很多次。所以对她们发生兴趣也在所难免，况且她们都相当漂亮。"

原来如此。怪不得被害的全部都是女性。这个动机真无聊。

"所以呢，看到菱川尸体后我们就摸到了头绪，这个案件没必要再麻烦御手洗了，今后也不会再给您添麻烦。万一让一般机构得到了风声，警察就要承担风险。您懂我的意思吗？"

"明白。"

"不过呢，我是这么想的。倘若我们能顺利地抓到留金八十次，嗯，他名叫八十次，向他询问死者头上的数字7、杀害菱川的方法、杀死中丸的手法什么的，让他逐一交代可能会很费事。为了节约时间，到时我们还想请你帮点小忙。"

"哦哦，这样啊。"我叹了口气，不知道该说些什么，便不再开口。

"我刚才说的就是我们目前掌握的情况，您那边怎么样？"

"啊，我太震惊了，没想到世界上竟真有这种人。"

或者说，真正的警察办案就是如此吧。真实情况他们一般是不往外透露的。

随着情绪渐渐平复，有一件事把我搞糊涂了。当时我也说不清为什么我会有那种想法。

"那个，留金八十次很聪明吗？"

"不，脑子很笨。整天傻笑，所以大家才都一致假设他对漂亮女性有变态的想法。"这倒很符合日本警察的办案特点，而且它们大多也能站得住脚。我感谢他提供的情报，可说实话，我还是不愿意站在他们一边。

"嗯，这点我理解。只是他那么笨，能想出那么巧妙的办法，杀了菱川和中丸？他的作案手法，连警察也想不到呢。"我这话说到了他的痛处，田中沉吟了片刻："嗯，是啊。可不是有种说法叫傻瓜也有一时聪明吗？或者只是碰巧了。"

"可他还造了木筏，把人头装上去，让它顺水漂走，又在死者头上写了个数字7。这怎么解释？如此游刃有余，不符合他的人设啊。"

"嗯，是啊。"田中没有竭力反驳。

"不过，聪明人会把尸体放在鸡窝里吗？对了，鸡窝的门上有没有发现指纹？"

"没有。"

"那脚印呢？"

"没采到。"

"嗯，不过，钟声间隔的问题现在可以解决了。"我脱口而出。如果留金是凶手的话，他在龙卧亭待了那么长时间，应该长年都听得见钟声，知道除了周末，每天早晚六点都会有人撞钟。

"什么?"田中问。

"哦,我是说枪声的事。当然只是我个人的想法,我觉得枪声是跟钟声同时响起的,所以案发时我们都没听到枪响。"

"哦,是啊,这有可能。"

"如果有人要故意用这种方法掩盖枪声的话,那他必定很了解钟声的间隔。这一点留金很符合要求。"

"嗯,对。可凶手就算踩着钟声开枪,也从没有过目击证人啊,这个问题还没解决。另外屋子前面就是石墙,远距离射击根本办不到。"

"是啊。"我也同意。

"从这点看来,凶手绝对不笨。"田中听我这么说,又沉吟起来。

我挂上电话,又一次向中庭走去,这回我看到坂出正和厨师守屋一起并排坐在沿着花坛铺就的石头上。他们见我走来一起抬起头,向我欠了欠身,站了起来。我见他们过来,也迎了过去。

"跟田中联系了吗?"坂出问。

"是啊。"

"说了些什么?"他这么问叫我很为难。

"我不知道大家知不知道,我有一个很古怪的朋友名叫御手洗,他现在在国外。他挺擅长破案的,所以田中问我能不能帮忙找他聊聊。还有就是……"我思索了几秒钟，觉得那件事大家应该都清楚，便开口道："还有就是留金十八次。"

"留金啊。"守屋说。

"听说他以前在这里工作，今年二月走了？"听见我问，守屋点了点头。

"公平一点说，他也不能排除嫌疑。他人怎么样？不会是对年轻女性没兴趣吧？"

"不，他不会。"守屋说，"他对年轻女性不感兴趣。"

"不感兴趣？"

"是的。"

"他喜欢男人？"坂出问。

"没有，我说的是年轻女性。他喜欢老女人。"守屋说，"还有啊，要是我就不会怀疑他。他就像个活菩萨，一男怎么骂他都不还口。而且他脑子也不灵光，就是人很好，干活也可以，没有大家说得那么笨。"

"这可怎么办呢？这次的案子找不出凶手了。"我说。守屋不说话了，看他的样子不像　无所知，更像有话要说但他的立场又不方便。

"我听说昨天在苇川河上发现了菱川的人头，你能不能跟我详细讲一讲？"坂出问。我感觉透露两句问题应该不大，就原原本本地讲了一遍。两人听后全都目瞪口呆，哑口无言。如果我再接着介绍尸体的损坏程度，那还不知道会出现什么后果呢。

"首先我敢说，"守屋开口了，"木筏绝不是留金做的。"

"是吗？"坂出说。

"留金的木工活儿做得很好。钉子敲得相当有水平。而且用电线来绑树枝，这也很奇怪，别说留金了，就是一般人都知道要用铁丝的。电线不便于捆扎。"

"对，对，电线太硬了。"坂出也说。

"不过，为什么要剜掉人家的眼睛，剥掉头皮呢？"他俩也跟警察当时一样觉得费解。

"而且放到木筏上去的理由也很难理解。"我说。这时我暗自思考起来。我已得知了案件调查中的机密，串起各个细节，那凶手从菱川身上取走的就是——从上至下，依次为头发、双眼、两只耳朵、一对乳房和生殖器上的肉。

这几样全是菱川最具女性特征的部分。细想一下也不难理解。虽说有点猥琐，但如果凶手跟菱川有恋爱关系的话，这些部位他必定都会爱抚。万一凶手发疯地爱着菱川，出于眷恋而做出这种疯狂举动也未尝不能解释。只是他把人头放在木筏上漂，这一点说不通。

"这个凶手跟杀死小野寺的是同一个人吗？"坂出说。是啊，这个问题也没有解决。如果凶手是因为爱而杀死了菱川，那他只需要杀菱川一个人，为什么还要杀了小野寺？

"小野寺被害时，牙齿被全部涂成了黑色，包尸块的报纸上还画了鸟。这次包人头的报纸上却什么也没有，对吗？"

"嗯，没有画。"我说。

"小野寺那个是不是黑齿妆？"守屋说，"小野寺是被化了黑齿妆。"

"为什么？"坂出问。

"我不知道，不过黑齿妆是古代将军家夫人的妆容。"

"还有就是模仿这种妆容的吉原妓女。"坂出说。

"妓女？莫非这是妓女的宣传手段？"我说，"比方说是为了向世人宣告他们俩之间的关系。"

"不过一般很少会有人知道妓女化黑齿妆吧。"坂出说。

"嗯，是啊。"守屋也附和道。

"那还有个问题，"我说，"小野寺和菱川的头上都写了个数字7。"

"对啊。"他们俩异口同声地说。

"菱川的脑门上有个很大的弹孔，很难往上面写字。可凶手还是硬在弹孔边上写了。所以这个数字对凶手一定具有特殊的含义。它到底代表什么呢？"

"应该有不少考虑。"守屋说。大概他长年生活在馆里，对这次的案件有许多想法。另外他其实十分聪明。当然这一点坂出也一样。

"会不是在提示些什么？"

"提示？提示什么？"

"比如说人数。他要杀七个人，现在才杀了三个。"

"你有什么根据？"

"没有，你要这么问那我就不知道了。"

"这一连串的案件，受害者都是女性。"我插嘴道，"所以也可以认为是凶手对女性抱着某种变态的仇恨。"我随口把警察们所倾向的观点提了出来。然而，如果照这个观点出发，守屋所说的杀人数目就讲不通了，变态杀人怎么可能冷静到事先把杀人数目讲出来呢？

"不，我觉得不是这样。"守屋紧接着说，他有这种想法我也能理解，他还不知道菱川的尸体被猥亵过。我向田中保证过要严守机密，所以现在还不能说。于是我换了个说法："这次的案件真的是扑朔迷离。我的意思不是说案件本身，是对案件的分析。有人认为它是变态性犯罪，也有像守屋那样觉得它是有计划的高智商犯罪。还有人认为它跟昭和十三年睦雄鬼魂复活有关。究竟哪种观点才是正确的呢？"

"嗯，是啊。关键是我们还不知道凶手为什么要杀人。也就是杀人动机还没有找到。凶手犯罪的原因我们还不清楚。"坂出说。

"我不觉得会有人对小野寺、菱川、中丸怀恨在心，非杀死她们不可。当然只要是人，总有我们不了解的。但光看警察的举动，也没什么异常，他们一定也做了这方面的调查，总之就是没查出结果。而且跟她们三个比起来，我反而更招人怨恨呢。"

"坂出是有战争方面的原因吧。我肯定是清白的。"守屋说。

"反正现在遇害的三个人都是女性，凶手到底在想些什么呢？还有没有其他意图？"

"对犬坊家的怨恨。"我试探着说。

"那他肯定要杀犬坊夫妇或者里美嘛。"坂出说，我吓了一跳，里美会被杀？

"不过真搞不懂。凶手为什么要搞得这么复杂？抛尸方法又这么奇怪呢？"守屋说话时，我看见行秀正呆呆地站在中庭对面，龙腋那边。他依旧谁也不理，一个人从小路上走过去，登上了通往龙头馆的石阶。守屋一直盯着他。

"对了，龙头汤那里的温泉是冷的吧，重新烧了？"坂出问。

"是重新烧的。"守屋收回了视线说。

"原来是冷水。"

"不，不完全是冷水，就是比较温，得重新烧一下，不过燃料费比普通澡堂少多了，毕竟不是从冷水开始烧的嘛。"

"烧柴火吗？"

"以前是的，现在用的是煤气罐。行秀现在大概就是去烧水，点火的。"守屋说，他目送着行秀的背影。

5

这天傍晚，晚饭之前，我看时间尚早，就去了龙尾馆。因为我写作写累了，加上太阳下山后屋里光线变暗影响了视力，便打算找里美要一盏台灯。当我从厨房门口经过时，听到有个男人在叫我。我停下脚步，转身一看，大个子的守屋正在厨房里向我张望。

"什么事？"我问。他走上前来，凑近我，低低地说："藤原不见了。"

"藤原？"我一惊，觉得很意外。

"嗯，这还是第一次。以前虽也突然跑出去过，可从来没有耽误过准备晚饭。所以这次我有点担心。"守屋沉着一张脸，而我还没有感觉到严重性，总觉得女性更令人担忧，藤原是个男的，应该出不了什么大事。之前几个案子的被害者都是女性，我受到田中他们的影响，也认为性犯罪的可能性大些。

"我有点不放心，预感要出事。"守屋说。

"可他是男的啊。"我说。

"可那个凶手太可怕了。警察不是也觉得很棘手？暴力、凶残、高智商，太可怕了。我不能不担心啊。"

"藤原是本地人吗？"

"不，他是世能尾那儿的，深山里面。"

"他会不会回家去了？"

"这不可能。他们那儿公交车都不通，轻易回不去的。就算要回去，村里也有他的亲戚，他要去一定会跟我说的啊。"

"他有没有跟你吵过嘴?"

"从来没有过。不但没跟我吵过,就是跟惠里子他们,也从来没吵过。没理由不告而别的。"

"哦。"

"那就再等等看,一会儿要是再不回来,你就赶紧跟田中联系一下吧。"

守屋的脸青青的,都是刮完胡子留的印记,一对大圆眼睛,睁得大大的,看得出他十分担忧。我答应了他。

晚饭时,我跟二子山一茂坐在一起。他执行公务时,戴着乌纱帽,叫人很不好亲近,一到吃饭时间,就成了很容易交谈的对象。他跟我讲了常常被人请去驱邪的事情。

"比方说,有这么一件事。一对农村夫妇,是两个老人。丈夫外面有个相好的,他老婆生病在家,危在旦夕。于是老婆在病床上诅咒说,就算她死也不让外头的相好进门。说着说着她就咽气了。但是丈夫还是很快就把相好的接进了门。结果就出事了。"

"出什么事了?"

"就是他老婆的亡魂啊。只要丈夫去下地,留相好的一个人在家,他老婆的亡魂就会出现。"

"哦。"

"听说经常是出现在浴室。丈夫下地后,老婆一个人在家,前妻的亡魂就从浴室里跑出来,渐渐地,老婆就有些神经质。我跟父亲就去帮他们驱邪，努力说服前妻的亡魂，叫新媳妇也一起忏悔，以后亡魂才不再出来作祟。"

"哦，驱鬼，日本式的。"

"嗯，差不多。"

"那危不危险？会不会被鬼魂缠住？"

"也有吧。不过我目前还没听说过。"

"那你们神主要做这方面的训练吗？"

"也没有什么专门训练。"

晚饭后我再次询问了守屋，果然藤原还是没有回来。于是，我给田中打了电话，田中很快就接了。我告诉他藤原失踪了，田中也语带讥讽地说："藤原？会不会是回家了？还是到哪个女人那里去了？"失踪的是个男的，大家都不怎么当回事。

"反正我今晚在这里值班，有事你随时打电话给我，我马上过去。明天下午，我们三个就一起过去。"我感觉他并不认真，便就凶手可能是个愚蠢的性变态一事又跟他聊了一会儿。我问他，如果之前的假设成立，凶手在两具尸体的脑门上留下数字7，是在向警察挑衅的话，那这种冷静的态度是否跟凶手的智商相矛盾呢？可他说："我们虽然不会硬把留金当作凶手，但如果不考虑旅馆外部人员作案的话，事情可就难办了。分析这三起案子，大家都有不在场证据。当然，菱川案发生时，不在场证据还不够充分，毕竟发生在那种时间。或者该说只有石冈老师你和犬坊一男,以及阿通母女肯定没有嫌疑,而其他人当时都独自在屋里睡觉,或者正准备睡觉。"

"嗯,是这么回事。"

"而中丸那次就完全相反,可以说所有人都在。像你,石冈老师和二宫都在外面,行秀嘛,也有好几个人看见他在撞钟,守屋、藤原和仓田三个人都在厨房。二子山父子在自己屋里,坂出去了警察局……"

"是。犬坊一男和育子夫妇,还有里美和松婆都在龙尾馆的里屋里,菊婆行动不便,眼睛也看不见。所以会是谁杀了中丸呢?"

"嗯,是呀。"事实确实如此。

"小野寺锥玉那次也差不多,只是那次的遇害比较难确定,假设是发生在傍晚六点至六点半之间,那当时二子山父子和坂出都站在走廊里,里美、守屋、藤原、仓田、中丸和菱川也都集中在厨房或者客厅,以及来去这些地方的途中,因为当时他们在收拾茶碗,女人们穿梭于厨房和客厅之间。犬坊一男和松婆一直在里屋,行秀照例去撞钟,所以凶手不可能在他们当中。"

"嗯,是,应该是这样的。不过我有个比较冒昧的问题,那位菊婆真的不能活动,眼睛也看不见吗?"

"那当然不会有假,她有医生的诊断证明。"田中苦笑着说。

"这么看来就只有外部的人了。所以留金的嫌疑最大,他这点智商还是有的。"田中这会儿又夸留金聪明了,之前还说他笨。

"不过,我听厨师守屋说,留金的手很巧,钉钉子从没失败过。"

"话虽如此,但毕竟是要装人头漂去河上,心里总会紧张嘛。"

"嗯,也是。不过他们说他对年轻女性不感兴趣啊,留金。"

"这谁知道?就算平时这么说,心里真有兴趣也未可知。"

那绝不会,我心想,因为有御手洗的先例。大家生活在一起,彼此有没有癖好肯定会察觉的。

"这么看来就是旅馆外边的人对年轻女性抱有变态的癖好,然后才连续作案的,是吧?"

"嗯,目前是这样。"田中没有否定这个平庸的推断。

我挂了电话,找到里美,向她提了想要一个台灯的事。她说应该有,之前有很多的,只是现在不知道放哪儿了,大概要明天才能拿过来。

我想梳理一下思路,并用信件的方式写出来寄给御手洗,便在过道换了木屐,独自登着石阶上了中庭,这时屋外起了薄薄的夜雾。我站了一会儿,正准备沿着小路散个步,听见有人在叫我的名字,等我回过头,才发现又是守屋。他好像是刚刚才爬上来的,高大的身影突然就站在了黄昏的薄暮中。

"守屋啊。"我说。

"田中怎么说?"他问,我便把刚才跟田中通话的内容都告诉了他。

"我心里七上八下的,我跟藤原相处五年了,这种事情还是第一次发生。以前他从来没有一声不吭就擅自离岗。虽然他话不多,却是个很讲规矩的人。"

"哦,是吗?"听他这么说,我也有点担心。我们俩的谈话就这么暂时停止了,我不知该说些什么,而守屋因为忧心忡忡的,也没有想到其他话题。

"石冈先生。"守屋下定决心说。太阳已完全下山,我看不见他脸上的表情,却能感觉到他的语气十分严肃,似乎很紧张。

"我之前好像跟你说过,经营旅馆的时候,我们这里曾有一位名叫樽元的制琴师。"

"对。"我点点头。

"他在龙尾馆的地下有个作坊,他当时就在那里制琴。这事我也说过吧。"

我点点头,他却住了嘴。我等了好久也没听到下文,为了寻找话题,我把之前被他否定过的事又拿出来说了一遍,倒没有很认真,只是想引他说话,看看能不能从中找出点线索。

"他以前有没有制造过有特殊装置的琴呢?"

"特殊装置?"

"嗯，比方说弹到哪根弦，琴里面就会扣动扳机，以及拿改造过的枪发射达姆弹之类的。"

守屋听后低声笑了："这不可能。樽元十年前就从这里辞职了。"

"啊，这么久了？"

"说十年大概有点夸张，八年吧，应该。"

"可你们老掌柜不是前年才过世的吗？"

"对，前年。"

"这样啊。我还以为制琴师是老掌柜过世后才离开的。"

"不是。他很早就走了，回仙人山老家去了。他也不是因为老掌柜才辞职的，是身体的关系。听说他太太的身体也特别不好，为了照顾她才辞的职。"

"这样啊。"

"我来这里没多久他就走了，我跟他一起共事也就一年吧。"

"原来是这样。我想知道当时的确切情况，你是九年前来这里的？"

"是。"

"那之前是别的厨师喽？龙卧亭。"

"对。"

"那藤原呢？"

"藤原是后来来的，我到这里四年以后。"

"是吗？也就是说你来了一年后，樽元走了，又过了三年，藤原来了，两年后老掌柜去世了。"

"没错，没错，然后又过了两年，旅馆就歇业了。今年留金又走了，现在藤原也不见了。"

"嗯，这下这几年的事差不多就理清楚了。那你想说的是……"

"我刚才不是说樽元在龙尾馆地下有个作坊嘛。"

"是啊。"

"古琴一般都是用梧桐木做的。做的时候要用凿子凿刨子刨，还要打磨，做这些基本上都没什么噪声，就是在一开始锯木头的时候会很吵。"

"哦。"我说，还没明白他到底想说些什么。

"请到这边来看一下。"他说，走到我前面的小路上去。我好奇地跟上去，前面就是可以通往龙头馆的石阶了。他向我招了招手，上了石阶。我跟在他身后。我们一起到了龙头馆边上，然后又向左再向左转到了另一侧。天色已经很暗，我第一次过来，所以不清楚脚下都有些什么。

"请走这边。那里有个山崖，小心别掉下去，尽量靠着房子走。然后等下这背面还会有一个池子。"守屋走在前面，向我招招手。龙头馆的确建在一个高高的石墙上，小路围在它的边上，没有栏杆，晚上行走在上面挺危险的。

我们来到背面的空地上，我隐隐闻到了水的潮湿气味。等我仔细一看，才发现有个池子建在离地面很高的地方，像个箱子似的，倒不容易掉下去。我可以闻到周围有水和水草的味道，还听见水不断往下滴的声音。我们的正面是通往法仙寺后山的斜坡，那里黑魆魆的，有不少竹子，离我们较近的地方可以看见一个手压水井的剪影。

守屋站在那里等了我一会儿，就朝左边走了。由于龙头汤入口的屋檐下亮着灯，我隐约看到了龙胎馆和后山竹林之间有一片暗淡潮湿的空地。守屋又往前走了两三步，停下后，就用右手指了指那片空地的后面。龙胎馆挡住了大部分的灯光，那一带黑乎乎的几乎什么都看不见。我努力睁大眼睛，才模模糊糊地看到一间小屋。

黑暗中，守屋压低了声音说："这事你可一定给我保密。我不想瞒你了。连最好的徒弟都出事了，我怎么还能保持沉默？我刚才说了，锯梧桐木时圆锯会发出很大的噪声。还会飞出很多的木屑，为了避免木屑飞到主屋和客房里去，就在这里建了一个小屋，将圆锯放到这个偏僻的地方里来锯木头。"

"哦。"我点了点头，"圆锯还在里面？"

"不单有圆锯，还有其他锯子，也储存了一些梧桐木。不，是以前存过，现在没有了。"

"但是圆锯还在？"

"还在。"守屋意味深长地看了我一眼，天太暗，我看不清他的全部表情。

"你来一下。"他蹑手蹑脚地走到了小屋旁边，那里有一扇拉门,他用手抓住门,往边上使劲一拉,门就开了个两公分左右的小缝,很快就是咔嗒的一声,门拉不动了。门被金属扣锁住了,还上着一把皮包锁。

"这门打不开。"守屋说,又朝我招招手,沿着小屋的墙根往后边走,只见那里有一扇格子窗,窗上镶着透明的玻璃。

"你看看里面。"大个子的守屋站直身子朝格子窗里看,窗户很高,我也走到他边上踮起脚尖往里看。围着小屋有一圈窗户,可只有这一扇的位置正好能够得着。

龙头馆方向射来的昏黄灯光,穿过高高的格子窗射向室内,依稀可见房间的正中有个带圆锯的锯木材用的台子。锯齿很白,闪着微弱的光线。在这空荡荡的屋里只看见这么一个冷森森的圆锯不禁叫人背后有些发凉,仿佛这就是杀人狂魔的犯罪现场。

"那个圆锯现在已经没人用了吧?"

"已经有八年没用过了,但只要通上电还是可以用的。你再到这里来。"守屋继续往里走,越走身边和脚下的竹子就越深,龙头馆的灯光已经照不到了,周围漆黑一片。守屋每走一步,脚下的竹子就发出沙沙的响声。

"你看,这里有个焚场,不要的木屑家具什么的,以前都拿到这里来烧。"我从茂密的竹林阴影里看到一个馒头状的物体,原来是个焚场。焚场顶上竖着一根烟囱,体积非常大。虽然天黑看不太清楚,但烧个沙发什么的应该没问题。

烟囱上积了不少柔软的竹叶，周围既有竹子，也有很多一人多高的杂草。从地理位置上来看，这里恐怕就在龙胎馆的"猫足"跟"龙舌"之间，它们都离这扇窗不远。这会不会不够安全？火很容易通过杂草烧到墙上去的。

"现在竹叶和杂草都长到焚烧炉上去了，以前这边的草是全割掉的，一直到那道斜坡上都没有一棵竹子和树，地方相当大。"守屋说，"古琴的琴身一旦做好，就要用烙铁把表面全部烫一遍，让琴面包上一层碳膜，起保护的作用。然后再用铁线刷刷，这样木头的纹理就会显露出来，特别好看。所以这些东西都必不可少，以前都由制琴的樽元管着。"

"那现在谁在管？"我问。这个问题很重要。

"樽元走了以后，就是留金。只是他今年二月也走了，现在到底谁在管呢？"守屋没再往下说，周围很静，我听见有流水的潺潺声。不知道为什么好像水声是从头顶传来的。

守屋转了个身，背对着我，又朝小屋走过去。他走到格子窗前，站直身子往里看，脑袋转来转去，看得很仔细。

"我很担心藤原是不是在这里遇害了。"听他这么说，我猛地一怔，我终于明白了他的意思。我也赶紧拼命地朝屋里看。他的语气让我感觉屋里的样子和气氛都像那么回事。可我只能看见圆锯和脚下的木板，右手里边的情况一点都看不到。

"不知道这屋子的钥匙现在在谁手里。"守屋这话说得有点怪，这不是问一下就清楚的事吗？

"不能去问问家里的人吗？"我说。

"当用人的不方便。"他说。

"哦，那我去问吧？"

"嗯，那就请你帮帮忙。不过你可别实话实说啊，我怀疑凶手是行秀。"守屋说。我又是一怔。原来他是因为这个说话才绕了那么大一个圈子的啊。

"现在给龙头汤烧水的活儿都是他在干，自从留金走了以后，这些事情都由他负责了。所以他很有可能拿着钥匙，这样一来，也就只有他能使用圆锯了。"黑暗中，守屋的声音也变得阴沉沉的。

"用那个圆锯造个松枝做的木筏肯定没问题，太简单了。就是尸体也能锯。而且这里离法仙寺的鸡窝也近，从这个斜坡稍往上爬一会儿就是撞钟堂了。另外行秀的手艺也不行，连钉子也钉不好。"守屋一句一句地说，我听着全身的汗毛都竖了起来。

第五章

1

我突然在床上睁开了眼睛。屋子里很暗,应该还没天亮。今天早上起早了,晚上九点刚过就困得早早上床,也不知睡了多久。平时惯于熬夜,偶尔早睡一次半夜里也必定会醒来。

我听到走廊里有脚步声,大概就是它把我吵醒的。脚步声有些怪,是光脚丫的声音,光着脚丫,而且走得很慢,啪嗒、啪嗒,阴森森的。是谁这么晚了还光着脚在龙胎馆的走廊里走路呢?

我听着听着,便睡不着了,好奇他到底是谁呢?我的意识越来越清醒,于是,把暂住在龙胎馆的每个人都在脑中依次回想了一遍。坂出、二子山父子,警察现在不在。阿通母女、仓田惠里子,这些人也不像。那就剩下犬坊夫妇、里美和行秀?或者是守屋和藤原?都不像。

脚步声还在,我却再也睡不着了,头脑越发清醒。尽管这么晚还有人在走廊里行走叫我害怕,但我更想搞清楚这脚步声的主人是谁,便掀开被子,坐了起来。天很冷，我忍了一会儿，真不明白为什么屋里连个取暖器都不放，这也实在太冷了。我披了件外衣，脚步声却突然消失了。我很纳闷，又一次躺回床上，这时，脚步声又出现了。

我赶紧站起来，走到外面四帖的屋里，又去了两帖的那间。这里与室外无异，空气冰冷潮湿。我把篱笆朝左拉开一点，瞅了一眼中庭，院子里弥漫着淡淡的雾气。盘旋而上的一盏盏灯光融合在雾气里。此地动不动就起雾，定是地面与空气的温差太大的缘故。

我光脚穿了脱在走廊里的拖鞋，鞋子也很冰。我把身子探出走廊，先朝左边和上方看了看，我看到了坂出房门外的拖鞋，走廊里却没有人，雾气漫进了走廊。

啪嗒，我又听见那声音了，声音离我很近，这次十分清晰。我所有的器官都感觉到了，我的耳朵没有问题，也不是错觉。我条件反射地又朝走廊的右边和下方看一眼。我感觉——我看到了。

我的头发都竖起来了，眼睛瞪得老大。啪嗒，有声音。走廊下方白色的雾气蜿蜒流动，穿风的走廊最下方站着一个小个子。

啪嗒，又是一声。远处的黑影竟然是他——一身漆黑，头上扎着白头巾，左右各插一支发光的手电筒，就像两只角。白头巾下方两只眼睛炯炯有神，右手拿着刀左手提着一杆猎枪。

我也见到了睦雄的鬼魂。

啪嗒、啪嗒，一声接着一声，啪嗒、啪嗒，声音连贯起来了。可黑影还站在雾蒙蒙的走廊里没有动，仅仅脚步声在响，主人却纹丝不动。

还没睡醒的我脑子一片混乱，我感到自己的脖子和脸颊越来越冷，却依旧站在走廊里没有动。我听到人呼吸的声音，渐渐地，呼吸声变成了沙哑的哭声。有人，有人在雾气里，发出奇怪的声响。

我的身体战栗起来，脚禁不住发抖，不光是天气冷，我的膝盖也开始变软了。有什么东西在牵引着我蹒跚地向走廊下方走去。也就是说我正朝黑色的鬼魂慢慢走去，不由自主地向他靠近。虽然我怕得要命，身体却不听使唤地要往那儿去，我也不知道为什么会这样。难道就因为走廊是个斜坡，而他正好就在走廊下方吗？

我因此看清了黑色鬼魂的真面目——它就是一幅画。龙尾馆三楼玻璃房里原先的那幅油画，不知何时被移到龙胎馆的走廊里来了。是谁这样做恶作剧？现在画就挂在二子山父子住的"云角"的墙壁上，莫非这幅画也要驱邪？

啪嗒，我又听见那声音了，紧接着又是凄厉的哭声。

雾气笼罩的旅馆到处充满了诡异，这我已经十分肯定。有一股巨大的力量，正缓缓地盘旋升腾在中庭的上空。龙卧亭正被某种不知名的邪祟包围着。

突然我看见中庭里有动静，就在石阶的顶端，龙像旁边。因为有雾,我没看见实物,便误以为是个影子。因为它的样子很奇怪,不是人,仿佛一个扭曲人影落在地面上,古怪得很。非要形容的话,我只能说像一个大瘤子。

瘤子动得很慢,既没有出声,也不摇晃,像是坐在轮椅上似的,在雾气迷蒙的中庭里移动。突然声音不见了。声音不见后,院子里就出现了那个影子。

我起先怀疑是藤原。藤原一直没回来,守屋担心得要命,我看了也跟着着急。可那影子不是藤原。如果是人影的话,个头倒跟藤原差不多,但我觉得那不是藤原。它无声无息的,默默滚动,顺着中庭的小路向龙头馆滚去。

我心里害怕,却更想一探究竟。反正现在就是躺回被窝里也一定睡不着。我想快点去叫人,毕竟单独追赶还是有风险的。可我顾不上,犹豫了,眼看那个影子已经慢慢走远,快到通往龙头馆的石阶底下了。

我飞奔过去,没时间细想,再不赶紧他就溜了。我边跑边甩了拖鞋,光着脚就追。我一口气跑到龙胎馆尽头,奋力跳上过道的木踏板,一手抓起了放在鞋箱里的木屐,不过我马上改变了主意。因为木屐太响,会引起对方的注意,万一发生什么,穿着木屐也不方便。我取出自己的鞋,虽然穿起来费点事,但也没办法。我穿好鞋立即追入了夜雾中,三步并作两步地上了石阶。

我追到龙像的侧面,感觉它好像在雾中活了一样。

白天的时候没发现，一到晚上这龙像就仿佛有了生命，非常不可思议，龙须似乎在微微摆动。

我朝龙头馆的方向看了一眼，发现只有雾气，影子不见了。我轻手轻脚地走到铺着石子的小路上，又两级两级地跨上石阶，朝龙头馆走去。这是我现在唯一能做的。如果影子朝相反的方向去了，那我一定能从中庭看到的。

我小心翼翼地走着，沿着龙头馆的墙壁向左转，每过一个拐角就仔细查看对面是否有影子，不确认清楚，我绝不轻易走出去。

渐渐地，我发现自己来到了龙尾馆背后的竹林边。我一面留心着左前方的池子，一面盯着黑暗朝前看。之前守屋跟我提及的有圆锯的小屋就在我的左边，对面是焚场。

我怀疑影子是向那个方向去的。可我没有勇气钻进竹林，踩着沙沙的竹叶，去龙胎馆背面僻静处追踪一个可能是杀人狂魔的影子。我觉得这样贸然行动，可能会丢了性命，像我这种普通人还是适可而止吧。

就在准备回去时，我闻到了一股怪味，有点腥，有点臭，很特殊的一股味道。像是受了潮的有机物，比方硬把大批淋湿的皮包放火烧掉发出的气味。这不是寻常的烟味儿，阴气得很，叫人很不舒服。今晚的雾气干扰了我的注意，但雾里似乎还混杂了浓烟？为什么会这样？

突然我听见头顶上有树叶的响动，吓得我一缩脖子，条件反射地蹲了下来。于是我闻到一股湿湿的青草味儿，等我适应之后，那股烟味儿就又占了上风。

在我右上方的竹林里，黑暗中发出了一些响声。我尽量蹲低身子，仔细地听，只听见轻轻的沙沙声连续不断。里边有东西，不在我左边，而是在上面。刚才的影子进了竹林，就在我的斜上方活动。

我犹豫起来，要不要追呢？这茂密的竹林和杂草跟左侧深处的黑暗一样危险。还是回去吧？我踌躇了片刻，感觉竹林应该比有圆锯的恐怖小屋和焚场来得安全点，便决定继续去追。这总比待在这难闻的气味里要好多了。我战战兢兢地走进了竹林。

种着竹子的斜坡是通到法仙寺庙内的，所以上面应该就是法仙寺的撞钟堂。不明物体现在就在高处。只是很奇怪，那声音居然听不见了。不管我多小心，每走一步脚下的枯枝败叶还是会发出声响。每次都吓得我几乎停止了心跳。万一被斜上方的不明物体听见，从黑暗中猛地跳出来，掐住我的脖子可就糟了。倘若真遇到这事，我一没有带帮手，二没带着棍子防身，并且周围空无一人。

竹林里前面走着的人好像又不见了。我不知是否该加快脚步，但还得当心，搞不好他正躲在前面等着我。今天晚上有雾但没有月光，能见度不超过十米。

我尽量不发出声响，一点点地朝着斜坡上爬，爬了好久，终于到了撞钟堂的边上，法仙寺的土墙附近。照这么看，只要稍微坚持一下，不嫌脚下的路难走，那到法仙寺来就不用绕出龙卧亭，走那么长的斜坡和石阶了。我原以为法仙寺外面一圈都有土墙，事实上土墙只围在马路一侧，撞钟堂这边就没有了。如果从这道斜坡爬上来，就可以不经过土墙直接进入寺内。

宽敞的寺内同样也是一片雾气，袅袅地朝着我，也就是龙卧亭的方向流动。院里空荡荡的，找不到可以藏身的地方。这让我很容易就能找到那个影子，当然影子也可以轻易地发现我。一旦被发现，我便无处可逃了。

趁着夜雾，我躲到了撞钟堂下面的石墙根下，大概这里是上风处，我没再闻见那股怪味了。站着目标太大，我蹲了下来，把眼睛瞪得大大的，发现那个瘤子一直站在正殿的边上，一动也不动。咦，莫非是石灯笼？我正努力回忆那里是不是有个石灯笼，发现它其实在缓缓移动。我误以为它是静止的。它会过来吗？还是去别处？我忐忑地猜测着。

它没往我这儿来，向远处去了。我这才松了口气，寻到一个机会赶紧又追了上去。

影子在正殿拐角处往左拐了，向檐下的石子路走去。它没发出脚步声，轻轻地向前滚动。前面有一座石阶，它慢慢地爬了上去，上面就是墓地了。到处都立着墓碑和佛塔。影子就在夜雾中的墓碑间笔直往前走，它一刻也没有停留，速度虽慢，却毫不含糊。

墓地很大。我没想到正殿后面会有这么大一片墓地。在夜雾中，我觉得它们陌生得跟外国楼群似的。

影子在墓碑之间穿行，一直走，一直走。我跟在它身后，也过了正殿下面的石子路，上了石阶，躲在墓碑后一点一点地往前挪。我尽量跟住它，生怕一不留神它就会消失在黑暗中。我们已经走到了墓地的中央。我不再担心无处藏身，便朝身后看了一眼，只见正殿的剪影也被雾气包围了。

影子已走到墓地的最顶头，那里有一片树林，就在山脚下，再往上又是山。影子忽然停下了，仿佛冻住了一般。

我躲在一块石碑后面，屏声注视着，想等它动起来再根据情况决定下一步行动。可五分钟、十分钟过去了，影子依然不动。我站了起来，找到前面一块墓碑，蹲在了它后面，就这样我一块墓碑一块墓碑地朝影子靠近。

哎呀，情况有点不对劲，等我靠近后才发现那影子并非人，那只是一棵树。越靠近我看得越清楚。我几乎有点不相信自己的眼睛，树木茂密得就像一个倒立着的灯泡。我还没想起来要躲，就站到了这棵灌木旁边。这是一棵山茶树，大约跟我差不多高，即使在夜里也能看见树上开着两朵大大的红花。

我觉得自己中邪了。从龙卧亭一路追来的影子竟凭空消失了？它到哪儿去了？

我想着想着，越发觉得不对劲。这棵山茶不就是证明吗？难道是这棵丑陋的树跑去把我叫到墓地里来的？

想到这里，我不禁后背发凉。其实我早已冻得够呛。不过这些都是暂时的，站久了我便不再害怕，反而有一种熟悉的感觉。在小泉八云收集整理的日本怪谈中，有几篇我很喜欢。我此时就想起了其中的一则。故事是这样的——

古时候，村里有一家糖果店。每到晚上就会有个女人来买糖果。她的脸惨白惨白的，神情落寞，掏出的零钱也跟冰块似的凉凉的。糖果店主人觉得奇怪，有一天便跟踪了她。女人悄无声息，飘飘然地走到了村头的墓地，她在墓碑间行走着，很快就进了一座坟墓。店主人觉得蹊跷，就请了一位住持师父来开坟。店主人挖出了棺椁，棺椁里面躺着一具女尸，边上还有一个刚出生的婴儿，嘴里正含着一颗糖果。原来死者是一个即将分娩的孕妇，她在棺材里生下了孩子。她不忍心看着孩子饿死，便化成鬼魂来到阳间，每夜买糖来作母乳喂养着地下的孩子。

我看了看身边的这棵山茶，又把目光投向树前的一座座石碑。这里的石碑竟跟别处大不相同。首先它们比别处的都有年头，大半都爬满了青苔，好些碑角也断了，磨平了，另外尺寸也比别处的小。且两边还围着一米不到的石块，将它与其他墓碑隔开，成为单独的一群。我数了数，这里总共有十来座坟。显然长眠在这里的人跟别处的葬法是不同的。

我蹲在这些墓碑前,在黑暗中睁大眼睛,努力地去分辨上面的碑文。离我最近的墓碑上写着金井贞子、胜裕康夫。一个墓碑上有好几个名字。还有的写着吉田家根、修一。看来它们上面都并排写了两三个人名。这种做法不多见,一般墓碑都只写"某某家之墓",像这种的我还是第一次见。

时间太晚了,天太黑,我实在看不清墓碑上还写了些什么,就打算等天亮了再跟住持打听,想着我就站了起来。

恐惧莫名其妙地消失了,只是身上还有些冷,我穿过裹住天地的蒙蒙雾气,往回向正殿的拐角走去。我虽胆小,却并不讨厌鬼故事,如果再伤感一点,就更为我所爱。

我从正殿边走过,穿过整个院落,径直来到通向山门的木门前。我正准备开门,不料门上了锁。我本以为会是箱包上常用的那种锁,仔细一看,才发现不是,门锁上有锁孔。犬坊行秀每天早上六点前就会上来,这么说,他跟法仙寺的住持都有钥匙。内外两面都能把锁打开。

无奈,我只能再从种着竹子的斜坡爬下山去了。我离开木门,向撞钟堂走去,确切地说是向撞钟堂边上的断垣走去。这时,我又闻到了那股差不多已经忘了的气味,又腥又臭的烟味。

我蓦然想起孩提时听过《江户川乱步》的广播剧，其中有这么个故事。其实刚才我脑海中也曾闪现过，只是还没来得及细想。具体的内容我已经记不清了，只是故事里的恐怖气氛至今记忆犹新。大致讲的是在市郊的湖边住着一个男子，每天傍晚都会闻到恶臭。这种恶臭是焚场烧东西的气味。他小时候家在焚场的后面，从小就闻着烧死人的臭味长大。焚场建在偏僻的山脚下，烟囱里冒出的烟跟周围山林的味道混合在一起，成了一股很特殊的气味。他对这种气味尤其熟悉。他搬去湖边后，闻到的恶臭也跟他记忆中焚场的气味一模一样。

有一天，他又闻到了那股气味，于是就拿起望远镜向湖对岸看了看。只见几根高高竖着的烟囱里，有一根冒出了淡淡的白烟。他感觉那里一定有个焚场，便找人打听。结果人家都说不是，那只是个纺织厂。于是他告诉大家工厂里一定经常有人在烧死人，可大家都一笑了之。无奈之下，男人就趁着夜深人静，独自进了工厂调查。就是这么一个故事。

每个人，尤其是搞写作的人常常都会记得一些小时候读过的故事。我也一样，当时听的这个故事至今还烙印在我的脑海里。后来我还专门找朋友打听他家附近有没有焚场，去闻过那儿的气味。

那时闻过的气味，现在早已不记得了，然而奇怪的是当年胆战心惊地听着广播剧，想象出来的气味，至今还十分清晰。那臭味有点腥，有点刺激，难道是包含水分的皮革不完全燃烧时所产生的气味？现在我站在法仙寺内，竟也闻到了相同的气味。

走在寺内，刚才明明已不再害怕的自己，现在重又涌起了无法形容的不安。我离无人的撞钟堂越来越近，它边上就是断垣，断垣和撞钟堂之间还有黑魆魆、沙沙响的竹林。我想到还要再次走进其中便起了一身鸡皮疙瘩。而且现在只剩我一个人了，这更叫我害怕。

就我一个人，哎，现在就只有我一个人了。这到底是怎么回事？为什么我会独自到这儿来？一个人跑来这种地方，我傻了吧？千奇百怪的念头一股脑都冒了出来，我害怕得直想蹲在原地。就这么等到天亮吧？嗯，还是这样好，我真打算这么做了。

我越往前走，越觉得竹林里住着不知名的鬼怪，越来越不相信自己竟然是从这里走出来的。最讨厌的还是那股烧死人的味道，现在越来越重了。为什么会这样？到底怎么回事？为什么偏偏在这种时候闻到那股味道呢。我又气又怕，几乎要喊出来了。

我站在竹林前，脚下树叶沙沙地响，起风了。脚下一片漆黑，气味也越来越重，我感觉自己快要晕倒了。不知是害怕还是困，脑子里迷迷糊糊的。几点了？离天亮还有多久？我没有戴手表。哎，我怎么会跑来这里呢？怎么这么傻呀？倘若我一直躺在温暖的被窝里睡觉，就不会有这么多麻烦了。

可这么一直站着，也不可能解决问题。再不愿承认，这也是事实。我总不能一直在这里站着吧，必须想办法回去，没有人会来帮我。

我战战兢兢地钻进竹林，踩着茂密的叶子，才走了两步，就被斜坡滑了一下。再这么磨蹭下去只会更可怕，我集中精力顺着斜坡冲了下去。

我一跑到底下，手就猛地拍在了板壁上。怎么回事？我有点懵了。我明明是照着原路跑回来的，本应该回到刚才上来的地方，怎么现在却身在别处？

啊，我想起来了。天太黑，我又太紧张，居然在斜坡上跑错了方向。我下到放有圆锯的小屋来了。不仅如此，夜里起着雾天上没有月亮，我却到了一个相对明亮的地方，四周满是昏暗的灯光，叫我顿时想起初到此地头一天晚上的情景。那天晚上龙尾馆三楼的玻璃房着火了，当时我也看见石阶和整个中庭都笼罩在昏黄的灯光中，宛如梦境。

现在虽然没有那天的光线明亮，但四周也朦朦胧胧的，似梦似幻。为什么会这样？不可能是着火，光线没那么亮。我想着想着，竟忘了回去，顺着板壁直奔亮光处而去。就是守屋告诉我有圆锯的小屋后边，焚场那个方向。

我恍然大悟四周为何会有亮光。竹林和杂草丛中，一个巨大的土馒头正静静地立在夜雾里。我看见杂草中有一簇橘黄色的火焰忽明忽暗。土窑里点着火，那股叫我害怕的味道冒了出来。我猜中了。黑暗中，有人在烧死人?

那团燃烧的火焰前站着一个人,仿佛是地狱里的阎王。我拼命忍着不让自己叫出声,蹲下身来生怕被发现。其实我并没有特意那么做,是我自己的腿软了,我吓瘫了。尽管我很想拔腿就跑,可身子怎么也动不了。

那人头上生着两只角。我最担心的是,我分辨不出他到底是面向着我,还是背对着我。也就是说我更害怕影子的脸朝着我。

人影慢慢地转过来,太好了,刚才他是背对我的。可我仍旧不敢放松,因为这回他就要面对我了。我实在很奇怪自己竟没有叫出声来。从我蹲着的角度看去,那人几乎有天那么高。我的头发都竖起来了,我真没撒谎。

那人头上绑着白头巾,两边各插着一只手电筒。转向我时看不到脸,整张脸都黑乎乎的。这我得说明一下。我勉强地回忆着那种恐怖,确切地说他的前额和脸颊还能看见。只是它周围的部分,边上就只这么一点白色的皮肤,正中央像是开了个黑窟窿。他一身黑衣,腰上绑着一条白布带,手里拿着一把枪,小腿上都缠着绑腿。

那人慢慢地向右边跨出了一步,也就是向我逼近了。

之后我就什么都不记得了。等我缓过神来,已经在三步并作两步地跳下了通往中庭的石阶,一下去我的脚就绊到了，狠狠地摔在了草地上。我一骨碌爬起来就往小路上跑，然后横穿过草坪，从"四分板"前的走廊处跳了进去。

我穿着鞋在走廊上噼噼啪啪地跑着，边跑边脱鞋，然后就径直跑回屋里。在门口插上门栓，又把里面四帖小屋的房门也插上，晕头转向地钻进了被子里，用被子把头整个蒙了起来。

我至今都没法相信，后面的事我竟一点都记不起来了。因为我到底没睡着，大约是晕过去了吧，可到了早上我竟然像什么事都没发生过似的，被撞钟声吵醒了。一个人遭遇到极度的恐惧时，头脑就会发出各种防御指令，阻止人发疯。我实在该感谢自己头脑里这些精密的构造。或者只有我的大脑才会出现如此罕见的反应？

2

我躺在床上，被直击枕畔的钟声惊醒了。声音那么大，谁能睡得着？我瞅了一眼四周，天已经亮了。导水管发出的潺潺水声传进了屋内，两三秒钟后我就把一切都想起来了，也就是昨晚的恐怖经历。

我是做梦了吗？现在我只能这么认为。胆小如我是不可能做出那么冒险的举动的。对了，我突然想起了什么，把被子掀开，将脚往身边拉了拉。天哪，我的膝盖上竟然有泥土和草汁。我大吃一惊，看来我并没有做梦。膝盖还真隐隐作痛呢。

昨晚到底是怎么一回事？我躺在床上把昨晚的一切又从头回忆了一遍。首先是我听见走廊上有光脚走路的声音，于是我出门来到走廊上。可我并没看到有人，紧接着我看到有个奇怪的影子从中庭穿了过去。夜雾中，我跟上了它。影子去了法仙寺的墓地，后来变成了一棵山茶树。

无奈之下我只好返回龙卧亭。在龙头馆后面我闻到了烧死人的气味，然后我就去了有圆锯的小屋后面的焚场，在那里我看见了那个杀了三十口人的恶魔的鬼魂。那个奇怪的人影朝我转了过来，他的脸部正中有个黑窟窿。我不敢和他正面相对。现在想起来还直起鸡皮疙瘩。

我不禁叫出了声，下意识地按着自己的太阳穴，我有点偏头痛。到底还是没有睡好。当然我也没法睡好。遇到那么恐怖的事，又拼了命地跑回来，钻进被窝，怎么可能马上就安安稳稳地入睡呢？回想起来，我就像连着做了几个噩梦，一定是梦魇缠身了。我不但头疼，全身也疲惫不堪。撑不住了，我今天没法起床了。我决定不去吃早餐，在床上躺一个上午。我的肚子一点都不饿。

钟声每敲一下，我的头就痛一下。就像是一听到耳边想起大炮声，头就被人用拳头猛砸了一下似的。伴随着钟声我的头越来越痛。响过几声后，我觉得再下去我的头就要裂了，幸好钟声总算停了。龙卧亭是个不错的旅馆，就这个钟声叫人受不了，能不能就傍晚敲一次呢？我难受极了，在被窝里翻身趴着。太不舒服了，我的胃也有点涨。

醒来后，又因为不舒服而迟迟无法再睡，我就这样在床上忍耐了半小时，只听篱笆那儿有人敲门，是仓田惠里子的声音："石冈老师，您的早饭准备好了。"我嗯了一声。女孩的嗓门很大，我有点想吐，根本没有食欲，就趴在床上说："今天不吃早饭了，我有点不舒服，让我多睡一会儿。"我已经尽量提高了音量，但身体很不舒服，所以并不够响。

"您说什么？"门外又反问了一句。没办法我只好坐起身，又提高了些嗓门，说："我不太舒服……"话刚说到一半，就被仓田压了下去："里美说有话要跟您讲。"

"好，来了。"我答道。踉踉跄跄地走出了房门，看到惠里子正拿着我的鞋子站在外面。

"这是您的鞋子吧？"她说。

"啊，是，是的。"我说。

"可你干吗拿着？"我又问。

"嗯，掉在走廊里了。"她指了指上面说。

我想起来了，是昨晚我边跑边随便脱下来的。我说了声抱歉，把鞋子接了过来。

等我洗完脸顺着走廊往下走时，看到"云角"的墙上还挂着那幅画。我赶紧跑掉，实在没勇气盯着它看。

一进龙尾馆，我就在走廊里碰到了面容憔悴的守屋。

"石冈先生。"他说，接着又道，"咦，你怎么了？"

"什么？"我说。

"那个，你脸色好像不好，哪儿不舒服吗？"他说。看来我今天的脸色定是跟往常不同。我考虑了片刻，决定还是如实相告。

"那个，其实，我昨晚终于看到了。"

"看到什么了？"

"杀了三十口人的那个鬼魂。头上绑着白头巾，一身黑衣，拿着猎枪那个……"

"啊，你也看见了？是不是没有脸？"

"没有。他的脸上中间这部分就是一个黑窟窿，什么都没有。大家都这么说吗？"

"是有人这么说。不过阿通说，他脸上好像遮着一块黑布。"

"不是的。"我立刻否定。过后又仔细回想了一下，觉得不对。如果他脸上遮着黑布，那他把头转向我时，我一定能看见。可他脸上并没有布，真的没有脸。

"守屋你好像也不太精神嘛。"

"嗯，藤原到底还是没回来。很明显，一定是出事了。他到底怎么了？"

"我再跟田中联系一下。总之他说今天下午三名警官都会过来，到时候跟他们说吧。"我就这样跟守屋分了手，向大餐室走去。

龙卧亭的早餐似乎都定在七点。这样的话准备早餐的人当然会比较方便。而之所以定在七点，大约是因为大家都会被六点的撞钟声叫醒。法仙寺的钟声就是个巨大的报时器。我三月三十一日早上第一次在这里醒来时，记得早饭吃得很晚，一定是前天晚上发生了火灾的缘故。

我走进大餐室，发现在惨案接连发生的当下，大家心情都还不错，这叫昨晚有过那样可怕遭遇的我，感到有些不舒服。

"《两种个性》那个比较好。"我听见二子山父子说了这么一句没头没脑的话。

"啊？那个？"里美很激动地应道。她对面坐着她母亲育子，边上的座位还空着。或许是专门留给我的吧。

"早啊。"我小声说着在她边上坐了下来。

"早上好。"里美嗓门大得叫我头疼。

"哦，稍等。"育子说着站起来，到里屋去了，大概是去叫人给我端饭菜吧。

"哎呀，石冈老师，您怎么了？"里美也这么问。

"什么怎么了？"我说，大概她也看出我身体不舒服了吧。

"你脸色很不好啊。是不是没睡好？"

"嗯，是的。"我说。

"怎么了呢？"

"其实，我也见到鬼魂了。"听到这话，谈笑的人们都转过了头，屋里立刻鸦雀无声。

"是怎么个样子的?"二子山增夫出于职业习惯，关切地问。我虽然不太情愿，但还是把昨晚发生的事从头到尾讲了一遍。说话时育子走了回来，坐到了原来的位子上，然后仓田惠里子就把我的早饭端了过来。

"你最初是听到了光脚走路的声音，对吗?"阿通表情严肃地问。雪子正坐在她身边二子山一茂的腿上。

"是的。"我回答。

"我那次也是。"她说。

"然后就听到抽泣声，时间还挺长的。"

"那我没听到。"阿通说。

"鬼魂脸上没有遮着一块黑布吗?"她问。我又回想了一遍:"没有。刚才守屋也这么问，我没看到有黑布，但是脸的这个地方，中间是一个黑窟窿，什么都没有。"

"啊。"里美说着，捂住了脸。

"可我今天早上还打扫过土窑呢。"育子说，"跟我丈夫一起。是吧，老公。"

"嗯，我把那里的草拨了。"犬坊一男说。

"土窑里什么也没烧，跟平时一样。"

"那是我的幻觉?"我有点沮丧，尽管一大早，身边又有这么多人，我还是很担心地说。

"那幅画从三楼搬到走廊里来了啊。"我说。

"那……那……那幅画我准备让二子山师父给驱邪的，所以放在二子山师父房前。"育子说。果然是这么回事。育子说完又转向大家："昨天深夜你们大家有谁去过法仙寺的墓地吗？"没有人回答，大家各自摇了摇头。难道那也是我的幻觉？

"别说这些了。那个，刚才大家都在谈些什么呢？"我说。

"哦，哦，一连发生了好几桩惨案，所以大家想让育子跟里美给我们弹弹琴。"坂出说。

"要是她们两个连弹，正好有一首叫《两种个性》的曲子，非常不错的。"坂出说。

"不要，我不行的。"里美说。

"我也好久没练了。"

"不用练，不用练，你弹得那么好。"神主说。

"那等里美放学回来吧。大家老这么待着，真要崩溃了。你作为女主人应该给大家鼓鼓劲儿。"二子山增夫说。

"就是。而且今天天气也好，天气预报也这么说。"阿通讲。

"今天天气预报上有个太阳。"小女儿也说。

"既然大家一致要求，就等里美放学回来吧，我们给大家弹。"听育子这么说，大家都鼓起掌来。谈话到此就结束了。

里美一边吃饭一边告诉我："石冈老师，听说我们家有很多台灯。"

"真的吗？那太好了。"

"可是他们说都放在地下浴室了。"

我一时语塞。就是那个鬼魂出没的浴室吧?

"他们说都放在箱子里了,得找一下才知道在哪儿。"

"哦,算了,那我晚上就不写了。没事,不用了。"我说。我可不想再到浴室去,搞不好再碰到鬼魂之类的就糟了。

"老师,真的不用了?"

"嗯,不用了。"

"不是因为害怕?"

"不害怕。"

"那反正也得等我回来再说。只是我今天可能没时间。我得跟妈妈一起弹琴。"

吃完饭,里美就去学校了。我四下看了看,犬坊家的一男、育子和松婆都在,就是没看到行秀的影子。不知什么缘故,我至今从没见行秀到餐室来吃过饭。

我吃了早饭就回房去了。站在走廊里,我看今天天气确实不错,至少中庭上空一片云彩也没有。可我的头越来越痛,连在走廊里站着都很难受。我决定回屋,钻进被子里再睡一会儿。虽然颇费了一些时间,但终究太疲倦,我一会儿就睡着了。

后来还是仓田惠里子响亮的叫声把我喊醒的——"老师,吃午饭了。"

我睁开眼睛,有点不耐烦。跟早上一样,我并没什么食欲。我感觉自己就像做鹅肝酱用的大鹅，时间一到就被叫起来，也不管想不想吃，直接就用食物往我的胃里填。不过，我现在头倒不疼了。

我慢吞吞地来到走廊，跟惠里子站着聊了几句。她住在"龙舌"，就在昨晚我见到杀了三十口人的鬼魂的焚场附近。

"哦，我不知道啊。一点没注意。"她说，"焚场那里烧火了？不过，焚场是在'猫足'那边，离我的房间还有点距离。"

她这么说。她是个皮肤白净、身材微胖的女孩，笑起来脸上还有酒窝，看上去十分老实，我一直挺喜欢她的。所以我不想吓到她，就没有讲鬼魂的事。她还要去叫坂出吃午饭，便往走廊上边的"龟甲"走去了。我们分开后，才走了几步，就听她说："啊，那个。"我回过头，看见她又转了过来，说："我明天就回家去了。"

"是吗？好可惜。不过这段时间，多谢你了。"我说着，往龙尾馆去了。吃饭时我在大餐室也看到了惠里子，她帮我们端菜送饭。

午饭后，我来到过道，决定拿出点勇气去昨晚那间有圆锯的小屋和后面的焚场一探究竟。这时，我听见大门那儿有小汽车的引擎声以及轮胎摩擦砂石的声音。警察们又回来了。我要跟他们汇报藤原失踪的事，便先不去焚场，穿了鞋向大门走去。我在龙尾馆的拐角跟三位警察碰了个正着。

"石冈。"福井叫道。

"福井、田中，藤原还是没有回来。"我说。

"没回来啊。"福井说，"那我去找守屋谈谈，他现在在哪儿？"

"在厨房里。"

三个人匆匆去了厨房，我犹豫着没有跟过去，就在附近转了转，走到了关小鸭子的铁丝笼子前，想想还是担心藤原，就往厨房去了。

三个警察坐在厨房的小凳子上抽烟，守屋在旁边站着回答他们的问题。

"这么说藤原在村里没有熟人？"我听见福井在问。

"嗯，没有。当然他跟一些商店的人、鱼贩、卖零食的人打过交道。但肯定没有能在人家家里过夜的朋友。"

"藤原有多大啊？"铃木问。

"嗯，二十一岁吧，二十一。"

"二十一？有女朋友吗？"

"好像没有。要是有，我肯定会知道。"

铃木注意到我，转过头来说："石冈，我们想跟他单独谈一谈。"

我听他这么说，便不好打扰，重新回到门口去了，心想一会儿得去找田中，跟他好好聊聊。我上了去中庭的石阶，走到了龙像旁。虽说我很想去昨晚的焚场看看，但很惭愧，没有独自前往的胆量，索性等田中一起去吧。

我在龙像边站了一会儿,脚有点酸,便在雕像的水泥台基上坐了下来。这个雕像的水泥台基很小,几乎没法坐人。我好不容易找了一小块地方硬挤了上去。我坐在那儿朝法仙寺的撞钟堂望去,只听身后传来了木屐的声音,有人上来了。我正在想会是谁呢?原来是守屋。他有时穿木屐有时穿拖鞋,全凭自己的心情,穿拖鞋的时候走路没声,穿木屐就会有了。

"守屋,警察他们人呢?"

"说是去村里走访一下,把藤原的照片带去了。"他说。原来是这样,我想,这么说一时半会田中还回不来。

"今天里美说要跟她妈妈一起连弹啊。"

"是听说了。"

"就在大餐室里弹吗?"

"今天天气这么好,大概会办成游园会吧。"

"游园会?"

"嗯,就在这里,这个草坪上。"

"这里啊。"

"这里以前经常办茶会、吟诗会什么的。所以古琴也经常会拿到这里来弹。"

"哦,露天演奏会吗?"

"嗯,很不错的,就是共鸣不够。一般都由我们来准备,今天藤原不在,比较难办,得搬琴什么的。"

"从哪里搬过来？"

"龙尾馆。那里有非常好的古琴。"守屋说。

3

我回到屋里，把发生的事情都记到练习本上，准备找个地方复印一份，再附一封信寄往挪威御手洗的住处。一旦有机会出版的话，它们也可以拿来当草稿。

虽然没有台灯，晚上写东西会有些吃力，但大白天的，只要把被褥放进壁橱，将小桌子移到窗下，窗外的天光还是足够让我写些东西的。

我停下笔发现已经是下午四点了。因为精神集中，工作进展得十分顺利。我尽可能详细地把到达当晚的火灾、在苇川上发现漂来人头的经过都写了下来，如果再有一天时间的话，就能写到今天的事情了。

我出了房门，在走廊上看到午后的阳光照着绿油油的草地，一块大红布已经铺上，让人顿时眼前一亮。红布上静静地安放着两架古琴，但还没有看到弹琴的人。

我被空旷的草地上铺着的大红布和红布上的古琴吸引了，站在走廊上看了好一会儿。演奏还没开始，眼前的一切已让我着迷。大家说要坐在走廊里听琴，只是现在都还没有出来。我顺着走廊下意识地往龙尾馆走去，刚到过道就看到了穿了一身浅红色和服的里美正登着石阶往小庭去。

"里美。"我叫了一声，"要开始了吗？"

"哦，石冈老师，还没呢，我先去后面净净手。"

后面？太好了，我想。"那你等一下，我可以跟你一起去吗？"

"可以啊。来吧。"她爽快地说。我赶紧换了木屐，追上她，我正想找个人一起到房子后面看看呢。

"那你已经练好了？"我追上去，问了一句。

"嗯，差不多了。"她说。

"净手是什么意思？"

"哦，就是去去晦气。"她说。

"去去晦气？"

"我一上台就会出错，所以弹琴前都会到水井边去洗洗手，保佑保佑。"

"啊。"

"这样我就能弹好。"

"哦。"

我们上了石阶，走在通往龙头馆的小路上。虽然我已经估计到了，但白天看，顺着龙头馆盘旋而上的小路下面的石墙还是非常高的。路两边没有栏杆，站在边上十分危险，我尽量贴在房子这一侧往前走。

这还是我第一次白天到房子后边来，有了昨晚的经历，我对这地方特别发怵。我跟前面的里美隔着几步，小心翼翼地转过龙头馆的拐弯处，虽是第三次来，却又发现了许多之前没见过的景色。

周围异常地安静，只有一些流淌的水声，空气湿湿的，青苔随处可见。风一吹，竹林沙沙作响，吓了我一跳。我闻到了水和青苔的气味，原来这里真的很潮湿。前头我们脚下有一个池子，是一个水泥砌成的四方形的池塘，干活的人似乎不太熟练，池子砌得有点粗糙。池子里有几条鲤鱼，四方形的池壁因为找不到太阳而爬满了水藻，看上去黑乎乎的。而在池面的一角，则有一个不知从哪里引来的竹制导水管，水一滴一滴地落下来。落下的水溢出池子的另一侧，又不知道从水沟流向了何处。我把手指放进水池，水很凉。

空地一隅有座石头砌成的圆形水井。昨晚天太黑，我并没看到。水井上盖着一个铁皮盖子，旁边有一个绿色金属的手压水泵，井里的水就是用它打上来的。里美把手放到水泵上拼命地压。因为她穿着和服不太方便，我便跑过去帮忙。

"不用，不用，我自己弄才能驱邪。"她说，不让我帮。

里美很艰难地一下一下压着水泵，不一会儿水龙头里就滴出了水，她把水盛在下面的桶里，待会儿就用里面的水洗手。在水龙头上挂着一个白色的布袋，布袋底部已被铁锈染成了淡褐色。水从桶里溅出来，溅到了她的和服上，叫我有些担心。

里美洗了手，把手甩了甩，从胸前拿出一块褐色的手帕擦了擦。擦好之后，又在原地站了一会儿，面朝着法仙寺的方向双手合十拜了拜，我突然有些后悔，这么神圣的地方自己怎么能随便跟来呢。

里美做完这一切，转过身来冲我一笑，又恢复了平日的表情，这多少叫我有些安心。于是，我战战兢兢地向那间有圆锯的小屋走去，心里始终惦记着这件事。

等我走到小屋边，才发现它的屋顶上架着一根竹子，昨晚太黑了我一点都没有发现。竹子里似乎有水，滴滴答答地发出流水声，我循着水流的方向，看到它跟龙胎馆窗外导水管里的水连着，有一部分向左边分出去，通到那个养鲤鱼的池塘。看来这个斜坡上有泉水。

我走到有圆锯的小屋前，马上就趴在格子窗上朝里望了望。现在比昨晚看得清楚了。圆锯在屋子的中央，已经生锈。发动机器用的皮带还套在圆锯上，并没有坏。切割台边上的地板上散乱着许多木屑和纸片。总体还是蛮干净的，既没有厚厚的灰尘也没有纵横交织的蛛网。

"我看不见。"身边响起一个声音，是里美走到了我的旁边，她拼命地踮着脚要往里看。里美个子矮，她看不见。

"老师你抱我。"里美说，我怀疑自己听错了。

"啊？"

"从后面抱我起来。"里美说着走到了我面前，大大的和服腰带正抵在我的肚子上。

哦，是她年纪小才会这么说，我赶紧把她抱起来。我闻到了和服的气味和她身上的香水味。因为我手托着她的腰带，所以触摸不到她的身体。她把脸凑近格子窗，却并不看圆锯，而是一个劲地朝房间右边看。

"好了吗？"

"嗯。"听里美这么说，我就放下她。

"这间小屋很可怕。"里美就在我眼睛的下方说，我也点了点头。果然她们也这么想。可她嘴里说可怕，却又满不在乎地到这里来洗手，这又是为什么呢？我不太理解。

"这屋子的钥匙在谁那儿？"我下定决心问了个关键问题，发现她有点气喘，大概刚才是跑过来的吧。

里美歪着头想了一会说："不知道，我不知道。"

"真的？"我有点意外。

我摸着小屋的墙壁，又往惦记着的焚场走去。焚场还在老地方，顶上竖着一根烟囱，周围却被高高的杂草掩着，寂静无声，感觉不出异样。似乎并没有痕迹表明昨晚有人用过。难道早上犬坊夫妇说得没错？

我小心地把右脚踩进草丛，又踩左脚，就这样一步一步地往前走。

"嘿。"里美在后面推了我一把，我跳了起来，说实话我差点叫出声，心想还好忍住了。

里美笑得前仰后合，可我根本没精力去训她，我还想着与杀死三十口人的鬼魂正面相对的情景，心里害怕，一点点地退到小屋后边。两条腿不听使唤地跑啊跑。

"老师你在害怕吗？好可爱。"里美这么说，可我一点也没去听。

"快走，去那边。"我说着就奔水井去了，这时我的手突然被抓住了。里美还在原地没动。我一惊，里美已经不对劲了。她的肩膀颤动着，表情似笑非笑。怎么回事？说心里话我有点怕她了。

突然，她一把抱住我，吻了我一下。她用右手抓住我的后脑勺，一下子把嘴唇贴上来，粗暴地吻了我，后脑勺疼死了。我感觉自己心跳都要停止了。她立刻放开我，把缓过神来的我留在一边，自己快步向水井边走去。她走了好一会儿，停在了离小屋很远的地方，又回过头来，没事人似的，叫道："老师，快点。"她要回中庭去，我担心落单，赶紧追了上去。

里美真是一个谜。她马上就要登台了，龙卧亭的住客在走廊里坐着，绕成一圈。她就在众人的注视下，跟妈妈一起静静地来到中间的草坪上，还像普通高中生那样，举手投足充满了稚气。

而我的心却越跳越快，身体不时地打颤。我弄不懂刚才里美的举动到底是什么意思，左思右想，发愁今后该如何去面对她。我不敢再正眼看她，像个怀春的少女似的惴惴不安。我对这种事情总是难以招架。

仔细想来我这个比喻不太恰当，明明里美才是真正怀春少女的年纪。可她看上去竟出奇的镇静。

演奏开始时，古琴室外演奏会的观众，也就是全部住客都已经集中在了走廊里，除此之外，还有犬坊家的人，所有在龙卧亭里的人都到齐了。从走廊上方最靠近龙头馆那儿开始，依次是坂出小次郎、我、二子山增夫和一茂父子，三名警察也回来了，当时就在走廊里。接着是阿通和雪子母女，仓田惠里子跟她俩在一起，然后是犬坊一男、厨师守屋、松婆，当时犬坊行秀也在场。也就是说龙卧亭里所有的人都在走廊里了。

这些人中有几个人在屋外的走廊是看不到中庭的，即神主父子、三个警察和阿通母女。因为他们的房间位置都低于中庭，所以他们的房间外面就只有石墙。他们几个都按照上述所说的顺序，一起聚到了靠近龙头馆处的走廊上，彼此站开。我把他们几个站着的位置确切地描述一下就是：坂出从自己的"龟甲"出来，朝上边走了走，站在"弦间"前；我从"莳绘"出来，朝上走，站在"柱间"前面；神主父子在"螺钿"前面；三个警察在"龟甲"前面；阿通母女和仓田惠里子在"莳绘"前面，就是这么个顺序。所以，虽说沿走廊绕了一圈，而正好能正对着中庭草坪的也就只有这一部分。其他位置不是太低就是太高，大家都集中站在这里，错落有致，一见里美母女出场，立刻响起了热烈的掌声，大家或坐或蹲在走廊上，几个男人索性盘起了腿，女人则跪坐在地板上。

另一方面，演奏者因为十分有经验，知道观众聚集的区域，安放古琴时便考虑到了最佳位置，看她俩坐下后，就知道舞台设置得非常合理。

掌声停止后，犬坊育子向大家做了简单的说明："下面我们就给大家演奏《两种个性》和《三个改编曲》。这两首曲子都很复杂，能不能弹好我们也没信心。《三个改编曲》我们就弹其中的第一和第三乐章。"

起先两人的演奏还有点不够流畅，节奏一快，和弦就搭配起来了，对位相当棒，曲子也好听。虽然曲子有点偏长，但当中有一大段华彩的部分十分精彩，所以一点也不无聊。一曲结束，包括警察在内，大家都鼓掌喝彩，二子山一茂还叫出了声。

第二首《三个改编曲》大大超出了我的想象。我记得这就是之前里美跟我说"有点难，要尝试一下"的那一首。无论和弦还是旋律，这首曲子都彻头彻尾是首现代乐曲，听上去十分前卫，颠覆了我对古琴固有的印象。弹第二架琴的里美看上去还不熟练，弹得很辛苦。这首曲子难度太大了。

可我听着这首曲子，心里有些害怕，脑海中浮现出大风大雪中夜叉疯狂起舞的画面，昨晚的恐怖经历又出现了。如果是在昨晚听到这首曲子，我准保吓得魂飞魄散。可它终究给我留下了深刻的印象，原来古琴还可以演奏如此现代的乐风。关键是，我没想到犬坊育子的琴技竟如此高超。虽然我对古琴只是一个门外汉，可她的水平之高连一个门外汉都能看得出来。她一向谦虚，我还真当她只是初学者。可一遇到快速弹奏的部分，她的手法之快竟叫人看不出手指的活动，这让我想到了吉他界的吉他之神克莱普顿。我暗暗赞叹着，若一个业余琴手就能有这样的水平，那小野寺锥玉该有多么了不起啊。真想亲耳听上一曲，不知她有没有出CD。

第二首曲子演奏到高潮时，我看见坂出左后方的篱笆门开了，我正在纳闷，只见菊婆从里面爬到了走廊上，她也听到琴声了吧。

她凑到坂出面前，说了几句，大概是问大家在干什么吧。坂出盘腿而坐，转身向后，凑在她的耳边说了些什么。菊婆重重地点了几下头，就留在走廊上，好像也在欣赏琴声。

演奏结束，大家再一次献出了掌声，我也很感动。这首曲子的确有难度，就像爵士乐的前卫表演一样，我从没想过竟会在偏僻的山村听到如此美妙的乐曲。

里美又把那条褐色的手帕拿了出来，擦了擦手，似乎在示意大家她的表演结束了。育子的表情也跟她一样。可大家的掌声久久不散，生活太过无聊，所有人都渴望能有些娱乐。二子山一茂他们一个劲地要求返场。虽身为神主，毕竟他还年轻，还当是在听摇滚乐呢。

坂出也开始要求返场，喜欢跟风的我也情不自禁地欢呼起来。育子有点为难，侧过脸与女儿商量了两句。里美面露难色地回应了。

育子转身面朝观众，像是要说些什么，大家安静下来，只听育子说："谢谢大家。我们俩都很业余，会的曲目也不多，大家要我们返场，我们也挺为难的。要么就给大家再来一首新学的吧。刚才的两首曲子难度很大，大家也看到里美弹得很吃力，下面就弹一首简单的，是我很喜欢的一首名为《海之诗》的曲子。这是一首描写濑户内海风景的优美乐曲，原本要有尺八一同合奏，最好能由我丈夫参加，可惜他不懂音律……"她笑了笑。

"实在对不住作曲家，现在我就只能单独用古琴给大家演奏了，我从小生活在这里，对冈山也颇有感情，那下面就请大家欣赏《海之诗》吧。"说完她演奏起来。这是一首很传统的古琴曲，总算叫我松了一口气。曲子刚刚响起，大概菊婆身体不适吧，跟坂出打了个招呼就回去了。她在走廊上慢慢往回爬，好不容易才跨过门槛，进了房间。紧接着就关上了篱笆。

观众们好像也受了菊婆的影响，渐渐有些坐不住。先是在最靠近龙尾馆的行秀站了起来，慢吞吞地从走廊往下走。两三分钟后，阿通母女也站了起来，她们说了些什么，仓田惠里子就也站了起来，三个人一起顺着走廊往龙尾馆走去。演奏还在继续。

犬坊育子没想到大家会叫她返场，同样有些观众也没有想到，他们都各有工作。每一首曲子都很长，从演奏会开始到现在已经过去了一个小时。起初，太阳还照在中庭的草坪上，如今已经西斜，弹琴的母女俩早就被龙胎馆投下的阴影遮住了。

我见里美边弹琴边瞥了一眼左手腕上的手表。曲子接近尾声，节奏渐渐舒缓。就在这时远处撞钟堂上出现了犬坊行秀的身影。他手里拉着撞木的绳索。曲子还没结束。我真担心他会不等曲子弹完就撞起钟来，便一直焦急地注视着他。可行秀特别守规矩，他根本不理会这些，已经在前后摇晃着撞木了，眨眼间他就撞出了第一下。

钟声震得地都要裂了。钟声一响，曲子就戛然而止。显然，钟声破坏了演奏，大家的掌声也就不那么热烈了。

两位演奏家并没有立刻就站起来，她们还沉浸在乐曲的余韵中，低着头待了好一会儿。育子终于抬起头来，她原本想说些什么的，但被钟声扫了兴致，只好笑笑向大家默默地鞠了一个躬。这时候钟声响了第二下。两位演奏家站了起来，抹了抹和服上的褶子。守屋起身去院中准备收拾乐器。

可就在这个时候，传来了一阵女人的尖叫声，我们都惊呆了，里美和育子也很困惑，就呆呆地站在草地上。

"快来人啊。"有人声嘶力竭地叫着。警察们都跑了过去，他们下了走廊。是阿通，又是在阿通母女的房里。

我也跑了过去，发现坂出也跟在我身边。高大的守屋跑在我的前头，阿通则拉着孩子的手站在走廊的那一头。

"出什么事了?"铃木叫道。

"仓田她……"阿通说。三个警察都冲进了"百脚",我和坂出、守屋也跟了进去,靠在打开的木门边站着。这时候,钟声又响了。

"啊。"守屋惊叫起来,我也感到一阵晕眩,误以为时光倒流了。眼前的情景之前我也见过,仓田惠里子的头发上满是鲜血,身子像个虾米一样倒在榻榻米上,她的背朝向我们。滴在榻榻米上的鲜血还在不断地扩大。

"我,我,我插了门栓的。"阿通歇斯底里地叫着,她的样子把一直没吭声的雪子吓哭了。我前面的坂出回过头,越过走廊朝中庭看了一眼,那里已经没人了。不过如果这次凶手是在那儿开枪的话,定能逃走。当时所有的住客都集中在走廊里,只有少数的几个人离开后去了案发现场,而其中一个现在还在撞钟,钟声又响了一下。这么说就只有行秀排除了嫌疑。

"怎么了?"一个女人的声音从上方传了过来。大家都抬起头去寻找声音的主人,原来犬坊育子正站在石墙上龙像的旁边。她大声地询问着情况。

"菊婆很担心,想知道发生了什么事。"育子又说。

"仓田,仓田惠里子被枪杀了,这次也是头部。"坂出叫道。

"啊。"育子发出绝望的喊声,摇摇晃晃地走了,之后我还看到了里美的身影,很快她也走了。

"太太，到底是怎么回事？怎么发生的？"福井怒气冲冲地问。

"不知道。我……我什么都不知道。我把门栓插得好好的。"阿通叫道，雪子还在哭。钟声又响了。

4

"子弹是从哪里打过来的？"铃木怒气冲冲地说，他们都在"柏叶"。法医照例第一时间赶了过来，把仓田惠里子的尸体带回警局检查，检查结果照例也不怎么样。神气活现的冈山县警察局现在纯粹成了一个停尸房。虽说得对外保密，不过说实话，警察们至今也毫无头绪。

"他们说这次又是二十世纪三十年代勃朗宁公司制造的达姆弹。真是受够了，到现在都杀了多少人了。"

"已经四个了。"田中很冷静地答道。

"我知道。"铃木吼道，"这我也会数。这么多警察都在跟前，他到底还想杀多少人？这么下去就算是村里的小报也会有所察觉，不久我们就会成为笑柄的。"

"哪有这么简单？这样下去恐怕我们的子孙后代都会受牵连的。"福井也说。

"总之要绝对封锁消息。不管是法医、村里的派出所还是村民、犬坊家的，统统不许往外说。知道了吗？田中。"铃木叫道。

"明白。"

"还有那个叫石冈的作家,也得关照他,绝不能乱写。万一把这事捅到出版社去,就糟了。"

"老师好像就在屋里写呢。"福井说。

"什么?那还不赶紧去阻止他,田中。"

"啊,就是一些备忘录,记的笔记。这我们没法管的。"

"什么?你现在还在说这种话,那到时候就你来扛吧。知道吗?"

"再怎么说我们也是讲民主的警察啊,哪能动不动就去封住市民的口,我们不好禁止的。"

"田中,你小子别说了。托那臭文人的福,我们这里已经够乱的了。他写那些乱七八糟的东西,到时候被报社知道了,肯定会干扰我们侦破的。这种情况还少吗?田中,你听明白没有?那个小说家就由你负责。如果我们都成了笑柄那丢的就是全体警局的脸。你也别指望娶媳妇了。"

"跟这不沾边吧。与其说这些,还不如赶紧想想案子。"

"我知道。我这不是就在想嘛。啊,不对。已经九点了。犬坊家的人不是说再晚也会准备晚饭的嘛。我们哪还有脸出去?听说仓田的母亲已经半疯了,说如果她早一天回去就不会出这事了。人家把怨气都发到我们头上。你们知不知道?"

"子弹会不会是从格子窗那里射进来的呢?"田

中说。

"别说傻话了。"铃木咆哮道,"开什么玩笑,那儿那么高又那么窄。如果板门真的关好的话,没人能射穿的。这事不是明摆的嘛。到现在都是那女的自己说她关了门,还上了门栓,可谁也没亲眼目睹。田中,是不是?我说得没错吧?没搞错吧?"

"没错。"田中慢条斯理地回答。

"那我们把那个女的带回局里,好好审一下不就行了?她肯定会交代的。"

"等一下,铃木,你先沉住气,冷静一下。"福井说,"那女的不是还带着个孩子吗?"

"那又怎么样?这就想掩人耳目?有孩子算什么?那女的肯定有嫌疑。"

"光凭这个你就要抓人?铃木,你自己也有孩子。那么可爱的孩子就坐在边上,万一被打中了怎么办?会叫人开枪吗?你好好想想。"

"我也不是凭空乱说的,我当警察也有三十年了。"

"我也是啊,铃木。"

"我的第六感告诉我,不会错的。警察的第六感。那女的一定有问题,没那么简单。"

"冒着孩子被打中的危险?叫人家来开枪?如果是你的孩子你怎么办?你会叫人家开枪?你好好换位思考一下。"

"我的孩子怎么了?就那个笨蛋,随他去吧。"

"是吗?"

"不会打中孩子的。她不是叫孩子坐在被害者前面嘛,两次都是。从凶手的角度看,都是正面冲着被害者,中丸和仓田,位置都一样。你不觉得奇怪?肯定是那女的安排好的。"

"可孩子就在边上啊,会这么去做?要是我就不会。万一被害者动一动,不就打到孩子了?这可不是开玩笑的。"

"如果是你的话,也不会去杀人呀。"铃木说,他激动得出了一身汗,就胡乱脱了上衣。他把衣服拿在手上,左右挥舞着继续往下讲:"所以你还是别瞎比方了。再说那女的为什么会在这里?她又不是犬坊的亲戚,她怎么会到这里来的?"

"反正你这么激动,是没法好好思考的。铃木,我不是反对你的做法,你先听我说。如果那个女的有嫌疑,比方是这样的话。"福井停顿了一下,思考了片刻,他的两个同事都静静地等在一旁。

"说不定我们都想错了。子弹真的是从外面射进来的吗?外面有地方开枪吗?会不会是里面的人打的?像这样左手握枪,自己面朝佛龛跪拜,然后把拿着枪的左手伸到身边人的头顶,从上往下射击。"

"这又得遭报应吧。在佛龛前面杀人,而且孩子就在旁边?"

"孩子能知道什么?才四岁大。完事后赶紧把枪藏在衣服里，不就看不出来了？"福井说。铃木不再说话，他想了想："确实呢，爱卖弄侦探知识的愣头青都喜欢动不动就提什么密室。真他妈无聊。要不是阿通干的，就不会死人。那女的怎么看都有问题。半夜说什么有鬼魂坐在她两帖的小房间里。全在撒谎。"

"犯罪都是从撒谎开始的。"福井说。

"好，那就从这一点入手调查。"铃木说。

"铃木你说的方法呢。"田中插嘴道，"若真那样，别说被害者了，就是孩子头上也会沾到火药，阿通左手上也会有。他们三个人身上都会有明显的硝烟反应。我跟法医也曾想到过这一点。"

两个有三十年警龄的老警察无言以对。

"所以呢？"铃木吼道。田中很抱歉地说："三个人都没检测到硝烟反应。也就是说不是近距离射击。"

铃木哼了一声。

"那一样撒谎，她还不如说自己没插门栓更好些，说插好了门栓不是更有嫌疑？就像铃木刚才那种推断。她说插好了门栓，就肯定会产生那种推断的。"

"新手哪里顾得上这么多？"铃木说，紧接着大家又是一阵沉默。

"那现在，你说怎么办？"

"说实话我也不知道。不过我推测子弹是从格子窗射进来的，还有另一层意思。"

"那你说从哪里射过来，才会穿过格子窗？"

"屋顶。"田中说。

"屋顶?哪个屋顶?"

"案发现场的头顶上。"

"头顶上?"

"就是'百脚'走廊的屋顶上。"听到田中这么说,那两位都感到很惊讶,他们闭上嘴,仔细地想了想。

"怎么做到的?"

"就是趴在屋顶,把枪从廊檐下伸进来,枪头插进格子窗里。这里的走廊很窄,所以……"

"可这要怎么瞄准呢?枪托和手都悬在空中。"

"不瞄准,光凭感觉打。"

"那能打中吗?"

"所以他肯定事先练过。挺难做到的。他事先一定练习过。"

福井反复思考后,说:"你这想法也太不靠谱了。你想想看,要真是那样,凶手都不确定自己可能打到谁。"

"嗯,对。"铃木说。他还想继续往下说,福井举起右手打断了他。

"要是那样,凶手就不会只开一枪了,他肯定要打两枪、三枪,直到把所有人都杀了。睦雄那次不就是吗?"

"可是……"田中反驳说,"他一定不想让人听见枪声,所以才跟钟声同时开枪的。"

"钟声。对啊,所以我们都没听见枪响。"福井说。铃木一副早已了然的神情,没有开口说话。

"是的。所以我觉得,中丸被害时雪子妈妈也没有撒谎。因为这次我们都很肯定。实际上大家都没听到枪声,不是每敲一下就会响一枪的。看来枪声是在钟敲第二下时响的。敲第一下时他很难开枪,他不能确定敲钟的时间。只有在听见第一声钟响后,凶手才能算出第二下的时间,然后在钟敲第二次时开枪,敲第三声前,雪子妈妈就吓坏了,她大叫起来,我们都迅速赶了过去。也就是说凶手只开了一枪。如果他没有配合钟声,又开了第二、第三枪,就肯定会暴露的,这样他就逃不掉了。"

"啊,原来如此。嗯……"福井又陷入了沉思。过了一会儿,他又说:"稍等。"

"稍等一下,田中。你不觉得奇怪吗?首先我们考虑凶手是趴在'百脚'走廊的屋顶,把枪头伸进格子窗,然后扣着扳机等待钟声响起,对吧?"

"嗯,是。"

"那他其实没必要等钟响第二下。钟敲第一下时他就可以开枪了。凶手趴在屋顶可以看见撞钟的行秀嘛。他看着行秀,然后瞅准撞钟的时机,砰的一枪……"

"他看不见。"田中立即打断他,"从'百脚'的屋顶是看不见法仙寺撞钟堂的。"

"看不见?真的吗?"

"看不见。所以他只能计算敲钟的时间。"

"是吗?"福井又想了想,过了好一会儿,他才说,"这还真有意思,田中。我还是想不通。如果真像你说的那样,那么凶手倒不像是要准确地杀掉某个人,反而更害怕我们听见枪声,是不是?所以他情愿打偏,也不愿让我们听到枪声。是这样吧?"

"我是这么觉得的。因为我们第一时间就赶到了现场。如果再开枪,枪声就彻底暴露了,若枪声来自屋顶,我们立刻就能确定他的位置。"

"这么说凶手的行凶对象是随机的喽。妈妈也好,孩子也好,仓田也好,谁都行?"

"应该是的,有这种可能。"

"哪有这种事?"铃木说。

"谁会干这种蠢事?"福井也说。

"不知道。不过之前的一系列案件不也都属于这种性质?"

"嗯,可能吧。留金做的?"福井说。

"那我不知道,不过可以肯定是外人做的。这次,这里的所有人都集中在走廊里了,而且我们都是目击证人,每个人都有不在场证明。若说没有的,就是去撞钟的,或者是待在案发现场的那几个。"

"那不就只剩下阿通了吗?"铃木叫起来。

"等一下。如果是留金从屋顶……那他开枪后,又从哪里下去,往哪里逃跑呢?"福井说。

"顺着屋顶朝龙头馆方向跑。在龙头馆前面的'猫足'那儿跳到房后去，从那里爬上通往法仙寺的斜坡不就行了？"

"留金都已经五十岁了啊。再说，这也行不通。会被中庭里的育子和里美看到的。他如果顺着屋顶跑，那'云角'的屋顶就正好跟中庭同一高度，育子跟里美一眼就能看到。"

"哦，是啊。那他会不会朝相反的方向，就是下到龙尾馆，从过道跳下去，这样比较可行。"

"这里行不通就去那边？你这推断过于随机了吧？"铃木说。

"嗯，是的，不过……"福井想了想说，"凶手为什么要这么做？这不是本末倒置吗？为什么凶手偏偏选白天作案，而且大家都集中在走廊里，这也太明目张胆了吧？哦，实际上已经是傍晚了啊。那他只要再稍晚一会儿，不就更有机会了吗？只要他等到天黑。哎，搞不懂。"

"所以说钟声对他最为重要，任何条件都比不上钟声。"

"所以我才说这事奇怪嘛。就算他再用钟声来掩盖枪声，当时连警察在内还有那么多人，这太冒险了。哪怕给人听到一点枪声，也还是晚上作案更有利于逃跑，不是吗？"

"对啊。凶手一定是有理由相信自己能从大家眼皮底下逃走，才选择那个时间的。事实上他也的确成功了，我们到现在都没发现他的逃跑路线。"田中说这话时，大家听见走廊外有人小跑着过来了。

"哎呀，惨了，一定是来叫我们去吃晚饭的。"福井说。

"福井警官，铃木警官。"一个女声在走廊里叫。

"哦，开饭了吗？这就来。"福井说，可对方并没有回答，只听到女人急急地喘气，像是育子。

"太太，您怎么了？"福井走过两道开着的门，从六帖的屋子到四帖的，再从四帖的屋子到两帖的。篱笆外站着一个女人，略微弯着腰。

"怎么了？太太。"福井打开篱笆，他身后跟着铃木和田中。育子站在三人面前，抬起了头，脸上毫无血色，即使天黑也看得出来。

"怎么回事？"福井这才察觉出不对劲。

"我母亲，我母亲……"

"您母亲她怎么了？"

"我母亲被杀了。"

"什么？您母亲？哪个？在哪儿？"

"是菊子，在'四分板'，刚才我去给她送饭……"警察们不等她说完，就冲出了走廊，顺着走廊跑了半圈才登上龙胎馆，进了"四分板"。屋里很暗，东西散乱得差点把人绊倒。"四分板"里有许多稀奇古怪的玩意儿。

菊子仰面躺在六帖的屋子中央墙壁前面的被褥上。屋里没有开灯，只有两帖的外屋亮着灯。菊子身穿和服浴袍，呈大字形躺着，双脚冲着窗户。两手与其说左右平展，不如说是略向身侧斜下方展开着，不过没有碰到身体。她的左胸处浴袍上有一大摊血渍，拉开浴袍就可以看见她的左乳下有一个小窟窿，凝着一些血块。

福井用手帕包住手，贴着墙壁摸到了开关，打开了屋里的灯。他听见跟在身后的育子屏住了呼吸。她还没在灯光下见过母亲的尸体。

"田中，快去叫法医。"铃木说完，田中就跑去了走廊。福井在尸体边上蹲下来，看了看表："已经九点多了。太太，之前还有没有别人发现她？"

"没有，我把饭菜端过来，才发现……"盛着一碗粥和一点小菜的托盘就放在靠近古琴的地板上。

"她死亡时间已经很久了，屋里也没有开灯。难道是从窗外？"窗户朝外打开着，屋里非常冷。

"凶手在太阳下山之前，从窗外开的枪？"福井把身子探出窗子，朝外面看了看。

"啊，下面是堵石墙？这么高啊。看不清楚，太暗了。"

"这里比地面是不是高出很多？"铃木问。

"嗯，是挺高的，这里是建在石墙上面的。"

"这么看来凶手就只能在屋顶上了，这边屋顶上完全有条件。太太，这边是不是朝西？"福井问。

"是。"

"那也有太阳。太阳正好能照到死者。太太您六点钟弹琴的时候,她人还活着,这么说是六点以后了。"

"对了,有没有人听到枪声?"

"没有。"育子答道。

"难怪容易出事。"主动出击就是最好的保护,铃木一句话就把育子压住了。她不好马上表示出对警察的不满。

"演奏结束到把饭菜端进来这段时间中,有没有人来过这里?"

"应该没有。所以一直没人发现。"

"难怪会出事。"警察惯于推卸责任——都是你们不够警惕,才给我们警察找了这么多麻烦。

"屋里没有开灯,说明作案时太阳还没有下山,对吧?那就一定是发生在演奏刚结束不久。"

"这么说,田中说得没错,是从屋顶开的枪?太太,您在表演时,或者结束以后有没有看过这里的屋顶?"铃木问。

"倒没有专门注意过,在中庭看得见屋顶的。"

"那你有没有看到什么可疑的人?"

"屋顶上吗?没有。"育子大概觉得这问题太可笑了,用力地摇了摇头。

"人死在被褥边啊。菊子平时都睡在这床被褥上吗?"

"是的。"

"太太,请您老实告诉我们,她是您的亲生母亲吗?"铃木上前开始询问。

"是。"

"哦,那您一定很受打击,不过她今年多大年纪了?"

"今年七十八了。"

"七十八啊。这个年纪老死的可能性也是有的啊。"他又很巧妙地推卸了责任。

"这我们知道,可是她这个样子……"

"我知道。不是老死。可她死在被子外边,这怎么回事?"

"大概她爬出被子,一开窗就被打死了吧。"福井说。

"可是是从哪里开的枪呢?就算凶手爬到了石墙上,但这个房子是向外伸出去的,他没有地方可以抓啊。"铃木说。

"导水管太细了,派不上用场。它就只是放在那个台子上。刚才说屋顶上没有人,那就只剩离这儿最近的房间了。"

"最近的是'龟甲'里的坂出,他隔壁是'莳绘'的石冈。"育子正在解释,田中回来了。

"田中,你去问一下坂出和石冈,六点左右有没有听见枪声?"

田中点点头，又出去了。

"这间屋子跟其他客房不大一样啊。"福井说，"两帖的房间跟四帖房间有一半都是地板，四帖的屋里还有架古琴。"他说着走到了古琴边。

"哎呀，搬不动。"

"是的，只有这间屋子被我们家之前一个叫樽元的制琴师改造过。他把一整棵松树做成了这样一个可以安置古琴的搁板，然后嵌进了地板。"

"这么说，这整个是一块木头？古琴台也是？都连着的？"

"对。那架百济琴也是，它也不是普通的古琴。他正好找到了这么一块竖琴形状的木头，枝干原就长这个样子。是百日红的树干，他就拿来做了一架百济琴，嵌进地板。所以它也不能搬动。"

"这也太讲究了。为什么要这样？"

"也没什么特别的原因，就是用这架琴在这屋里合奏，整个房间都有回声。老掌柜特别喜欢这种与众不同的感觉。"

"琴上没有安弦啊。"

"是的。这东西很难弄，新的时候还好，旧了要打理就很费事。琴本身会出毛病，声音也要调，所以现在不用了。"

"那还不如别弄这些花样。最普通的就好了。"铃木直截了当地说。

"啊，这架可以在外面换弦。"福井走到四帖的屋里看着琴说。

"哦，这种是新罗样式的古琴，也比较特别，它固定在地板上，手没法伸到琴内去，所以琴的外面，就是边上可以换弦的。"

"那跟吉他差不多啊。"福井说。

"嗯，对。不过换弦得很小心，否则容易钩住和服的袖子。"

"那百济琴呢？"福井走到两帖的屋里，"这两架琴同时弹就成了百济和新罗的合奏？"

"对的。"育子哀伤地说。

"弦是不是安在这个弓状的部分与下面的琴身之间？"

"是。"

"那倒类似西方的竖琴。"

"对。"

"弓状的部分有一个好大的空洞。不是用来安弦的吧，这里太靠近根部了。"

"不是的。樽元也是觉得这个空洞有趣，才找来的。"

"这也是用的一整块木板？"

"是的。"

"哦，原来是这样。这是枫干横过来的样子，用它做底板，不需要去掉树枝就可以全部都用上了啊，是不是？"

"是。"

"做得真不错。树干表面还有这么多坑坑洼洼的，有意思。百日红的树干都有这么坑洼吗？然后树干上正好挖了一个右手大小的洞，这样手就可以塞进去换弦了，对吧？"

育子不再回答，她现在没心情跟人家解释古琴的构造。这时，田中回来了。

"田中，怎么样？"

"坂出说他六点以后就一直待在屋里，一点枪声也没听到。石冈说他演奏结束后出去了一个小时，其他就一直在屋里，他也没有听见枪声。"

"是吗？果然没有枪声啊。"福井懊丧地喃喃道。

5

中庭的演奏一结束仓田惠里子就遇害了，我在一片骚乱中想起了她中午叫我去吃饭时，对我说的话。当时她在龙胎馆的走廊上，回头对我说："我明天就要回家去了。"那就是我听到她说的最后一句话。如果再早一天，她是不是就不会死了？每当我想起她的笑脸和说话时明快的语调，就对这一系列案件充满了憎恶。

同时我也感到不能再犹豫了，不早一点把凶手捉拿归案，就会有更多的人遇害。犬坊家的人也会有危险，不开玩笑地说，我自己也在劫难逃。而最让我深恶痛绝的就是这个凶手太过胆大妄为，在这么多的警察眼皮底下仍敢作案。尽管对那三位县里来的警察有些不敬，但他们俩确实连门神都当不好。

当田中跑去给警局打电话时，我马上回了房间，将之前未完成的记录迅速补充完整，一直记到了仓田惠里子的遇害。昨天我还在遣词造句上下了些功夫，如今我已没有这种时间，后半部分都成了简单的流水账。不过光这些内容也足以了解案件的经过。

我拿起练习本去了龙尾馆，先是去找里美，想跟她打听文具店跟邮局在什么地方。可我没见到她，倒是碰到了守屋。我把事情跟他说了，又问了他邮局的营业时间。他告诉我邮局一般下午五点关门，不过局长一家就住在邮局里，如果是熟人去的话，他们晚上八点前都会收下需要投寄的信件。由于守屋认识邮局局长，我便请他跟我一起去。

我还想把书信复印一份，就问他文具店有没有关门，他说可能还开着，于是我们先去了文具店。因为他说龙卧亭里也有复印机，只是太旧了，怕复印不清楚。

跟守屋并排走在黄昏时分的贝繁村里时，我突然产生了一个念头，如果他就是凶手，那我一定没命了。他那么高又那么壮。案件发展到现在，任谁都会疑神疑鬼。住客之间互相猜疑，紧接着就会引发恐慌。

尽管身边发生了惨剧，贝繁村里却依旧悠闲散淡。我们走过一户茅草屋顶的农舍，路边多是一些用茂密的树木围成的人家。一旦道路跟田埂相连，晚风就显得格外凉爽，可今天天气暖和，倒有些初夏的感觉。我问守屋里美呢？他说好像还一个人关在屋里哭呢。我很佩服犬坊一家人的忍耐力。明明周围的人一个个地遇害了，他们也只是闷在屋里哭一哭就过去了。

说实话，跟沉默寡言的守屋在一起，我总感觉不太舒服，为了打破沉默我只好又问了些里美的事——她这孩子怎么样？结果他说她很乖却也很古怪。我追问哪里怪，他说好像在学校里出过什么事，具体的他也不清楚。过后他又说他给藤原家打了电话，结果人还是没有回去。

文具店也在贝繁银座大道上，刚进去时我还以为自己进了一家玩具店呢。店里前面半间都是卖玩具的，虽然不当令，屋檐下还是挂了很多塑料袋装的烟花。往里走也看不到多少文具，半间铺子都是书和杂志。谁叫他们的书架太小，这里果然没有我写的书。万一里美找来，估计会以为是我打着作家的名头在骗她。

我走到店铺的最里头，才在收银台旁边看到了一台复印机。我摊开练习本，一页一页地复印起来，守屋在边上探头看了一眼，问我是些什么。我告诉他，都是我记录的案情，我有个朋友跟中央警察很熟，现在在挪威，我想把这些东西寄给他，让他帮忙想想办法。守屋说，职业警察都破不了案，你朋友可以？他这种从学徒当上厨师的人一般都会有这种疑问。

我总共复印了三十张。因为字写得密密麻麻，读的人定会很头疼。我又在店里买了个大信封，把复印件折好后塞了进去，放在旁边的桌子上，写了信封。地址是：

Mr. Kiyoshi Mitarai

Evangerven 13 57xx Oslo, Norway

地址不是英文，我尽量想不拼错，但我既不会念也不懂它们的意思，反复检查了好几遍，还是不敢保证万无一失。我跟守屋询问了龙卧亭的地址，写在了寄信人一栏，又向店里借了一支红笔，在信封上写下英文"AIR MAIL"两个词。这些都是御手洗教我的。

"啊，寄到挪威吗？"守屋说，"那么远啊。"

后来我们俩就一起去了邮局。邮局也在贝繁银座，是一座石头建筑，面积不大却也蛮气派的。只不过快晚上八点了，邮局的大门紧紧关着，灯也熄了。我正不知怎么办才好，只见守屋不慌不忙地进了边上的小巷。

我绕过去一看，原来那幢石头建筑其实是带白墙的木造楼房。从背面看，它跟左右的几户人家完全一样，都是木造楼房。房子背后有一扇装着毛玻璃的格子窗，旁边还有一扇像是后门的木头小门。我们面朝着房子，身后就是大片的水田，守屋敲了敲木头小门，叫道："横川，横川。"

木门开了，在日光灯照耀的木地板房里站着一个七十岁左右的红脸男人。

"哦，是守屋啊，来，进来喝一杯？"

"今天没空。这位从东京来的小说家想往国外寄封信，挺着急的。对不起啊，知道你已经下班了。"

"抱歉，打扰您休息了。"我说。

"局长在吗？"

"我儿子不在，出去了。"他说。

"那麻烦了。"

"没关系。最近正好田里闲着，家里来了几个年轻人。来我给你们接下吧。你们到前门去，我这就去开门。"

"真不好意思。"我说着，鞠了一躬。好方便的邮局啊。我还是第一次碰见。

我们在前门那儿等了一会儿，屋内的日光灯就亮了，名叫横川的人费了好大工夫才给我们打开门。他是邮局局长的父亲。我走进邮局，里面冷飕飕的，一个陈旧的黑色石头柜台上开着两个窗口，一个办理邮政业务，一个办理储蓄。

"你们把信给我吧。啊？国外的啊。是寄美国？"横川从柜台的偏门走了进去，颤巍巍地坐上椅子，戴上从胸袋里拿出的眼镜，接过我手中的信。反复检查了信封上的地址后，他不慌不忙地说："不对，是挪威啊。"

"挪威。喂，今田，挪威在哪个地方？"他回过身向屋里问，于是一个叫今田的年轻人，拿着冰啤酒杯走了出来。

"挪威？我也不知道啊。不在美国吗？"听他这么说，我吓了一跳，这人醉得不轻啊。

"不，横川，外国可不只有美国。"守屋说，"挪威在北欧吧，北欧。"

"北欧？"

"就是圣诞老人的故乡。"横川听到这儿，立刻把眼镜拉到鼻尖，眨着惊奇的眼睛看着我，眼睛瞪得老大。他说："那么远，我们乡下邮局能寄过去吗？"我也不知道该怎么回答了，一时还以为自己走错了地方。

"而且你的信太厚了。寄国外的信都用很薄的纸，只能寄分量轻的。"

"哪有这回事？这封信只是稍微重了点，飞机还是载得动的。"守屋开了句玩笑，可横川并没理会，他很严肃地说："不是这样的。"我又是一惊，听他的口气，仿佛自己做了什么违规的事。这么下去，我真担心这封信到不了挪威，便准备明天去一趟新见，找找看还有没有别的方法能寄。

"反正你要觉得太重，那就多收一点邮费嘛。"

"这个我就不知道了，收多少钱得等我儿子回来问一下。我还从来没寄过这么远的信呢。"

"没有邮政价目表吗？"

"不知道有没有，反正我不清楚，大概没有吧。"

"那我明天去新见寄。"我小心地说。横川立刻接嘴道："嗯，对，这样比较好。"他松了口气，又把信放回了石头柜台上。

"不，不，不，没事的，横川。"今田在后边说，"邮费明天再算好了。等局长回来了问一下，然后明天打电话告诉犬坊不就行了？"

"啊，对，对。"守屋附和道。横川想了想，问我："那你觉得呢？可以吗？"

"啊？嗯，好，好，当然可以。只是请用加急，加急。"我忙答道。这封信总算可以飞往奥斯陆了，我的心这才放下来。

邮局局长的父亲跟附近的几个农民问了我们龙卧亭的事，守屋简单做了回答，还说藤原不见了，拜托他们有消息就来通知。横川听着脸阴了下来。

我们离开了散淡的邮局，又并排从同样散淡的乡间夜路上往龙卧亭走。夜晚乡野又有一种特殊的气味，大概是没什么汽车，泥土本来的气味就散发出来了吧，闻上去很舒服。

自打出了邮局，守屋就像是话说太多累着了一样，渐渐不再开口了。我向他提起睦雄，说了一些我收集的消息，这引起了他的兴趣，也跟着讲了起来："这都是真事。他真是一个杀人魔鬼，特别凶残，害了好多女人，而且全无悔改之意。终于在一个春天的晚上发了疯，趁着樱花盛开，他一路大叫大喊在贝繁村里行凶，一连杀了三十口村民，就像鬼附身了一样。听说这种人全世界都很罕见，简直可以载入吉尼斯纪录。"

"这么说确有其事喽？"

"当然啦，还上了报纸呢。"

"他家是村长还是什么，非常有钱，听说家里还有可以关押女人的牢房。"

"是吗？大概有吧。"守屋说。

说完他又闷声不响，我们默默走着，过了好久他才又说现在不方便准备饭菜了。意思是只靠他一个人给大家供应饭菜，根本做不到。另一方面，我肚子也不太饿。不过他说今天的晚饭已经预备好了，随时可以端出来。关键是明天以后怎么办。

我回到屋里，打算在昏暗的灯光下好好整理整理刚才写的那部分流水账。过后想想又觉得还是明天再弄，就合上练习本，把案件在脑子里过了一遍。就算勉为其难我也得试着推理一番。我的精神已高度紧张，实在不能再忍了，必须做点什么，至少得找出点线索。我之所以这么想，是觉得自己的安全也受到了威胁，情况迫在眉睫。

就在这时走廊里传来一阵小跑的声音。我正有些纳闷，又听到几个人朝反方向跑去了，之后又有一个人从走廊跑下去，不一会儿又跑了回来。我不知道外面发生了什么，只是没想到又会是桩命案，怎么可能又杀人？这也太频繁了吧。

"石冈。"有个男人在叫我，声音突然在门外出现，吓了我一跳，我刚才没听到他的脚步声。等我出去一看才知道是田中。

"菊子被害了,也是枪杀。"田中冲着我说。

"啊?"我说。这太出乎我的意料了,我吓得张口结舌。又杀人了。我好久说不出话来。这么说,谋杀已经扩大到犬坊家人头上了。

"石冈,从六点到现在,你有没有听见过枪声?"田中问。

"没有。"我说。一直都很安静,就刚刚那一阵脚步声,算这期间最吵的一次。

"你一直在屋里吗?"

"没有,我跟守屋出去了一趟,去邮局了。"

"石冈,你给他……"

"御手洗吗?"

"对。"

"就是去寄信的,刚才已经寄去奥斯陆了。"

"要几天能到?"

"三四天吧,我寄了急件。"

"这可不行。我们警察都要成笑话了。"

"我有话跟你讲。"

"现在不行。没时间。另外你给那谁发信的事,绝不能告诉我们上司。叫守屋也别说。你刚才出去了多久?"

"一个小时吧。七点到八点。先去复印,然后因为是寄往国外,在邮局耽搁了一会儿。"

"好的。那我们再找时间聊。"说着，田中走了。

法医被找了回来，在龙胎馆的"四分板"又是一通忙碌。今天是四月三日，又出现了两名被害者。这速度太不正常了。俗话说百鬼夜行，恶鬼现在就在此处秘密徘徊，更叫人不解的是，他白天也会出没。

这么看来，得避免单独行动了。尤其是这次，杀了菊子谁也不会获益。恐怕仓田惠里子一案也是一样。我感觉凶手并没有特定的杀人对象，只单纯对杀人本身感兴趣。他若是随机杀人，那下一个目标也可能就是我。我在想是不是该搬到坂出那儿去，可万一他就是杀人魔鬼，我就惨了。

晚饭都成了宵夜。餐室里的气氛十分紧张，几个警察都没有来。住客只好自行商量今后的对策，大家一致同意不能再让女性单独行动。而男人，不但要各自保护一位女性，自己也得尽量避免单独活动。也就是说绝不能再发生我昨晚那种事情了。吃饭时，犬坊育子哀伤的表情给我留下了深刻的印象，仿佛在说龙卧亭完了。

我回屋时，没有先进屋，而是顺着走廊去了"四分板"，找到了田中。我把他叫到走廊尽头，迅速地耳语了两句："龙头馆后边有一个放圆锯的小屋，里面有一个八年都没用过的圆锯，不过它还能用。你赶紧去查一查有没有人拿它造过木筏、切割过尸体。要快。"

田中还想说些什么，可还得顾及身后的上司，我便赶紧跟他分了手，回屋去了。

6

四号早晨,我又被六点的钟声叫醒了。今天我的头不疼了,就走出屋子,站在走廊里瞧了一会儿撞钟的行秀,想数一数钟一共敲几下。

我一边数一边想,行秀绝不可能是凶手。守屋说他嫌疑最大,可我们都没调查过他,因为每次凶手行凶时他都有最可靠的不在场证明。至今已有多人遇害,列举出来就有小野寺锥玉、菱川幸子、中丸晴美和仓田惠里子。想到这儿,我突然紧张起来,按照这个顺序,那下一个被害人岂不就是里美吗?尽管我们没有找到作案动机,但这些案子都有一个很显著的特征。就是被害者都是年轻漂亮的女性。当然小野寺年龄略大了些,可其余几个都是年轻人。这么一想,剩下的就只有里美了。这可不能开玩笑。无论如何我得保护好里美。

总之,藤原的失踪和犬坊菊子的被害都大大出乎了我们的意料,因为我们无意间圈定了被害者的范围。可昨晚的被害者在所有被害者中年纪最大,是个七十多岁的老妇人,这真令我们胆寒,凶手杀人的随机性太大了。一开始案件就没什么规律可循,现在年轻女性以外的人也很可能遇害。

让我再从头梳理一下,如今被害的五个人中,至少有三个是在傍晚六点敲钟时被害的。钟声掩盖了枪声,撞钟人就是行秀。并且他每次撞钟都有很多目击证人,所以犬坊行秀第一个排除嫌疑。

可我现在突然对这个推断产生了怀疑。事实真的如此吗？没错，行秀每天早晚六点都会去撞钟。可说到底，撞钟的只是一个看起来像行秀的人。谁能保证撞钟的真的就是行秀本人呢？大家看到他时都是远望。倘若他在去往法仙寺的途中跟一个身形酷似的人交换了身份，那不就没人看到他了吗？这样他返回龙卧亭，躲在安全的地方把人一个个杀掉也是可能的了。

这样就说明，凶手应该是两个人，行秀和另一个与他极其相似的陌生人，他们的长相不需要一模一样，只要身材相似就可以了。可这个人还真不好找。比方犬坊一男和藤原都比行秀个子矮，跟他差不多高的就是——我想起来了，是守屋。

不可能。我马上否定了这个推断。这也太异想天开了。我以前就有这种毛病，老爱在一些怪问题上做文章，浪费了大量的时间。如果御手洗在场，他绝对不会考虑这些问题。这不等于是守屋昨晚自己承认他就是同谋了吗？

总之要去查一下那间小屋，得让警察去查一下那间有圆锯的小屋，查了就能明白了。那个地方最适合杀人和分尸。这一点我基本上可以肯定。另外就是到底谁手上有小屋的钥匙？

"石冈。"我听见有人在叫我，回头一看，田中正从走廊下方向我走来。

"好早啊。"他说。

"钟声太吵了,睡不着。要不我们打个赌,准保大家现在都起来了。"

"我的上司们还睡着,昨晚弄得太晚了。"田中说着,站到了我身边。这时我突然冒出一个想法,想跟他讨论一下:"田中,如果钟声是一种掩护的话,那凶手现在也有可能杀人吧。只要有钟声就行了,不是吗?可目前凶案基本上都发生在傍晚,这又意味着什么呢?"

"因为大家早上都没起来吧?"田中不假思索地说,紧接着又说,"今天的天气也不错啊,太好了,太好了。"

"菊子的案子有没有什么新进展?"我问。

"有。菊子的死跟之前的案子都不一样。"

"不一样?也是密室杀人吗?"

"不是。这次走廊上的篱笆没有插门闩,从二帖的外屋去四帖屋里的那扇门也没有,而且玻璃窗全都朝外开着。菊子一案的作案手法显然是另一种。"

"这就是所谓的跟之前的都不一样?"

"嗯,这是一方面,另外还有一点。"田中说,他解开西装的左侧,从怀里掏出一支烟,塞进嘴里,点上。十分享受地吐出一口烟。

"还有一个差异就是这次击中菊子的不是达姆弹。"

"不是?"

"就是普通的子弹。"

"那生产日期和制造厂商呢?"

"这两点还是一样,都是二十世纪三十年代勃朗宁产的。只不过子弹并非达姆弹。"

"啊,这又是什么原因?"我百思不得其解。田中说:"我们都以为凶手用的是同一杆枪,同一种子弹,可菊子案里没用达姆弹,这到底意味着什么呢?"

"嗯。那菊子中弹的部位是……"

"心脏,一枪打在心脏上。"

"凶手瞄准心脏打的?"

"不知道是瞄准了,还是碰巧?"

"原来如此,差异挺多啊。"

"不,除此之外,关键是菊子身上还发现了硝烟反应。"

"硝烟反应?"

"也就是尸体上有火药颗粒。"

"这样啊?"

"射击位置很近。这在之前的案件中都没有出现。"

"确实如此。"

"嗯,之前所有尸体上都没有硝烟反应。"

"是吗?我想起来了,菱川幸子的尸体上也没有的。"

"不只是菱川,中丸和仓田的前额和身上也都没有硝烟反应。"

"这么说她们三个,包括菱川都是被人从很远的地方开枪射杀的？"

"总之距离不近。"

"门窗都关着，还能从很远的地方射过来，这也太像变魔术了。"

"说实话，我们对这种案件没什么经验，别说连续杀人了，就是枪杀案平时都很少碰到。我们都不了解情况。"

"听起来太不可思议了。对了，龙头馆后边的圆锯调查得怎么样了？"

"哦，那个啊。"田中把烟灰弹到院里，说，"我们已经查过了。"

"是吗？什么时候？"我吃惊地问。

"查了两次。一次是发现小野寺尸块时，还有一次是菱川的尸块出现在木筏上时。"

"是吗？"

"再是乡下的警察，也会做案情调查的。"

"那结果呢？"

"不是那儿。锯子上一点血迹、体液和皮肉的残留都没有。"

这太叫我失望了，我没想到会是这个结果。不仅如此，我原本还很期待，认定圆锯就是作案工具。

"而且尸解小野寺和菱川的工具都不是电动的，用的是普通锯子。造木筏的也是。很明显是人工切割的，这个检查一下切断面就能知道。凶手的手法很粗糙，好像特别笨。"

我哼了一声,心想这一点行秀倒很符合,但还是不敢肯定。

"那现在谁有那屋里的钥匙?"

"这我不知道,我们要钥匙时,育子很快就给我们了。"

"育子……这样啊。"我彻底绝望了,希望全都破灭了。我沉吟了片刻,又说:"那钥匙平时不在行秀手里吗?"

"行秀?我不知道。为什么这么问?"

"如果他拿着,作案的可能就大了。"

"行秀都在撞钟啊。每天傍晚六点。"田中也这么说。

"嗯,是啊。"

"这些我们都有目共睹的。他撞着钟怎么还能杀人呢?"田中笑着说。这话是没有错。道理上也说得过去。可一般这种案件里最后的凶手往往都是最没有嫌疑的人。

"不过也有人怀疑他。他们知道些内情。"听我这么说,田中猛地转过头来。钟声停了,行秀从撞钟堂走了出来,下了石阶。钟一共响了六下。

"是守屋吧。"田中说。我没想到他这么快就猜到了。

"他就喜欢煽风点火。之前在院里也这样。"

"院里？"我追问道。

"他之前进过少年感化院。不过是很久以前了。"

"少年感化院？"这太让人意外了。

"嗯，不过这事我们不能宣扬，毕竟他已经改邪归正了，我就偷偷跟你提一句。你知道他为什么进的感化院？是强奸。而且还不止强奸了一个、两个，他干了很多坏事。这种东西是会上瘾的。"

我太震惊了，这些事我从没听说过，想都没想过。

"他罪行不小，不过烹饪的手艺确实很好。所以他在京都找不到工作，就跑到这种乡下旅馆来，现在旅馆也歇业了。他那个丧门星，跑来这里，又惹出事来。"

"惹什么事？"

"这个嘛，你可别到外头去说。"说实话我真的很受打击。平时跟我亲近的就只有住宿的坂出、警察田中以及龙卧亭的守屋，当然里美除外。行秀基本上不跟我说话，一男也我也觉得他跟我不是一路人，藤原又不爱说话，从一开始给我的印象就不好。反而是守屋最谈得来。尽管他有点粗鲁，对人态度却不坏，人又亲切。我没想到他竟是这样的出身，不免叫人唏嘘。

"那藤原人怎么样？他还活着？"

"应该活着。"田中说得很轻松，这也出乎了我的意料。

"为什么？"

"因为有人看到他了。"

"真的吗？在哪儿？"

"就在苇川上游，橘的附近，有个橘暗渠，你知道吧？就在那儿，有人说看到有个貌似藤原的人在河边走。"

"能肯定吗？"

"倒不完全肯定。不过那人以前到过龙卧亭，跟藤原说过话，应该不会看错。"

"那藤原会不跟守屋打招呼就走掉吗？守屋认定他不会。"

"那我就不知道了。总之各人有各人的情况，不问就搞不清楚。守屋对手下人挺横的，毕竟是感化院出来的厨师嘛，说不定藤原真想不干了呢。"

"哦。"真的是这样吗？不过任何人都会有他人无法理解的特殊情况。

"那排除了行秀的嫌疑，你们还是倾向凶手是留金？"

"嗯，这也说不好。"田中说。我突然怀疑凶手会不会是藤原？若大家都各有怀疑，事情就难办了。

"不过留金的嫌疑还是挺大的。从他做过的事情来看，跟案件还是有些关联的。"

"嗯，也是。"这点我也不否认。

"留金家在荒坂岭，那儿已经没人住了。不过他有个哥哥，以前有个烧炭的小屋，在仙人山的水坝边，就是由毛水坝。那里地处深山，平时很少有人，非常难找。二子山说他之前跟着去过一次，不过是七八年前了，跟留金一起去的。所以大家决定今天调查一下这事，叫二子山陪我们走一趟。"

"是吗？"我说。

"希望不大，就去看看。"

"那他哥哥还在？"

"早死了。不过最近走访时听说他的小屋还在。"

"这样啊？"

"石冈，你去吗？"

"嗯，希望不大的话就有点……"

"是啊。"

"对了，田中，虽然这次犬坊菊子的被害性质跟小野寺、菱川、中丸、仓田的有所不同，但单考虑菊子的案件，我想凶手是不是已经把作案对象转移到了犬坊家人了？目前被害的多是些年轻姑娘，你们接下来要多留意一下里美的安全，她今后可能会有危险。"我说。

"里美，里美是……"田中想了想。

"最小的那个女孩，犬坊家的。"

"哦，犬坊家的，那个化妆的高中生啊。"

"啊？"我一时语塞。

"她化妆了？"

下面轮到田中吃惊了。"她……没化妆吗？"田中盯着我的脸说。

"啊？是吗？"

"他们学校老师都警告她好几次了,叫她不要化妆,可她就是不听。教师大会上都拿出来讲过。她还做过其他一些事,被罚在家反省呢。总之是个叫人头疼的孩子。"

这个打击叫我眼前一阵发黑,好久都没说出一句话。我真没想到会是这样,那么好的一个姑娘。我一时茫然若失,仿佛没有睡好似的,脑子晕晕的。

7

吃早饭时里美也在,可行秀依然没有出现,他有点与众不同,大概一个人躲去哪里吃了吧。

福井和二子山增夫并排坐着,正在谈论最近发生的案件。他们说警察昨晚弄到半夜,今天一早又开始行动,把"四分板"窗下的草地和屋子都彻底地搜查了一遍。一男异常认真地在跟铃木夸耀面前装菜的漆碗,还有壁龛柱子上的木头纹理。我对此也很感兴趣,便有意无意地听了几句。

"你看这根柱子上的纹路跟那根是相互贴合的。这很难得。别处是看不到的,一般来说木工都不考虑这么多,把柱子一根根随便合起来就算完了。你看那根柱子,用的是飞蝉的千年梧桐木。把木料中最好的部分切割下来,让大家能看见里面最漂亮的纹路,否则梧桐木太软,拿手指都可以划伤它。一般有小孩的人家是不敢用这种材料的,太奢侈了。你再看那个墙壁,用的是印花纸，纸里掺了玻璃碴儿。你侧过脸来对着光看，墙壁就会闪闪发光。你看，一闪一闪的。"

二子山增夫把留金在由毛的烧炭小屋，向福井做了介绍："留金特别喜欢仙人山的那间小屋，说每次回由毛都会过去。那里的景色相当漂亮。"

"有那么漂亮？"福井说。

"现在那里造了水坝，就更好了。站在人工湖上可以俯瞰山下，特别美。"

"从这儿过去要多久？"

"直线距离并不远。开车的话嘛，车子得走国道，所以要兜一个大圈子。那里不通公路。大概一个小时吧。从这里去国道比较远，下了国道还有一段难走的路。"

"路很不好找吗？"

"嗯，不太好找。在深山里。"

"车子开得进去吗？"

"只能开到一半，而且还得是小车。"

"小汽车呢。"

"小汽车可以。不过我也是八年以前去的，现在路况怎么样我也不清楚。"

"不会就只有一条路吧？"

"到中途是只有一条，不过后边就分开了，通往不同的方向，而且还没有标识牌。我也记不清了，可能得费点事。"

"还有什么人知道那间烧炭的小屋吗?"

"村里人吗?应该没有。留金除了这家人以外,在村里没有熟人。"

"那去也白去。我们特意跑过去留金又不在,费了半天劲找到小屋,也就是看一下水坝就回来了。那还不如别去了。"福井说。就在这时,"我认识。"里美插嘴说。

"什么?你认识?"福井问。

"嗯,我去年去过。我还记得路。"

"真的?那太好了,太好了,你给他们带路吧,我不记路。"二子山增夫放心了。

"我也不记路。"里美也说。

"那你们俩一块儿去吧。"坂出从旁插嘴道,"如果不嫌我添乱的话,我也去。我也认识留金,跟他聊过几次,兴许还能帮上忙。"

"那太好了。不过,里美你今天得去上学吧?"福井说。

"我中午就回来。下午上的是数学和物理。"

"啊?上数学和物理你就旷课?"我很吃惊,心想这姑娘看着乖巧,还真的很调皮啊。

"嗯,我最讨厌数学和物理了,学不会。"里美愁眉苦脸地说。

"讨厌就可以不去了?"我问。

"嗯,我不爱上,也讨厌那些老师。"里美说着格格笑起来,"开玩笑啦。我是文科生,现在快高考了,所以理科的课程不用上了。"

"这样啊。不过,那就更不行了,要高考了不是吗?"福井说。

"嗯,没事的。还是得先破案,有家才能上学嘛。"没想到她如此懂事。

"真的没事?那我们就等你回来了再出发吧,谁让我们都不认路呢。你几点回来?"

"我可以回来吃午饭,那么十二点四十分就可以到家,然后吃个饭,一点多出发吧。"

"好的。我们现在一共几个人?我们三个加上里美、二子山父子、坂出。"

"那我也去。"我说。

"你也去?那就是八个人,得去借一辆小面包了。"

"可以是可以,恐怕得多走很多路了。"二子山说。

"那也没办法啊。"福井说。

我们商量完此事,里美就去学校了,警察们赶紧开着小汽车,去换一辆小面包来。我回到屋里,又小睡了一个钟头,然后拿出练习本记了点东西,就准备出发了。

下午天阴了,阳光不再明媚,就像每次要去远足时那样。里美吃过午饭,换掉校服,套了件卫衣又穿了条格子的紧身超短裙走了出来,大家眼前立刻一亮。所有人都上了从贝繁警局借来的面包车,田中坐在驾驶座上。

车子一离开龙卧亭就驶上了贝繁银座,借乐座和浪漫咖啡馆都在我们的左边。不一会儿车子就开出了东西贝繁村,车子左右摇晃,我们上了一条山路。看来出村子的路就只有这么一条,也就是说我们即将开上之前我跟二宫佳世深夜前来的那一条山路。想到这里我不禁烦躁起来,因为我又记起了那晚的辛苦跋涉,如今又得再来一遍,心情一下子就郁闷起来。

然而,文明的力量还是相当强大的,我感觉那天用了整个晚上才走完的山路,汽车跑起来就快多了。白天视野清晰,车速很快就提上去了。尽管土路坑坑洼洼的,车子跑得左摇右晃,但山间满眼翠绿,倒也十分赏心悦目,很快我们就开上了有巴士往来的马路。那天夜里见到的逼仄的候车室,现在就在我们右边。可我们并没有在那儿拐弯,而是朝着那晚灯火通明的巴士左拐的方向去了,接下来的路我就完全不认识了。

我坐在车尾坂出的身边,坂出靠窗,我靠走道。我们前面的双人座上坐着靠窗的里美和她身边的二子山一茂。再往前是二子山增夫和铃木,驾驶座上是田中,副驾驶是福井。车里的情况就是这样。

由于还得一个小时才能到达留金的烧炭小屋,我便决定抓紧时间跟坂出交换一下对案件的看法。

"坂出。"我先开口,"这次的案件特征都很明显啊。凶手一枪就打死了被害人,没有开过第二枪。这种死法死者倒也不会很痛苦。您以前开过战斗机，对这方面你有什么看法？"

坂出苦笑了一下："是啊，以我的经验来说，凶手还真的是一把好手。我们当时也有这样的主力。断断续续开枪的都是菜鸟，他们自己胆小，所以就浪费子弹了。"

"哦，是这样啊？"我有些意外，战斗机上不都装的是机关枪吗？"可战斗机上装的都是七点七毫米和二十毫米的机枪啊。"

"是的。"

"装的是机枪就得边发射边冲向敌机吧？"

"不是的。那样的话枪身早烧掉了。一旦起火，不用我们按发射钮，子弹也会自动飞出去。飞机上的子弹很快就会打完的。"

"这样啊。"

"是的。"

"那你们一般怎么操纵发射钮？"

"熟练的话，也就按两秒钟吧。"

"两秒？这么短？"

"超过两秒的都是新手。所以我们就算遇到敌机，若看到对方是边发射边冲过来的，就不用慌，那种人都太嫩了。"

"这我以前倒没听说过。可空战中就两秒钟……"

"不，我们不打空战。"

"啊?"

"空战是最愚蠢的做法,如果你想大量歼灭敌机的话。空战费时费力又费脑子,到头来只能击落一架敌机。而主力飞行员拼的都是谁能更快地发现敌机,然后悄悄摸到对方左后方,从斜下方射击。这样打一枪就再去找下一个目标。所以歼灭敌机的关键就是静止转向。"

"是这样的啊。我还以为歼灭王就是得会空战呢。"

"不,当然空战也必不可少。不会空战成不了主力,只是空战一般都在迫不得已的情况下才打。一流的战士都不愿意空战。"

"可就像你说偷偷绕到敌人身后,飞机的声音那么大,对方一定会有所觉察吧?再怎么小心也很难避免。"

"不会的。因为敌人也身处于噪声之中。驾驶舱里的噪声非常大。如果是多人座飞机,那就算别人在你耳边大吼大叫,你也听不见。不注意的话,根本发现不了身后一米处有没有人。"

"原来是这样。那为什么要在对方左后偏下的地方呢?"

"如果自己在上的话,视线就会被自己的飞机挡住,看不到对方。所以让敌人处于自己的斜上方是最合适的。"

"原来如此,那为什么要在左侧?"

"那是为了方便脱身。零式战斗机不是一般的喷射机,它靠的是转动螺旋桨。螺旋桨一般顺时针旋转,所以向左跑比较快。"

"哦，这样啊。"他的每句话都让我惊讶不已大开眼界。无论哪一行，只要做到极致就都能让人信服。

"所以我认为这次的案子也是这样，凶手一定不是普通人，他计划周详，并反复练习过，基本上做到了万无一失。这样他才能每次只开一枪，不浪费子弹，而且都是一枪命中。"

曾经的主力飞行员说的话叫我陷入了沉思。这次的案子确实如他所说。都没有打过第二枪，只一枪就结束了。所以我们才找不到射击点，确定不了凶手的位置。

"那我还想问问什么人才能成为歼灭机王？"

"那就得看眼睛了。视力。"

"视力？"

"当时还没有雷达。所以我一看到前方的敌机编队，就得报告给侧翼的队员，叫大家升到高处去准备战斗。这时候快一秒都是优势。"

"那如何才能确定对面就是敌机编队呢？最开始的时候。"

"看到一团淡淡的黑色。"

"淡黑色？"

"对的，很淡的，就像阴影一样。"

"哦，原来如此。"

"所以我的视力特别好。二十几岁时五官都特别灵敏，现在嘛，就眼睛还算可以，鼻子四十岁左右出了问题，闻不到味道。打仗说到底最后都得靠人的本能，所以灵敏的五官一个都少不得。"

坂出的一席话有如醍醐灌顶，要想成为顶尖人物就必有不同常人的地方。

"坂出你击落过几架飞机？"

"我很少聊这些。战争这东西，一旦你击落了人家，他们就没命了，这种事不好到处去宣扬。而且我自己也不确定，是否击落做不到——确认，否则自己就得挨打。"

"啊，这倒也是。"

"五十一架。"

"五十一架？击落这么多架，别人大概做不到吧。"

"不，那肯定会有的。有些人击落的更多。只是他们也大多不在了。"

"那你有没有参加敢死队？"

"没有，我当时正好负了伤，留在四国当教官，没有接到命令。不过，这话我跟你才说，接到命令的都不是主力，净是些才摸飞机一个多礼拜的年轻人。他们出征前都会到我这里来，反正打好打坏最后都是死。他们去了敢死队，就要我教他们绝对能撞毁敌机的方法。"

"哦。"我心被猛地撞了一下。

"所以我就跟他们说千万别急速下降，一定要平飞到最近的位置，再轻轻撞上去。"

"啊？这样啊？我还以为从正上方落下去才能撞个

正着。"

"没那回事。那绝对行不通的。那样就没法操纵了。加速有利于对空炮火交叉，但飞机那玩意儿不论什么时候都离不开人操纵，往深处撞时，操纵杆的重量比一担米还重，根本拉不动。万一冲到海里去就前功尽弃了。"

"啊。"

"最好就是轻轻地贴着海面水平飞行，这样最容易撞上目标，但是冲击力比较小。因此需要在便于操纵的情况下，斜斜地撞过去。"

"原来如此。你说得太有道理了，这些事我以前书本上都没读到过。"

"是吗？"

"那我还有一事想跟你打听一下。很多书上都说冲锋时，空军个个斗志昂扬。"

只听坂出放声大叫，连前排的里美都转过头来。

"没那回事，胡说八道。大伙儿早都绝望了，我们为了鼓舞士气绞尽了脑汁。要想在战场上保持斗志，就得想尽办法打击敌人，同时想尽办法保存自己的实力。如果一开始便命令大家去送死，怎么还可能有士气？那种打法太卑劣了。"坂出斩钉截铁地说。

我们的车已经驶离了国道，上了土路。面包车剧烈地颠簸起来，前排的里美不时发出尖叫。

副驾驶上的福井开始不停地回头，向二子山和里美询问行驶的路线。可这还远远不到地方，我们还在荒坂岭里，这里的路大家都很熟悉。

不一会儿车子停了，我正在奇怪，原来是留金的家到了。虽然这里早已没有人住，可就怕万一，福井建议还是下去查看一下。于是我们都下了车。

屋顶上盖着瓦片，远远看去阴森森的。院子里有一棵瘦削的柿子树，没有围墙，只用一些碎瓦片堆到膝盖高的位置，跟周围大致划出了一道界线。家里的防雨窗关着。窗板又黑又旧，整座屋子看上去黑乎乎的。

田中跟福井走进院子，查看了一下玄关，又绕到后门去看了看，很快就返了回来。铃木和我们几个都没有进去。福井一边走一边摆了摆手："还是老样子，和之前来的时候一样，没有人回来过。"

我们决定继续向仙人山进发。大家对从这里去仙人山的路都不甚了解，所以稍微调整了一下车内各人的座位。司机和副驾驶上还是田中和福井，后边就是带路的里美和二子山增夫，再往后是铃木和二子山一茂，我和坂出还坐在最后一排。

"昨天菊子不是被害了吗？"我对身边的坂出说，"当时你有没有听见枪声？我七点到八点那段时间正好外出了，你一直在'龟甲'里吧？"

"是，我在。"

"那有没有枪声？"

"我没听见。我跟田中也是这么说的。"坂出说。

"到底是怎么回事？人是什么时候被打死的？"

"我听福井说,发现菊子尸体是昨晚九点多,当时屋里很黑,没有开灯。这就是说灯不是后来关掉的,而是菊子死后也没有人开过。所以凶手应该是在天黑之前就动手了。后来福井说,九点半左右尸检结果死亡时间是在两三个小时之前。"

"是吗?"

"还有一个关键的问题,就是警察从菊子尸体的衣服上发现了硝烟反应。"

"是啊。我也听说了,发现了硝烟反应。"

"嗯,残留了火药粉末。"

"这么说……"

"近距离射击。"

"一个连路都走不了的瞎老太太,她怎么做到的?"我说着,想起了古琴演奏会时菊子爬到走廊里坂出身边说话的样子。

"反过来说,凶手也就能靠她很近。"

"古琴演奏会的时候,菊子到你身边跟你说话了吧?"

"是的。"

"她说了什么?"

"就问是不是在院子里弹古琴。"

"果然是这样。"

"然后还问我是不是育子跟里美在弹。我跟她说是。然后她又问她们俩是不是并排跪坐在那里。我告诉她是。她说那就好,弹古琴必须跪坐才能弹出好听的声音。"

"就这些?"

"嗯,还有就是她回房之前,跟我说了声再会。那是她跟我说的最后一句话,现在想想像是她在跟这个世界告别。总之那会儿菊子人还活着。加上后来我和你,还有其他人都没听见枪声,综合这些情况,那就只有一个答案——菊子也是在撞钟时被害的。"

"这样啊。嗯,是,一定是这样的。"

"钟声每次都是撞六下。仓田是在撞第二下的时候被害的,这点已经确定了。因为撞第三下的时候阿通就叫了起来。这我记得很清楚。撞第四下时,菊子向女儿育子打听出了什么事。这是我问育子的,她的叙述让我确切地推断出后边的情况——第四声钟响之后,她就马上跑到了院角,也就是'百脚'顶上,询问出了什么事。我告诉她仓田死了。钟响第五下时,育子跑回了'四分板',她说是去告诉菊子我说的话。她说菊子听后就回了房间。后来钟声又响了一下。我想菊子应该就是在这个时候被害的。只有在第六声钟响的时候凶手才有可能神不知鬼不觉地杀了菊子。"

"嗯,原来如此。"我表示同意。

"后来事情怎么样了?凶手、还有杀人手法这些……"

"要我说,就是凶手在杀了仓田后,用最快的速度跑到菊子屋里，在那里等着。他听着钟声，在心里计算着钟声的间隔。而菊子正好在钟响第六下前回到了屋里，于是凶手就趁钟响第六下时开枪杀死了菊子。"

"这样啊，那他是从窗户逃走的喽。"

"可以这么认为。那间屋子窗户下面是石墙，比较高。从窗户到地面大概有五米，不过下面的土地很软，跳下去再逃跑也并非不可能。比如用手抓住窗沿，人挂在窗外就可以减去一个人的高度，剩下的距离就只有三米。等手一放开就没事了，掉下去也不会受伤。之后就可以逃去法仙寺了。"

"哦，还有这种办法啊。"

"可是我把这个想法跟警察说了，他们说今天早上去'四分板'窗下搜查了。"

"结果呢？"

"他们说没有发现有人跳窗的痕迹，没有脚印，连鞋子踩过的痕迹都没留下。草丛高高的，看样子好几个月都没有人去过了。"

"啊。"我想了想，这可是件棘手的案子啊。

"听说他们顺便把'四分板'的地板、壁橱里的地板还有天花板都揭了，所有的通道都检查了一遍。"

"结果怎么样？"

"说是没发现可疑之处。"

"哦。"

车子停了，虽然没有熄火，但车子开不动了，只剩下车轮在空转。

"嘿哟,嘿哟。"二子山增夫叫着,可车子仍然没动。

"这样不行。不好意思,男的都下车推吧。"福井转过头来说。于是我们几个都下了车,只留了里美跟二子山增夫在车上。我们走到车后,用尽了全身力气去推,只听二子上增夫在车里喊着号子。

"抱歉,我父亲有神经痛。"在我身边推车的一茂说。

我站在右轮后方,车子掀起泥土,溅得我的裤腿上全是泥浆,好不容易才动了动。我们回到车上,继续往坡上开,不一会儿车又停了。这次车轮没有陷进去,是路变窄了。接下来大家只能步行了。

8

我们一行排成了长队,一个接一个地在山路上走着。路越来越窄,四周都是杂草,说明这附近很少有人活动。走在队伍最前面的当然是里美和二子山增夫,只是二子山年事已高,腿脚不便,大家都走得很慢。而且一遇到岔路,他们俩就对路线产生分歧,每次都要争论半天,因此我们都不清楚何时才能找到目的地。

就这样走了近一个小时,前面树木缝隙中出现了一面湖水,就是由毛水坝的由毛湖。我很想去水边看看,但坡很陡,听说也没有沙滩,为了抓紧时间,就只好作罢了。

　　一看到湖水，就感觉吹来的风比先前凉了许多，我们个个走得浑身冒汗，凉风让我们舒服了许多。路越走越窄，大约也就是一辆自行车通行的宽度。杂草一望无际地延伸着，显然汽车过不去，周围还不时可以看见一片一片的野花。

　　我们沿着湖的左侧一直往前走，天上的云层开始变厚，眼瞅着要下雨了，我们不由得有些担心。云走得很快，风中渐渐带了湿气，天色暗了下来。看来我们得加速前进了。我们都没带伞，大雨突然下来的话就只能淋成落汤鸡了。

　　跟神主争论了半天，结果还是里美记的路线正确。我们又走了半小时，果然到了留金家门口。不过，这里一看就知道早已荒废，墙都塌了，窗户上一块玻璃也没有，六帖大小的屋内地板上散乱着大大小小的石块，完全不能住人。不过茅草屋顶还很结实，下雨的话，屋里也淋不到雨。

　　我们进进出出，警察们分开杂草，把屋子四周也检查了一遍。尽管屋子已经破败不堪，周围的植物却散发着宜人的香气。

　　"那里有个烧炭的地方。"我听见里美说。警察们按照她指的方向，一脚踹开杂草踏了进去，全然不介意弄脏衣服，只是看到里面空荡荡的，就又退了出来。

　　他们因为有耐心，才坚持检查了半个小时吗？还是因为没有其他线索才不得不这样？天空黑得像到傍晚了，警察们看了看天，叫大家准备收工。我们还有些犹豫，不过谁也不能保证会不会下雨，便只好同意，一起返身向面包车走去。专门来了一趟，却还是一无所获。

里美走在我边上，我跟她说了几句话。

"这地方真不错，湖水好漂亮。"我说。

"是呀。"里美说。

"你怎么会跑到这里来的？"我问。

"嗯，有点事。"她说。

"糟了，下雨了。"二子山一茂在后边说。我竖起耳朵，果然听到了雨声。这座仙人山的某个区域正在下雨，我脸色大变，真应该在刚才的小屋里躲一下的。我刚才因为不想弄脏衣服所以没有跟着警察去调查，现在下雨照样得弄湿衣服了。

一时间我有点想重新回到小屋里去，可路已走到小屋和面包车的当中还多了一点，离面包车可能还更近。我刚起了这个念头，里美突然大叫起来："快跑。"我也跟着她，在山路上狂奔起来。刚跑了没一会儿，我就听见耳边传来沙沙的声音。还不等我弄清楚是什么声音？出了什么事？身体就被雨水包裹了，四周瞬间升起了白色的雨雾，除了面前的几棵大树，什么都看不见了。我闻到雨水的气味，雨水溅在地上翻腾出的泥土气味。我们都慌了，冲着面包车的方向胡乱跑起来。

等我缓过神，才发现身边只剩下了里美。

"哎呀！"我大叫，可雨声太大，里美根本听不到。

　　其他人都不见了。怎么会这样？他们都到哪里躲雨去了吗？

　　这下可糟了。我们要是也躲一下就好了。糟糕，这么下去我们非成落汤鸡不可。我的牛仔裤已经贴在了腿上，重重的。头发根上都淋到了雨，雨水顺着脸淌了下来。无论如何我们得找个避雨的地方。

　　我不去管砸在眼睛上的雨，努力地向四处寻找，无意间看到右侧斜坡上有一个没有被雨打到岩石。那当中有一棵大树，周围树木丛生，树叶层层叠叠地遮盖着。

　　"里美，快爬到那上面去。"我大声叫着。拼尽全力扯开了嗓门，否则她根本听不到。因为雨水打在繁星一般的重重树叶上，轰轰作响，盖过了一切。

　　里美的脸也被雨水淋湿了，头发贴在额头上，遮住了视线。我感觉她在点头，便毫不犹豫地抓起了她的右手，拉着她，不再理会草丛有多湿，马上就冲了进去，一个劲儿地往斜坡上跑。

　　我顾不上脚下打滑，用手拨开杂草，拼命拽着里美，好不容易才爬到了那块大石头上。

　　"啊。"我终于松了一口气。事实上这地方还真不错，没想到还会有这样一个所在。我无意间竟找到了一个这么好的藏身之所。就好像回到了刚才的小屋似的，这里一点雨都淋不到，只听见雨声在外面沙沙作响，光线非常暗。我们的头顶上和四周都奇迹般地被厚厚的树叶遮住了，像围了一堵墙似的。而雨都下在墙外。树叶既挡住了雨水，也遮住了光线，所以这里相当暗，只是我们脚下的地面却奇迹般地干净干爽，仿佛进了瀑布背后的山洞。

里美拿出手帕擦了擦脸和头发，又把湿漉漉的头发甩到脑后，接着去擦肩膀和胸，还有下面的超短裙和裸露的腿。当然我也没光看着，自己也拿出了手帕擦了擦脸和身体。

"啊，真倒霉。"里美说。

"是呀，其他人都去哪里了呢？"我问。

"莫非我们走错路了？"里美说。

"啊？真的吗？"

"嗯，他们大概已经上车了，丢下我们走了吧。"

"不可能，不会的。"

"如果真是那样，这里平时可没有人，我们很难走回去的。常有人到这里来殉情。"

"你可别吓我。"不过她说的应该是实话。我们刚才一路上都是杂草，根本没看到车也没看到人。

"老师，这里很神秘哦。说不定会遇上些什么呢。"里美故意压低了声音吓唬我说。

"别再说了。什么幽灵、杀人，我受够了。"

"是吗？我可不讨厌幽灵，但是我不喜欢有人遇害。"里美闷闷不乐地说。

"嗯，是呀。"

我们俩都不说话了。雨越下越大，透过树叶的间隙我看见外面还是一片白茫茫的雨雾，除此之外什么也看不见。我们俩站着的地方是一块大岩石，所以顺着斜面流淌下来的雨水到了面前就会分作两股，我听见我们脚下的流水声渐渐大起来，可我们的脚都没有湿掉，只是鞋里进了水，袜子潮潮的，很难受。

"啊，真讨厌。"突然，里美大叫起来，"这裙子吸水，湿乎乎的，难受死了。我要把它脱下来拧一拧。"

我怔了一下，赶紧说："拧也没用，反正一会儿出去还得淋湿。你忍一忍吧。"

"不要。这样会感冒的，里面也湿了呀。老师你转过身去。"

"那好吧……"

"卫衣也湿了，我拧一拧。"

我的衣服也湿得难受。

"可我的手没那么大劲，老师你帮我一下。"里美说着格格笑起来。

"等等，等等。"我说，感觉她有些不大对劲，这孩子真是高中生吗？

事实上，当时我真有一种恍然大悟的感觉。不知何故我竟产生了一种奇妙的幻想，觉得贝繁村里的"报应"、恶魔睦雄的传说、里美称圆锯小屋为"恐怖小屋"以及眼前开放的里美，都只是在给我讲一个故事。包括菱川幸子尸体上残暴的破坏性。凶手割去了尸体的乳房和生殖器，如此疯狂的行为这世上能有多少？各种暴行的动机很明显就是发自一种性冲动。

没错，我又想起了一件事。就是当我问及报应时，里美说那是村里人做的孽，我又问她什么是做的孽，她就只说了一句："这不能说。"我对此百思不得其解。那天里美明明是知道答案的，可是她不愿意告诉我。

现在听说里美要脱裙子，我才隐约体会到那些传闻跟现象所代表的真实含义，总之我有点眉目了。尽管我反应迟钝，但是人们所说的"报应"莫不是所有这些的总称？或者说是一种象征？它们全都指的是"性行为"。所以女孩里美才会说："这不能说。"

"里美，那个大家所说的贝繁村的'报应'……"我低着头吞吞吐吐地说，一抬头，吓了一大跳，"别，别这样。好吧，我背过身去。"我背对着里美。她已经掀起了大半条裙子，正揪着前面那一片，拼命地拧呢。

"算了，你还是脱下来拧吧。"我想了想还是继续往下说，"那个有关恶魔睦雄的传说，还有你跟我说报应那事不能讲之类的……"我太笨了，一想到要把这些话说出来就变得颠三倒四，话说到一半我还是放弃了。为什么会这样？我问我自己，可我已经说不下去了。我思考问题时常常会出现这种情况，所以我对自己越来越没信心。这已经成了一个恶性循环。

"老师，我妈妈很漂亮吧？"里美大概在做些什么，声音闷闷的，我没想到她会这么问。

"嗯，是啊。"我说。我第一次见她母亲时就是起火那晚，当时她脸上只涂了晚霜没有化妆，给我的第一印象十分狼狈。后来她又常躲在里美后边，所以我没怎么留意。其实她确实长得很漂亮。

"贝繁村有很多美女呢。"里美嬉笑着说。

她说得没错。我所见到的贝繁村女子很明显地分成两类，一种就是可以去东京当明星的美女，还有一种就是十分木讷的乡下女人。介乎这两种之间的一个也没有。而第一种人，任何地方都不多见，贝繁村里却比比皆是。

"村子里有很多秘密，关于女人的秘密。老师你太单纯了，不会懂的。"

被一个女高中生这么说，我反而释然了。事实确实如此。不谦虚地说，我在这方面完全没有洞察力。真不知道我这四十年是怎么过来的。所以她现在称我作老师，事实上就是一种讽刺。我这个老师又比她这个小姑娘多懂了些什么呢？

"你说得没错，我确实一无所知。不单单是凶手、作案手法和案件，其他诸如此类的问题我也一点都不了解。"我说着突然一怔，我看见脚下雨水流过的地方，有一块奇怪的石头。它的边缘呈锯齿状，整体发黑，有些部分还很模糊，长着一些既非青苔也非杂草的东西。雨越下越大，周围都是遮天蔽日的树叶，我们的所在之处光线暗得什么也看不见，所以我不确定那块石头到底什么样。

面前有一丛树叶，我闲得无聊就顺手把它们拨开了。

"老师，我就跟你说一点，我们村里作的孽太深了，不过都跟女人有关。"我一面听里美在身后说，一面去看面前的一样东西。那是一双脏兮兮的黑皮鞋。两只鞋并排地悬在空中。虽然光线很暗，但我并没有看错。

鞋子上还有一条很脏很脏的暗灰色长裤，裤子两边有两只手，手上戴着脏兮兮的棉纱手套。整体看上去是穿着一件灰色的工作服。里美似乎又在后边说了些什么，我一句也没听进去。

我顺着衣服往上看，终于发现了一件可怕的事——一个吊得长长的脖子，就像一条粗粗的橡皮管子一样被拉得很长很长，挂在半空中。而它的上方并非一张脸，而是一大块黑乎乎的东西。

那是什么？我开始还以为是个马蜂窝。那块黑黑的玩意儿太大了，却不见有人脸。

我听见里美突然叫了起来。等我回过神来才发现里美的脸就在我的头顶，我左右看了看，原来我已经一屁股跌坐在没被雨淋过的地上了。

"怎么了？"里美问道。我是仰面朝天地朝后跌坐下去的，好一会儿我都搞不明白怎么回事。

"那个。"我指了指自己面前的那些树叶，里美放开我，过去看了看。她已经穿好了裙子。我想阻止她，却喊不出来。

里美拨开了树叶，果然，她尖叫了起来。紧接着里美没有跑向我，而是冲进了雨中。太危险了。我突然想到，下面是个斜坡啊。我赶紧爬起来，也跟着她不管不顾地冲进了大雨里。

里美三步并作两步地从斜坡往下跑，脚下打滑，好几次都跌倒在地上。雨水猛烈地打着我的脸，我总算清醒了。

"里美，等等我，危险啊。"我好不容易喊出了声。

终于在斜坡下只有一米宽的小路上截住了她。当时正好是雨最大的时候，我们俩的身子都被淋透了，可我们已经没地方可去了。就算淋雨也绝不想回到那个恐怖的地方去。

里美不住地发抖，一个劲地抽泣。我一把抓住她的手，她猛地抱住了我，嘴里含糊地说了句："我要去东京。"

"什么？"我不知道她为什么突然这么说，雨声太大，我也听不清楚。

"我们家完了。爸爸妈妈也要走了，就留下我一个人。我要去东京。我什么都会做。我去做小姐。"

我忍不住笑了出来，她在说胡话呢。

"说什么呢。你不是要去上大学吗？"

"不要，我不想去广岛。那里连高级商店都没有。"

"你说什么啊。那你去东京上大学好了。"

"去不了,爸爸不让。"

"你不是说他要走了吗?"

"可他不让我去,我去不了。"她太激动了。我不知道该怎么办才好。不过我抱着她在雨中待了一会儿,她的脸在我胸前来回蹭了蹭,就慢慢冷静了。

"我胡说的。"她说。我说:"那我们赶紧回车上去吧,把刚才的事跟大家汇报一下。"

她嗯了一声,安静地走了。我们俩在大雨中慢慢地走着,对雨也习惯了,既然都淋透了,走和跑也就没什么区别了。

"刚才那个是留金吗?"里美说,她冷得声音也有些打颤。

"可能吧。"我说,不过那个头是怎么回事?想到那个头,我不禁有些怀疑,莫非那不是留金?

我们边走边寻找回车上去的路,虽然现在才下午,周围却像是太阳已经下山了一样黑。

"老师。"

"什么?"

"如果我的家毁了,那我就去东京。"

"哦。"

"老师您会照顾我吗?"

"嗯,好啊。"

听我这么说,她放心了,一下子加快了脚步,还格格地笑了起来。

"下雨真好玩。"她说，我一时错愕，难道东京这两个字对她有这么大魅力？

我们终于找到了通往面包车的小路，果然是我们俩跑过了头，一旦找到原先的路，我们才发现那辆熟悉的面包车其实正静静地等在雨中的山路上。

田中一见我们就赶紧拿了一把折叠伞从驾驶座上跑了下来，他把伞递给我们，把我们带上了车。一上车，福井就递过一条大毛巾。不过是给里美的。车里所有人都到齐了，大家都在等我们。我虽然有点抱歉，但这次迷路不全是坏事。我告诉大家我们发现了一具吊死的尸体。

车上一片哗然。

"是留金吗？"福井问我。我说大概是吧，但我也不能肯定。

"尸体上下都穿着灰色的工作服，手上还戴着棉纱手套，脚上穿着一双黑皮鞋。唯一奇怪的是他的头就是一个大黑块，不知道怎么回事，完全看不见他的脸。而且脖子已经拉得很长很长了。"听我这么说，警察以外的人都皱起了眉头，车里越发骚动起来。

"这样事情就清楚了。"福井说。

"嗯，都结束了。"铃木也说。

"留金犯下一系列罪行后，感觉任务完成了，于是就自杀了，不是吗？这件事让整个案件的条理都清楚了。太好了，终于结束了。对了，尸体在哪儿？"福井问。山路上一点标记也没有，我很难跟大家解释。

"车子上得去吗？"

"嗯，小车的话能开到跟前吧，这辆车肯定过不去。"

"好，那大家穿上雨衣，在头上披个塑料布，一会儿就用它包尸体。你打个伞，到前面带路。"

我又得走进雨中了，里美留在车上，我很担心她会不会又在车里说脱掉裙子拧水。

等我们来到现场，雨已经小了，可斜坡上流淌的雨水这会儿恰好最多，害得我们脚下直打滑，收拾尸体也就麻烦了些。不过警察们对此轻车熟路，二十分钟就把事情搞定了。我一直站在坡下等他们，可他们还要做些测量以便填写调查报告，没这么快结束，我便先回车上去了。离开时，我对福井说了悬在心头的疑问："那个黑色的头是……"

福井想了想，开口对我说："你别跟其他人说。"大概想到案子已经告破，福井看上去很开心。

"是女人的头发。"

"女人的头发？"

"从菱川头上剥下来的头发，留金把它当假发一样戴在头上，然后自杀的。"听到这里，我一阵战栗。这时，铃木苦着脸走了过来，扯了扯福井的袖子，把他从我身边拉走，两个人在稍远的地方神情凝重地嘀咕了些什么。我趁机回到了车上。

一上车，大家就七嘴八舌地跟我打听。我就把看到和听到的都说了一遍。当时那种情况我没法隐瞒。不一会儿，我们就从挡风玻璃那儿看见三个穿着雨衣的警察，抬着用蓝色塑料布包裹的尸体，回来了。雨比之前小了很多。

包着蓝色塑料布的尸体被他们塞进车里，放在过道上。警察们一声不响地回了座位，田中发动起汽车，把车开了出去。他们一路沉默叫我觉出有些异样。若是棘手的案子告破的话，他们应该会更加开心，不是吗？

可我们还和尸体一起闷在车里摇晃，大家为我和里美开足了暖风，一路回到了龙卧亭。

之后的一整天我都没在龙卧亭见到三位警察，到了傍晚，田中才给我打了一个电话。跟往常一样，他先让我保密，之后才把知道的新情况跟我通报了一下。

尸体的确是留金的，而他头上戴的也确是从菱川幸子头上剥下的黑发。要说有哪里不正常的话，就是一切都太符合警察的推断了。不仅如此，他说在留金工作服的左右口袋里找到了菱川的两只眼睛、两个乳房和一对耳朵。上衣右边的口袋里装着右眼、右乳和右耳；左边的口袋里装着左眼、左乳和左耳。而尸体脚边那个看起来像石头的东西，田中说就是菱川已经干枯了的生殖器。我对此已不再惊讶。回想案发现场的情景，我自己已隐隐预感到恐怕会是这样的一个结果。

听完田中的汇报，我说："这么看来，就是留金八十次对菱川抱有无法实现的爱慕之情，因为不能如愿，他就杀了她，然后又把尸体偷走发泄完兽欲后，还不满足，便把她身上最女性的部位全部割下来，随身带着逃跑了。然而他最终还是逃不过良心的谴责，觉得也无处可逃，于是就把它们都装在自己身上——戴上头发，将其他各个部位揣进口袋，另外一些东西放在脚边，跑去仙人山里上吊自杀了。是这样吧？"

我一口气说完这些，彼此就都沉默了，田中对我说的无动于衷。我不觉得自己的推理有错，便很不理解他为什么不开口。过了好一会儿，我才听到田中轻轻地叹了一口气："说实话，我们也是这样考虑的，大家都觉得案子基本可以告破了。可是，留金的脑门上竟写着数字'7'。"

我一怔，这一点我真没想到，可这并不影响对留金自杀的推断啊。这也并非没有可能，只要说他是自己在脑门上写了数字"7"后再去上吊的，不就好了吗？

"是吗？那他是不是自己写上'7'字后再去上吊的呢？不对吗？"

"可法医判断留金的死亡时间是两个月以前。"田中垂头丧气地说。

"两个月以前？"

"嗯，就是说是今年二月死的。他上衣里面还穿着毛衣呢。"

"二月……"

"是呀，在小野寺遇害之前。当然，跟菱川遇害比就更早了。这么说，小野寺、菱川、中丸、仓田和犬坊都是在留金死后很久才遇害的。那我们将留金定为凶手，就成了他的亡魂作案了。"

我无法作答，便不再开口。慢慢地，我感觉到了震惊，这案子绝不简单。太莫名其妙了。

"这么说是有人把三月三十日遇害的菱川的某些器官硬装在了二月份就已经死亡的留金身上？"

"不清楚啊。到底谁会这么做呢？"

"愚蠢至极。他为什么要这么做？"

"嗯。"

"那留金的死因是……"

"还不知道。不过这次不是枪杀，尸体上没发现枪伤。"

"那真正的死因是……"

"还很难说。毕竟已经死了这么久了，而且那地方又十分偏僻，所以一直没人发现。如果发现得再早一点，说不定还有办法。石冈，还真多亏你找到了尸体。"

"我也是偶然看到的。不，等一下。这么说凶手早就知道那具尸体二月份就挂在那里，然后拿着三月三十日被害的菱川的头发、眼睛、乳房什么的，专门去给尸体安上的？"

"是的。那具尸体显示他已经在那里挂了很久，至少不是三月三十日才挂上去的，比那个时间要早很多。"

"这么说凶手知道留金是在哪里自杀的喽。"

"不,如果凶手跟留金的死有关,那他肯定知道。"

"你的意思是留金并非自杀,他也是凶手手下的一个受害者?"

"不,石冈,我们现在能够确定的就只有案件还没有任何进展。发现了留金的尸体并没有让案件彻底告破,而且也没有给我们提供任何新的线索。案件变得更加复杂,我们又得重新开始了啊。"田中说着,长长叹了一口气。